4.00

COLLECTION FOLIO

Susan Minot

La vie secrète de Lilian Eliot

*Traduit de l'anglais
par Alain Delahaye*

Gallimard

© *Susan Minot, 1992.*
*L'édition originale de l'ouvrage a été publiée par Houghton Mifflin
(Seymour Lawrence).*
© *Éditions Gallimard, 1995, pour la traduction française.*

Susan Minot est née à Boston en 1956 dans une famille nombreuse. Elle est diplômée de l'Université Columbia. Elle a obtenu le prix Femina étranger en 1987 pour son premier roman *Mouflets,* écrit en 1981 alors qu'elle était encore étudiante.

Selon le magazine *Time*, elle a « un instinct laser du détail qui accroche et de l'expression révélatrice ».

pour Nancy Lemann

Les hommes sont si nécessairement fous, que ce serait être fou par un autre tour de folie, de n'être pas fou.

BLAISE PASCAL

I
M. ELIOT

1

Fairfield Street, Boston, 1917

Je crains qu'il n'y ait un changement de programme, dit M. Eliot. Il était debout dans la salle à manger où Lilian petit-déjeunait en lisant un livre. Son père avait déjà terminé son petit déjeuner depuis un moment, s'étant levé à l'aube comme de coutume. Il n'y aura pas d'invités ce soir au dîner.

Lilian leva les yeux et marqua sa page avec un couteau. Pour quelle raison ?

Parce que je n'en ai pas été informé.

Mais maman t'a dit samedi que Walter Vail allait venir. Rappelle-toi, quand tu es rentré.

J'ai dit qu'il n'y aurait pas d'invités. M. Eliot baissa le menton, et ses lunettes sans monture réfléchirent la lumière, ce qui les rendit toutes blanches.

Mais il s'attend à venir. Je lui ai déjà demandé.

J'ai dit tout ce que j'ai à dire. M. Eliot s'éclaircit la gorge. Donc nous te verrons ce soir, toi et seulement toi. Il se tourna vers la porte sans bouger les pieds.

Je vais réfléchir à la question, dit Lilian d'une toute petite voix.

Les pieds de M. Eliot bougèrent. Alors nous ne

t'attendrons pas, dit-il, et il quitta la pièce, la laissant complètement seule.

Aussitôt, Lilian envoya à Walter Vail un mot lui disant qu'elle était obligée de revenir sur son invitation à dîner pour ce soir-là, sans faire de mystère sur le responsable de ce revirement. Puis elle se surprit à suggérer à Walter Vail de venir quand même, après le dîner, une fois que ses parents seraient montés dans leur chambre. Lilian, à l'âge de dix-huit ans, n'avait encore jamais eu de rendez-vous galant, du moins jamais de sa propre initiative. Mais tout était différent, à présent, avec la guerre, et elle se sentait elle-même différente.

La réponse arriva dans l'après-midi, et elle tressaillit en reconnaissant l'écriture.

> Porterai-je une cape noire ? Dois-je escalader un treillage ?
> Dites-moi quand, et je serai là.
>
> *Pour vous servir,*
> Walter Vail.

Elle recommença plusieurs fois sa réponse, en s'efforçant de trouver le ton juste. Elle se montra d'abord cordiale, puis pragmatique. Elle imita son humour, puis essaya la désinvolture : tout valait mieux que le sérieux qu'elle ressentait. Elle songea à sa rencontre avec Jimmie Weld sur le second green l'été précédent, et constata à quel point c'était différent cette fois. Elle comprenait à peine ce qui lui était arrivé.

Elle finit par se décider pour un type de formulation.

Ils montent dans leur chambre à neuf heures. Venez dans le jardin de derrière, et je vous ouvrirai à neuf heures et demie.

> *Votre complice,*
> Lilian Eliot.

Ce matin-là, pendant que M. Eliot s'en allait à son bureau, Mme Eliot avait dit dans le vestibule, à portée d'oreille de Lilian : Mais Edward, ce jeune homme va partir au combat. Est-ce le moment d'être aussi intransigeant ?

Il ne me dit rien qui vaille, avait déclaré M. Eliot en enfilant son pardessus.

Que veux-tu dire ?

J'ai eu l'occasion de rencontrer son père. La voix de M. Eliot avait pris les amples intonations du jugement. Ce type est un imbécile, et qui plus est il n'a probablement pas les mains très propres.

Mais il s'agit de son fils. La voix de Mme Eliot avait paru faible.

Oh, tel père, tel fils, avait répliqué M. Eliot. Il donne exactement la même impression.

C'était l'affirmation la plus absurde que Lilian eût jamais entendue.

2

Conseils d'amie

Cet après-midi-là, elle alla prendre le thé chez Dolly Cushing. La meilleure amie de Lilian avait toujours été Jane Olney, l'austère Jane qui avait un cœur d'or, mais Jane se trouvait en Floride avec sa famille. De plus, Jane ne s'intéressait pas aux garçons autant que Lilian ces derniers temps, et la compagnie de Dolly Cushing était donc plus satisfaisante.

Ce que Dolly Cushing aimait par-dessus tout dans la vie, c'était flirter. Elle faisait partie de ces filles qui disaient simplement ce qu'elles avaient en tête, sans se soucier de savoir si cela pouvait blesser quelqu'un. Quand elle était plus jeune, Dolly avait un jour enfermé son propre frère Ted dans un placard avec Lilian (Ted aimait bien Lilian) ; les deux adolescents étaient restés silencieux et humiliés, les yeux fixés sur le rai de lumière blanche, pendant que, dans le vestibule, Dolly riait aux éclats en tapant du pied. On pardonnait bien des choses à Dolly Cushing en raison du charme qu'elle dégageait. Elle s'était développée plus vite que les autres filles, et en grandissant elle avait pris l'allure d'une statue ; tout était plus grand chez elle : des épaules carrées, une tête massive, une bouche bien large. On aurait dit que ce qu'elle avait acquis en plus sur le plan physique avait diminué d'autant la part accordée à son cerveau. Elle affichait constamment un optimisme inflexible, ne se souvenait que des moments agréables, et craquait son allumette d'un air confiant quand elle allumait une cigarette. Sa brillante chevelure noire était partagée en deux par une raie bien nette.

Lilian lui parla de Walter Vail, en essayant de prendre un ton détaché, et aussitôt Dolly flaira l'intrigue. Ses yeux brillèrent.

D'accord, dit Dolly, et elle se cala contre les coussins. Commençons par le commencement : il va s'en aller.

Lilian acquiesça. J'avais envie de lui dire quelque chose à propos de...

Mon Dieu non ! s'écria Dolly. Il ne faut jamais laisser un garçon voir ce que tu éprouves. Dolly Cushing était ravie de conseiller Lilian. Fiancée officieusement à Freddie Vernon, elle se considérait comme une femme plus âgée et pleine d'expérience.

Recevoir des conseils était chose courante pour Lilian. Sa mère lui en donnait à profusion. Aie toujours l'air contente. Sois toujours propre. Ne croise pas les jambes. Remercie le maître et la maîtresse de maison. Lève-toi quand un adulte entre dans une pièce ou en sort. Fais ton lit toi-même. Ne réplique pas. Ne te dispute pas avec ton frère. Demande la permission pour sortir de table. N'élève jamais la voix. Sois ponctuelle. Ne fronce pas les sourcils.

Et il y avait tous les sujets dont il ne fallait pas parler. Sa santé. Les fonctions intestinales. Les gens qui buvaient. On ne devait jamais parler des autres d'une manière désobligeante — sauf bien sûr s'ils le méritaient vraiment, comme Mme Harrower qui colportait des ragots, ou M. Quincy qui refusait de les laisser passer par son bois pour aller à l'étang. La famille elle-même constituait un chapitre que l'on n'abordait jamais avec ceux qui n'en faisaient pas partie — ni d'ailleurs, Lilian l'avait remarqué, avec ceux qui en faisaient partie.

Si tu laisses un garçon se douter que tu l'aimes bien, continua Dolly Cushing, tirant une bouffée de sa cigarette, il va croire qu'il peut faire tout ce qu'il veut. Elle plissa les yeux pendant qu'elle racontait son expérience avec José Cutler.

Lilian restait désorientée. En ce qui la concernait, Walter Vail pouvait faire tout ce qu'il voulait. Si cela lui plaisait, elle était sûre que cela lui plairait à elle aussi.

Le problème avec toi, dit Dolly Cushing, c'est que tu es trop gentille.

Oui, songea Lilian. Elle aurait mieux aimé que personne ne lui trouve une qualité aussi fade que la gentillesse, mais bien sûr c'était le premier mot qui venait à la bouche de tout le monde. Cette idée la démoralisa. Dieu merci, il y avait Dolly pour lui indiquer précisément où elle se trompait. Elle n'avait pas envie de commettre une erreur avec Walter Vail.

Je suis très impatiente de faire sa connaissance, dit Dolly, dont l'intérêt déclinait rapidement dès qu'on avait abordé un sujet. Attends. Est-ce qu'il n'était pas chez les Sprague l'autre jour ? Avec Madelaine ! Plutôt beau garçon, avec une sorte de tache de thé sur la figure ?

Lilian rougit de l'entendre ainsi dépeint tel qu'on

le voyait dans le monde. Oui, répondit-elle. C'est lui. Et, s'enhardissant, Lilian lui parla du rendez-vous fixé pour le soir.

Tu vas le laisser t'embrasser ? demanda Dolly. Elle portait des jodhpurs satinés et un chemisier aux manches bordées de brocart. Lilian se dit que Jane Olney, sa chère et austère Jane, n'aurait jamais porté une tenue aussi intéressante, et elle se sentit heureuse d'avoir une amie comme Dolly Cushing, qui fumait des cigarettes et posait des questions sur les baisers. Elle supposait qu'un garçon comme Walter Vail, venant de New York, et manifestement très à l'aise pour frictionner les doigts d'une patineuse comme il l'avait fait sur l'étang, s'attendrait probablement à un baiser. C'était tout ce que Lilian voulait savoir. Mais sa curiosité demeura insatisfaite, car à ce moment Dolly se désintéressa d'elle et se mit à lui parler de la première fois qu'elle avait embrassé Freddie Vernon au bal du club sportif. Ç'avait été techniquement leur premier baiser, mais le premier vraiment long avait eu lieu sur la plage, la nuit, pendant qu'ils regardaient le phare tournant au rythme de 2-1-4, ce qui, tout le monde le savait, signifiait Je-t'-aime. Lilian ne pouvait pas s'imaginer embrasser Freddie Vernon. Ses yeux globuleux et ses grandes narines le faisaient ressembler trait pour trait à un bouledogue.

Lilian continua d'écouter Dolly, dans l'espoir de glaner quelque chose de constructif dans ses propos décousus. Elle l'entendit déclarer qu'une jeune fille devait toujours s'intéresser à ce qu'un garçon pensait, qu'il était important d'avoir le genre de vêtements qu'il fallait, et que les garçons aimaient bien qu'on leur donne des petites tapes enjouées sur le bras.

Dolly Cushing relata en détail son succès avec Freddie Vernon sur ces points-là. Dolly savait comment s'amuser, et si Lilian parvenait à acquérir un peu de sa bonne humeur, elle aussi finirait peut-être par ne pas prendre les choses trop au sérieux. Quand elle eut quitté la maison de Dolly Cushing, elle revint chez elle à pied, en suivant Dartmouth Street où peu à peu la nuit tombait, et elle essaya de digérer cet ensemble d'informations. On aurait dit qu'un réseau d'interférences circulait dans sa tête, l'empêchant d'avoir une idée claire.

3

Le visiteur de New York

C'était un invité des Fenwick, qui était chez eux pour toute la durée des vacances, et Madelaine Fenwick lui avait fait visiter la ville. Lilian lui avait serré la main pour la première fois au déjeuner donné par les Noble la semaine précédente, et elle avait appris qu'il venait de New York.

Il était de nouveau là au thé organisé par les Fenwick quelques jours plus tard ; il se tenait le dos bien raide, et portait toujours l'uniforme. Il avait le nez droit, la bouche finement dessinée, et l'air un peu perdu. Lilian l'identifia comme l'un de ces visiteurs qui trouvent la vie à Boston plutôt terne. En tant que Bostonienne, Lilian pouvait critiquer sa ville autant qu'elle le souhaitait mais, face à quelqu'un de l'extérieur, elle se sentait obligée de la défendre. Ce n'était pas le genre de garçon susceptible de s'intéresser à Lilian Eliot — non qu'elle eût d'ailleurs la moindre chance d'être attirée par lui. Le simple fait de son rapport amical avec la glaciale Madelaine Fenwick et sa manière de lui tourner autour près du plateau à thé suffisaient à indisposer Lilian. Mais il faisait partie des forces armées, et il était difficile de réprimer toute curiosité envers un homme prêt à partir au combat.

Quand il dit bonjour à Lilian, il se souvint de son prénom, ce qui la plongea dans la confusion. Elle s'en alla à l'autre bout de la pièce.

Quelque temps plus tard, il réapparut. Vous me fuyez ? dit-il. Il s'assit sur le coussin en tapisserie presque à ses pieds.

Je ne vous connais même pas.

Nous nous sommes rencontrés la semaine dernière, dit-il. Walter Vail.

Oh, oui.

Vous n'êtes pas une de ces snobs de Boston, j'espère ? Qui regardent de haut les gens de New York.

Elle fut interloquée. Je ne connais pas beaucoup de gens de New York, dit-elle. Sa tante Tizzy vivait là-bas, bien qu'elle fût originaire de Boston, et il y avait les cousines new-yorkaises de Marian Lockwood, qui venaient en visite à Pâques, avec leurs habits élégants et leurs frisettes — et leur goût marqué pour les condiments.

Je ne connais pas beaucoup de gens de Boston, dit Walter Vail.

Vous n'en avez pas rencontré pendant cette semaine ?

J'ai essayé. Il la regarda de côté.

Elle se sentit changer un peu sous son regard. Je ne suis pas à même de vous dire grand-chose, déclara-t-elle. Je ne fais pas partie de ces filles qui assistent chaque soir à un dîner de quatorze personnes.

C'est ce que font les jeunes filles à Boston ?

Certaines, oui.

Et vous n'êtes pas une jeune Bostonienne normale ?

Je suis en dessous de la normale, dit-elle.

Walter Vail exprima un certain intérêt pour l'architecture, domaine où Lilian possédait quelques connaissances puisqu'elle avait passé nombre de samedis dans des excursions de la Société Historique. Il convint avec elle que Hawthorne était préférable à Emerson, à l'encontre de l'opinion en vogue. À mesure qu'il parlait, une vague nervosité émanait de sa personne — Lilian s'imagina que c'était dû à son embrigadement dans l'armée —, on sentait vibrer sous la surface quelque chose de pressant, d'affamé. De temps à autre, son attention était soudain détournée par quelqu'un qui passait, et il levait brusquement les yeux, comme saisi d'effroi ; puis, sans paraître comprendre ce qui lui avait pris, il revenait à elle, se concentrait de nouveau, lui posait des questions.

Il dit, Hier j'ai joué au hockey avec votre frère.

Lilian trouva étrange qu'il sache qu'Arthur et elle étaient frère et sœur. Vraiment ?

Oui, un garçon intéressant. Très amusant.

Ce n'est pas l'avis de tout le monde, dit Lilian.

Il m'a un peu parlé de vous.

Ah bon ? Lilian trouva cela étrange aussi.

Walter Vail acquiesça. Lilian découvrit qu'elle n'avait aucune idée de ce qu'il était, alors qu'avec les autres garçons elle le savait tout de suite.

Vous allez partir pour l'autre côté de l'Atlantique ? demanda-t-elle.

Le lendemain de Noël.

Ils gardèrent tous deux le silence.

Vous avez envie de partir, dit Lilian.

Il faut aller voir un peu de quoi il retourne là-bas, dit-il d'une voix qui se voulait vigoureuse.

Vos parents se font du souci ?

Al et Mimi ? Il haussa les épaules.

Lilian n'avait jamais entendu parler d'un monde où l'on appelait ses parents par leurs prénoms.

Je suppose, mais ils sont eux-mêmes toujours absents. Il replia les mains autour des genoux, en gardant le dos bien droit. Ils vont arriver du Brésil en paquebot cette semaine.

Que fait votre père ?

Essentiellement, il boit. Walter Vail éclata de rire. C'est un brave type — il fait de son mieux pour s'assurer que je n'aurai pas d'héritage.

Lilian ouvrit de grands yeux, surprise de l'entendre parler d'argent. Les Eliot vivaient à l'aise, pas dans le luxe, mais à l'aise. Ils n'étaient pas riches comme les Cunningham, les Wiggin ou les Cabot mais, comme Arthur se plaisait à le souligner, leur père n'avait pas précisément besoin de travailler. Néanmoins, il se rendait à son cabinet juridique six jours par semaine, et ne prenait que deux semaines de vacances par an, comme son père avant lui. Le grand-père de Lilian avait amassé sa fortune dans la banque, et sa grand-mère, Henrietta Baker, des chemins de fer Baker, possédait aussi de l'argent. Lilian n'était jamais parvenue à savoir combien d'argent il y avait au juste. Elle savait seulement ce que son père lui avait dit un dimanche après-midi, où il l'avait convoquée dans la bibliothèque pour lui parler de son avenir.

Apparemment Walter Vail ne disposait pas d'une assurance similaire.

... investi dans le théâtre, disait Walter Vail. Le moyen le plus rapide de perdre une fortune. Mais il a rencontré ma mère — elle était alors actrice — en finançant une pièce où elle jouait. La pièce a fait un four, mais il y a gagné Mimi. Il doit se poser bien des questions sur son investissement.

Lilian s'efforça de ne pas paraître choquée. Elle baissa les yeux vers les mains de Walter Vail, serrées autour de sa jambe ; elle vit que c'étaient des mains de taille normale, et se dit qu'il n'était pas si différent que cela. Elle se sentit rassurée.

Il annonça que ses parents viendraient le retrouver ici, et Lilian lui demanda pourquoi pas à New York.

Le cousin de ma mère vit ici.

À Boston ? Qui ça ?

Je ne crois pas que vous le connaissiez, dit Walter Vail. Quand il est en ville, il habite Lime Street.

Je connais les noms de presque tous les gens qui vivent sur la Colline, dit Lilian en essayant de ne pas avoir l'air de se vanter.

Eh bien, il s'appelle Paul Harte. Le genre artiste.

Il est marié ? demanda Lilian.

Walter Vail dissimula un sourire. Ah, non, il préfère la vie de célibataire : une situation bien différente, à tout point de vue.

Lilian acquiesça d'un air entendu, mais elle n'avait qu'une notion fort vague de ce qu'il insinuait. Une nouvelle fois elle se rendit compte — la guerre aussi la mettait face à cette réalité — qu'il existait de nombreux mondes différents, très éloignés de celui qu'elle connaissait à Boston, même si, à la façon dont se comportait tout son entourage, on aurait pu croire que Boston constituait à lui seul l'univers tout entier.

Plus tard, assise au milieu d'un groupe, parmi les cendres de cigares et les tasses de thé refroidi, Lilian observa Walter Vail à l'autre bout de la pièce. Il riait aux éclats près de la cheminée, le baudrier tendu en travers de la poitrine, donnant à voir une autre personnalité, moins intense que celle qu'il lui avait montrée. Avait-elle provoqué de sa part une forme d'attention particulière ? Un sentiment de supériorité l'envahit à cette idée. Ses pensées furent interrompues par les récriminations d'Emmett Smith à l'encontre d'Elsie Sears parce qu'elle n'était pas d'accord avec lui sur les critères à prendre en compte pour établir le bottin mondain. C'était le genre de conversation que l'on entendait habituellement dans ces réunions, et pourtant Lilian avait l'impression que le monde n'avait pas une allure aussi habituelle que cela. Elle supposa que c'était dû à la guerre.

Alors que les invités prenaient congé, Walter Vail apparut dans l'entrée qui servait de vestiaire, et il saisit le poignet de Lilian. J'aimerais bien vous revoir, dit-il.

Était-ce ainsi qu'on faisait les choses à New York ?
Eh bien...

Sérieusement, ajouta-t-il, comme s'il était possible d'en douter. Il y avait quelque chose de sombre et d'oblique dans ses yeux, et elle remarqua une légère marque de naissance semblable à une tache d'humidité qui descendait le long d'une joue. Il lui tenait toujours le poignet.

D'accord.

Le vestibule des Fenwick était éclairé par des lampes à gaz et, dans cette lumière rosâtre, Lilian aperçut Madelaine Fenwick qui souriait, mais les yeux dénués d'expression, en parlant à un homme voûté sur le point de sortir. Elle ne paraissait pas accorder d'attention à ce que son invité faisait avec Lilian.

Walter Vail demeura un instant le regard perdu dans le vague. Puis il pensa à quelque chose. Vous savez patiner ?

Pas très bien. Lilian songea aux trophées de patinage remportés par Madelaine Fenwick.

Si vous veniez patiner avec nous demain ? Amenez votre frère. Dans l'après-midi ?

Je viendrai, dit Lilian, et elle dégagea son poignet.

Bien, dit Walter Vail. Il se détourna abruptement, le dos raide, avec l'air soulagé de quelqu'un qui a mené à terme une entreprise pénible.

4

Une jeune fille de Boston

Il n'était pas inhabituel pour M. et Mme Eliot de rester dans la même pièce des heures durant sans échanger un mot. Ce soir-là, M. Eliot était assis au bureau de la salle de séjour, le bas du dos calé contre un coussin, jetant un coup d'œil aux journaux, tandis que Mme Eliot, à sa place habituelle sur le canapé Sheraton, faisait de la broderie. Ils avaient dîné à sept heures, et seraient au lit aux alentours de neuf heures.

Mme Eliot se leva. Elle portait un corset mais, même sans celui-ci, elle se tenait toujours très raide. Je monte, dit-elle faiblement ; elle plia son ouvrage, le rangea dans la boîte chinoise et referma le couvercle d'un coup sec.

M. Eliot poussa un grognement et inclina sa tête blanche.

Mme Eliot but la dernière gorgée de son verre de sherry, puis tripota la dentelle de son col : elle réfléchissait à quelque chose. Les commissures de ses lèvres étaient relevées en une expression plaisante et lointaine.

Au-dessus d'eux, au-delà des chambres meublées de lits à baldaquin et des couloirs où s'alignaient dans leurs cadres les silhouettes ancestrales, par-delà le grenier mansardé où s'entassaient des boîtes à chapeaux rayées et des malles aux planches apparentes, assise dehors sur l'ardoise glacée d'un des pignons, se tenait Lilian. Ses joues étaient pareilles à celles de sa mère, lisses et arrondies, et sa lèvre inférieure avançait obstinément comme celle de son père ; ses yeux n'appartenaient qu'à elle, ils étaient d'un brun limpide, liquide et luisant.

C'était une nuit froide comme elle les aimait. Des éclats de lumière scintillaient dans le ciel. D'où elle était assise, elle pouvait voir la sombre butte de Beacon Hill, les fenêtres éclairées par des chandelles qui çà et là laissaient voir une langue de neige sur le rebord, et, dépassant des toits, les tuyaux de poêle un peu penchés et les lucarnes plus noires que le ciel. Elle était installée trop bas pour voir le port, mais en regardant du côté de Cambridge elle voyait la Charles River, et les réverbères qui projetaient des reflets brouillés dans l'eau glaciale.

C'était la période de Noël, et toutes les visites que l'on rendait à droite et à gauche mettaient Lilian d'humeur morose. Bien sûr on finissait toujours par parler de la guerre, et du malaise que l'on ressentait à confectionner des berlingots et à servir des verres de cognac pendant que, là-bas, nos garçons grelottaient et risquaient à chaque instant d'être réduits en miettes ; et, comme sa mère disait, à quoi bon rester assis chez soi à broyer du noir ? Pourtant, cela jetait un trouble. Ce soir, après la visite chez les Fenwick, ils avaient été bien contents de dîner à la maison, et Lilian avait quitté la table dès que possible. Sa mère avait essayé de la pousser à manger davantage, car elle la trouvait trop maigre, et Lilian avait répondu sur un ton selon elle parfaitement poli qu'ils pouvaient faire cadeau du reste au fonds d'intervention militaire — sur quoi Arthur avait éclaté de rire, et M. Eliot avait tourné son profil aquilin vers l'un et l'autre pour indiquer que c'en était assez. Après le dîner, la gouvernante de Lilian, Hildy, avait parcouru tout l'étage à sa recherche parce qu'elle voulait prendre ses mesures pour une nouvelle robe. Lilian avait pris la fuite.

Elle se demanda si les garçons qui étaient en France pouvaient voir les mêmes étoiles s'ils levaient les yeux, c'est-à-dire les mêmes six heures plus tôt. Depuis le début de la guerre, sa propre vie de tous les jours avait été peu à peu réduite à l'insignifiance — tout cela importait si peu en comparaison de ce qui se déroulait là-bas. Christopher, le cousin de sa meilleure amie Jane Olney, avait rejoint le corps des ambulanciers depuis maintenant un an, et dans ses lettres il racontait qu'il devait parfois conduire trente heures d'affilée, et qu'il avait vu un soldat au visage complètement arraché. Chaque fois qu'elle voyait un garçon en uniforme, Lilian se disait qu'il risquait de ne jamais revenir. Charlie Sprague, avec qui dans son enfance elle avait fait des promenades dans les petits bateaux en forme de cygnes, s'était embarqué cet automne, et le frère de Tommy Lattimore s'était engagé malgré l'opposition de son père. Et il y avait ce garçon de New York, Walter Vail...

Elle songea à Benjy Rogers, et se demanda si lui aussi allait partir là-bas. Non qu'elle pensât encore à lui, mais l'été dernier au Promontoire il avait dit qu'il partirait — même si, selon toute probabilité, il avait seulement voulu se faire valoir auprès de Nancy Cobb et, elle l'avait espéré à l'époque, auprès d'elle également. Toutefois Nancy Cobb avait eu un avantage : Benjy Rogers était l'invité de son frère pour les vacances... La perte de ses attentions l'avait peut-être contrariée sur le moment, mais aujourd'hui elle était bien délivrée de ce souci — quelle idée de songer à une chose pareille, alors qu'il y avait la guerre ! Elle ne voyait même jamais Benjy Rogers ; il était de Philadelphie. Pourtant, c'était le dernier garçon auquel elle avait pensé, avec ses chaussettes négligemment enroulées sur ses chevilles, et sa manière de rougir rapidement...

Pendant longtemps elle avait pensé à George Snow, qui préférait le tennis aux filles, et avant cela à Fellowes Moore, jusqu'au jour où il s'était mis à la payer de retour. L'été précédent, elle s'était attachée à Jimmie Weld, mais quand l'automne était arrivé elle l'avait trouvé différent une fois réinstallé à Boston. Il y avait les garçons qui passaient lui dire bonjour à l'improviste. Bayard Clark, avec sa lèvre supérieure qui ondulait, s'invitait volontiers à dîner, et l'asthmatique Reed Wheeler s'arrêtait chez elle pour lui raconter son dernier malaise. Les fils Cunningham avaient coutume de venir avec Marian Lockwood, avant qu'elle ne rompe avec Chip, mettant ainsi un terme à leurs parties de bridge. Emmett Smith apportait des nouvelles de tous les autres, lui qui connaissait chaque famille par le menu. Tommy Lattimore, dont le visage allongé faisait penser à une planche de bois, venait chaque fois qu'il le pouvait, et ses joues se teintaient de rose quand Lilian lui parlait en le regardant dans les yeux. Un garçon gentil, Tommy

Lattimore ; il lisait beaucoup et, dans les moments où il se laissait aller, il parlait avec éloquence de tel ou tel sujet qu'il avait étudié, de la frise du Parthénon ou des tombes étrusques. Un jour, Tommy Lattimore arriva et fut surpris de voir qu'il n'y avait pas d'autres invités chez les Eliot ; on lui avait dit qu'Emmett Smith serait là. Il prit une tasse de thé sur des charbons ardents seul avec Lilian, et quand il s'en alla elle resta sur le pas de la porte, respirant l'air de l'automne, le regardant descendre le trottoir en brique, et tourner au coin de Marlborough Street. Pas une seule fois durant sa visite il n'avait retiré son chapeau.

En même temps qu'elle repassait dans son esprit les garçons qu'elle connaissait, elle s'efforçait de s'accoutumer à l'idée qu'elle n'en trouverait jamais un rien que pour elle, et qui serait comme il faut ; elle ne comptait pas se marier un jour. Tante Tizzy ne s'était pas mariée, et elle avait eu une vie intéressante, sa solitude ne la chiffonnait que de temps en temps. Tout de même, Lilian, à dix-huit ans, n'aurait pas été mécontente d'avoir un amoureux.

Elle sentit un remous impétueux monter en elle : le grand air lui faisait en général cet effet-là. Elle prit une profonde inspiration pour le calmer, cherchant à réduire doucement ce flot à un étroit ruisseau qu'elle pourrait verser dans une petite tasse de manière à en faire profiter quelqu'un d'autre, mais c'était une entreprise difficile à réaliser. Elle avait l'impression d'être aussi vaste que le ciel. Et de toute façon, était-ce ainsi qu'elle allait s'épancher, en un minuscule filet, alors qu'elle avait l'impression d'être une grande vague ? Elle agrippa fermement ses bottines, planta son menton sur ses genoux, et plongea le regard dans la nuit. Quelquefois elle était étonnée par la quantité de sensiblerie qui clapotait en elle. Si elle la laissait s'échapper cela ferait une inondation terrible, songea-t-elle : des tourbillons dans les salons et des cascades dans les escaliers. Et que penserait sa mère d'une telle attitude ? Cela ne donnerait rien de bon.

Lilian réfléchit aux gens autour d'elle à Boston, à ceux qu'elle connaissait et à ceux qu'elle ne connaissait pas, qui allaient et venaient dans Beacon Street ou Tremont Street, ou même dans Fairfield Street juste en bas de chez elle : aucun d'entre eux ne laissait voir quoi que ce soit de ce qui se passait en lui. Ou bien il ne se passait rien — ce qu'elle ne croyait pas, la vie n'était pas ainsi faite —, ou bien ils adoptaient un maintien très digne, et se montraient fort courageux, en dissimulant leurs sentiments dans un endroit secret et en exposant aux regards le reste de ce qu'ils étaient. Ce qui la rendait perplexe, c'était l'apparente absence de clivage à laquelle ils parvenaient.

Elle avait observé le visage de sa mère, sous la courbe en coquillage de sa chevelure, à un moment où elle rangeait l'argenterie dans le buffet, et elle n'avait pu deviner aucune des pensées qui se mouvaient derrière ces traits insouciants. D'une petite fenêtre elle avait épié son père en bas sur le gazon, les mains dans les poches, alors qu'il allait à la rencontre du jardinier pour discuter des paillages à effectuer. Mais qu'avait-il en tête quand il avait ramassé une branche fuselée et l'avait lancée par-dessus le mur dans la propriété de Mme Youngman, puis était resté là à la regarder fixement ? Qui aurait pu le dire ? Et à quoi pensait le livreur de lait, qui faisait tinter ses bouteilles dans le panier métallique ? Ses joues étaient grêlées, il n'avait pas de sourcils, et il remontait sa ceinture lorsqu'il parlait à Rosie.

Il existait une vie à l'intérieur de chacun d'eux, et pourtant comme ils la gardaient secrète ! Elle savait à quel point c'était difficile, et, si c'était difficile, il y avait des chances pour que ce soit une bonne chose. Elle allait apprendre à se comporter de la même façon qu'eux, et à ne pas montrer ce qui se passait en elle-même, non parce que tout le monde semblait agir ainsi, mais parce que c'était courageux.

Un losange sombre avec deux oreilles apparut en dessous d'elle au bord du toit. Arthur grimpa à quatre pattes et vint s'asseoir à côté de sa sœur.

Je pensais aux garçons qui s'en vont, dit Lilian, serrant la mâchoire. La forme de son menton évoquait un quartier de roche entaillé d'une fissure, et la couleur sombre de ses yeux était rehaussée par le blanc éclatant qui les entourait.

Moi aussi, je serai bientôt là-bas, déclara Arthur, dont l'expression semblait exprimer que c'était pour lui un droit inaliénable. Dès qu'il aurait dix-sept ans il s'engagerait. Il vivrait ainsi des expériences authentiques. Arthur avait récemment décidé qu'il serait écrivain, comme Oscar Wilde ou Ambrose Bierce. Lilian n'aurait jamais pu être une artiste ; elle avait des préoccupations bien trop terre à terre. Arthur, lui, était l'artiste de la famille, celui qui, lorsqu'il contemplait le ciel la nuit, voyait des choses grandioses et universelles. Bien qu'elle n'eût jamais rencontré d'artistes en chair et en os, elle avait lu des livres sur eux, et elle fondait ses opinions sur ces lectures.

Quelle heure est-il ? demanda tout à coup Arthur. Il était comme le brouillard, surgissant brusquement de nulle part, incapable de rester en place, et comme le brouillard il tendait à obscurcir les choses.

Neuf heures passées.

Il faut que je file. Il étendit ses longues jambes. Arthur pouvait bien dire qu'il allait jouer aux cartes chez les Cunningham ou chanter des noëls chez les Noble, il y avait de fortes chances pour que ce soit un mensonge.

Comment va Amy Snow ? demanda Lilian.

Le sourire niais d'Arthur fut éclairé par le réverbère. Tu aimerais bien le savoir, hein ? dit-il avant de disparaître.

Son souffle formait une brume en s'échappant, et elle continua d'observer la nuit. Elle avait quelques petites idées de ce que pouvait être le bonheur, mais elles demeuraient vagues. Cela ne dépassait guère le stade de la rêverie. Elle commençait à s'apercevoir que ses idées différaient de celles que ses parents avaient pour elle dans ce domaine : elle voyait le bonheur comme une chose immense et irrésistible, alors que pour eux il s'agissait d'un domaine bien délimité et bien propre.

Un jour, le bonheur viendrait à elle. Elle n'y pensait pas, elle ne l'espérait pas, mais elle le sentait comme en train de mûrir peu à peu — c'était une scène située dans le futur, colorée, brillante et pleine de bruits agréables. Elle attendrait. C'était l'essence même de la vie, après tout, et il fallait de la patience. Elle n'était pas aussi patiente qu'elle l'aurait voulu, mais elle y travaillait.

5

Patinage

Le ciel ressemblait à de la neige, et l'air, décoloré, rehaussait le teint des joues de Lilian.

Walter Vail était déjà sur la glace, silhouette gracieuse patinant à grandes enjambées sur le bord opposé de l'étang, tandis que son écharpe sombre flottait au-dessus de son manteau de soldat. À une extrémité se déroulait une partie de curling, et de temps à autre une clameur s'élevait de l'étendue glacée. Madelaine Fenwick n'était nulle part en vue. Walter Vail repéra Lilian. Elle portait un manteau de laine à double boutonnage, et un béret à bordure écossaise qui lui retombait au ras des yeux. Il glissa droit vers elle, coupant les trajectoires des autres patineurs, avec un sourire tellement large qu'elle baissa les yeux.

Vous êtes venue, s'écria-t-il, et il prit une attitude étrange mais séduisante, entre la surprise et la perplexité.

Nous sommes venus à quelques-uns, dit Lilian, avec un geste en direction d'Arthur et de certains de leurs amis. Walter Vail adressa à Arthur un cordial signe de la main, que celui-ci lui renvoya d'un air ironique ; il avait le teint jaunâtre et paraissait particulièrement espiègle cet après-midi.

Lilian laça ses patins sans se presser, trouvant pour quelque obscure raison une réelle satisfaction à prendre son temps. Elle mit ses gants et chercha distraitement des yeux Arthur qui avait disparu.

Elle s'avança sur la glace en compagnie de Walter Vail, qui se pencha vers elle d'un air intéressé.

J'ai effectué quelques recherches à votre sujet, dit-il. La formule plut à Lilian, mais elle ne savait trop comment l'interpréter.

Hugh, le frère de Dolly Cushing, passa à côté d'eux sur ses patins, avec un pompon qui sautillait en haut de son bonnet, et Beany Wheeler, quand il arriva à leur hauteur, leur jeta un regard appuyé par-dessous ses lunettes. Dans le lointain elle aperçut Sis Cabot qui poussait sa petite sœur sur une chaise, formant une silhouette courbée qui évoquait un échassier. Les branches noires se découpaient contre le ciel, comme les sourcils de Walter Vail se détachaient nettement sur la pâleur de son visage, tandis que son souffle s'échappait en minces nuages. Lilian n'aurait su comment sonder ce qui se passait derrière ce masque impassible où s'étendait une légère tache de naissance. Songe à toutes les chambres qu'il a occupées, aux spectacles qu'il a admirés du haut de balcons élevés, aux sombres vestibules qui s'illuminent de chandelles quand on y entre... Lilian n'était allée à New York qu'une seule fois, trop jeune pour en avoir gardé en mémoire autre chose que la lueur orange la nuit derrière les fenêtres, et une promenade dans une voiture à cheval toute garnie de velours. Ce qu'elle en savait provenait de livres, ou de conversations avec Tante Tizzy. Était-il vrai que les gens y traînaient dans les rues toute la nuit en mangeant des huîtres et en buvant du champagne ? Les sourcils de Walter Vail se redressèrent. Elle parlait comme une fille très à la page.

Mais que faisait-elle de ses journées à Boston ? voulut-il savoir. Elle déjeunait avec des tantes, prenait le thé avec des dames. Elle avait obtenu son diplôme de l'École de Jeunes Filles Peabody (Lilian garda pour elle sa mention très bien), et elle continuait en suivant un ou deux programmes d'études supérieures, présentement le cours de M. Holmes sur l'Histoire de l'Art. Elle allait souvent au concert, rarement au théâtre. On voyait toujours les mêmes personnes à Boston. Elle considérait le bottin mondain avec une certaine dérision. Boston n'était pas, comme New York, une ville remplie de voyageurs. À Boston, si quelqu'un partait en voyage, il allait à Londres, et à son retour il parlait des joyaux de la couronne, du vacarme de la circulation à Piccadilly, et du brouillard qui n'avait pas cessé. Elle évoqua un Noël passé à Beacon Street, où l'Oncle Nat — le frère de son père — s'était tourné d'un air déconcerté vers Tante Tizzy en lui demandant pour quelle raison elle voulait voyager. Les yeux lourdement maquillés de Tante Tizzy avaient roulé en direction du plafond. Tu es née à Boston, avait insisté l'Oncle Nat, pourquoi t'en aller ailleurs ? Pour échapper à des individus comme toi, avait répondu Tante Tizzy, ce qui avait fait rire le père de Lilian, mais il avait été le seul.

Walter Vail l'écoutait, amusé, comme s'il additionnait tous les éléments qui la composaient et les étalait devant lui pour les contempler.

Lilian ne plaidait pas pour Boston, dit-elle, en enfonçant le menton dans son col, mais elle voyait bien comment on pouvait trouver la ville ennuyeuse.

Il prit une expression vaguement gênée, qui lui plut aussitôt. Il déclara qu'il ne la trouvait pas le moins du monde ennuyeuse.

Elle signala qu'elle commençait à avoir froid aux mains, voulant dire par là qu'il valait peut-être mieux rentrer — et, avant qu'elle n'ait compris ce qui se passait, il l'avait déjà immobilisée sur la glace, lui avait ôté un de ses gants, et de ses mains nues s'était mis à lui frictionner les doigts d'une manière régulière et naturelle. Manifestement c'était pour lui un geste des plus ordinaires que de réchauffer les mains d'une jeune fille. Elle éprouva dans tout le corps une étrange impression de détente.

Par-dessus l'épaule de Walter Vail elle vit Arthur à l'autre bout de l'étang, près des joueurs de curling. Il était remonté sur la berge, et il parlait à un groupe de jeunes gens qu'elle n'avait encore jamais vus. L'une des filles était vêtue d'une longue cape, et les garçons portaient des chapeaux de travers.

Tout le monde fumait. Il se dégageait de l'ensemble une atmosphère d'encanaillement et de laisser-aller.

6

Le thé

Qui étaient tes amis ? demanda Lilian à Arthur. Ils étaient en route pour Fairfield Street, où ils avaient invité Walter Vail à prendre le thé.

Arthur avait appris de son père à ignorer les questions sans intérêt pour lui, et il parla de la partie de curling. Savait-elle que les frères Finch étaient des champions nationaux ?

De curling ? fit Lilian, poussant du pied la lourde porte.

La maison de Fairfield Street possédait deux vestibules : d'abord une étroite entrée où la lumière traversant un œil-de-bœuf dessinait des motifs sur le sol, puis le vestibule proprement dit, plus large, avec une grande horloge de parquet et des urnes chinoises vertes qui ne contenaient rien. Dans le coin, des rayonnages blancs présentaient des objets en porcelaine : une assiette et deux vases étaient exposés sur la première étagère, un couple de perruches flanquant une soupière sur la seconde, puis des corbeilles en porcelaine et ainsi de suite. Les assiettes étaient décorées d'aigles tenant des flèches croisées entre leurs serres, ou bien bordées d'un filet de bleu et d'or.

La porcelaine de Canton, celle en bleu et blanc où l'on voyait des pagodes et des ponts, se trouvait dans la salle à manger et servait pour les repas. Sur une table étroite incrustée de loupe d'orme, sous un miroir déformant, il y avait un plat rectangulaire aux bords droits, où le courrier était déposé deux fois par jour.

La bibliothèque était imprégnée d'une bonne odeur de thé et de feu de bois. On y trouvait des fauteuils dont les sièges et les dossiers en cuir étaient fixés à l'armature et aux accoudoirs en bois par de gros clous en cuivre. Un canapé bas faisait face à la cheminée, un palmier en pot s'inclinait vers une fenêtre d'angle.

La salle de séjour ne paraissait pas tellement différente, bien qu'elle fût plus grande, avec des rayonnages qui garnissaient les murs, et deux canapés Sheraton bleus placés en vis-à-vis. Il y avait un lampadaire muni d'un abat-jour à franges, des tapis persans sur le sol, et en été une petite table soutenant une coupe en verre pleine de rhododendrons provenant du jardin. Sur le bureau, près du tampon buvard aux flancs de cuir, du coupe-papier à poignée en vachette, et des encriers d'ornement en verre taillé, trônaient des fragments d'épaves où étaient gravés en pointillé des oiseaux marins dans différentes postures. Certains étaient simplement debout, d'autres avaient les ailes déployées et semblaient prêts à s'envoler.

Comme c'était un samedi et que M. et Mme Eliot dînaient dehors, Rosie n'était pas dans la cuisine en train de taper sur un rôti à grands coups d'aplatissoir. Les jours continuaient de raccourcir et on pouvait voir par les fenêtres une faible lumière jaune. C'était le jour de congé de Hildy, et la maison paraissait particulièrement silencieuse. Pendant que Lilian préparait le thé, avec des bruits qui résonnaient dans la pièce haute de plafond, Arthur et Walter Vail s'attardèrent dans le vestibule, jetant des coups d'œil par les portes ouvertes en direction de la salle à manger, de la salle de séjour. Walter Vail rejeta la tête en arrière et fixa son attention sur le portrait surmontant la cheminée, signé du peintre du XVIIIe siècle John S. Copley, et Arthur le félicita, les mains dans les poches, les paupières mi-closes, parlant de sa voix monotone et peu expressive : il avait choisi le tableau le plus précieux de la pièce.

Ils allumèrent un feu dans la bibliothèque, et Lilian émergea de l'ambiance morose de l'office pour apporter le plateau du thé. Arthur fumait une cigarette près d'une fenêtre ouverte, avec l'allure furtive de quelqu'un à qui le tabac n'est pas autorisé. L'air froid entraînait la fumée dehors en une ligne gracieuse.

Il était agréable de recevoir Walter Vail dans cet endroit. L'intérêt qu'il manifestait à l'égard de Lilian rendait la pièce encore plus lumineuse, tandis qu'ils bavardaient près du feu. Elle se tenait bien droite, et ses yeux bruns, attentifs, regardaient droit devant elle. À cet instant précis, il éprouvait plus de curiosité pour elle qu'elle n'en éprouvait pour lui. Elle ne savait pas vraiment ce qu'elle pensait de lui, elle aimait son empressement, elle sentait qu'il était différent. Les garçons qu'elle connaissait n'auraient rien trouvé d'insolite dans le fait qu'elle soit une jeune fille de

Boston. Cela lui donnait, à elle aussi, l'impression d'être différente.

Vous connaissez du monde là-bas ? demanda Lilian.

Oh oui, bien sûr, quelques personnes.

Forrey Coõper, un garçon du patelin où nous allons en vacances dans le Maine, vient de s'engager dans la marine, dit Lilian. Il n'a que seize ans.

Pas seize ans, intervint Arthur. Je dirais plutôt dix-huit. En général, Arthur avait raison dans ce domaine-là.

Eh bien, dans un cas comme dans l'autre, ça fait tout de même bien jeune. Quel âge avez-vous ?

Walter Vail se cala d'une manière bizarre contre l'accoudoir du canapé, mal à l'aise d'avoir à répondre à des questions personnelles. Vingt ans, dit-il. Une fraction de seconde, Lilian se demanda s'il ne mentait pas.

Elle lui tendit une seconde tasse de thé, et il répondit à son coup d'œil par un regard fixe et pénétrant qui la choqua. Elle eut l'impression qu'il était en train de la jauger d'après les règles d'un univers qu'elle ne connaissait pas. Elle se redressa pour aller mettre une nouvelle bûche dans le feu. Puis elle se rassit et, quand elle eut retrouvé son calme, elle le regarda parler, sans avoir la moindre idée de ce qu'il disait.

Ils entendirent des bruits de pas derrière la porte. M. Eliot entra le premier — le placard à manteaux se trouvait juste à l'extérieur de la bibliothèque —, et il parut déceler l'odeur de la cigarette d'Arthur : il avait la mine sévère et réprobatrice, et le reflet rond de ses lunettes dissimulait l'expression de ses yeux.

Ils avaient rendu visite au vieil Oncle Bill, à Brookline.

À qui avons-nous l'honneur ? dit M. Eliot, et Walter Vail bondit à travers la pièce pour aller lui serrer la main. M. Eliot, peu accoutumé à un contact physique aussi brusque, recula un peu. Mme Eliot émergea de la pénombre du vestibule, en tirant d'un air vague sur ses gants. Lilian présenta son invité.

Oh oui, dit Mme Eliot. Diana m'a raconté qu'ils vous avaient eu à dîner. Elle gardait le visage à demi détourné, comme si elle attendait avant de décider quelle attitude adopter à l'égard de cette personne. Avec un mélange de sincérité et de timidité, Walter Vail leur dit à quel point il admirait la maison, et il ajouta à l'adresse de Mme Eliot qu'à son avis elle l'avait décorée magnifiquement. Mme Eliot prit un air abasourdi. Arthur, se renversant en arrière contre l'accoudoir d'un fauteuil, eut un sourire narquois. Lilian lui décocha un regard furibond.

Vous ne voulez pas vous asseoir ? dit Walter Vail. Jamais encore les Eliot n'avaient été priés de s'asseoir par un invité dans leur propre maison.

Bien sûr que si, dit Mme Eliot, et elle enleva son chapeau d'un adroit mouvement des bras, sans incliner la tête d'un seul degré.

M. Eliot s'avança dans la pièce et resta debout, les jambes raides, près du plateau à thé. Il alluma un cigare et posa des questions à Walter Vail sur sa formation militaire. L'expérience du campement n'avait pas été tellement intéressante, répondit Walter Vail — opinion que M. Eliot ne parut pas apprécier. Il marqua un autre temps de silence quand il entendit

Walter Vail prononcer une expression aussi détestable que « l'effervescence d'outre-Atlantique ».

Votre mère n'est-elle pas une grande actrice? demanda Mme Eliot, surprise d'avoir réussi à s'en souvenir.

Elle l'a été, oui.

Je suppose qu'il faut être plus ou moins exhibitionniste pour faire le métier d'actrice, dit Mme Eliot.

Sur le manteau de la cheminée une pendule sonna, et son carillon fut répété en un écho affaibli par la grande horloge du vestibule. Oh mon Dieu, dit Walter Vail, employant une expression que Mme Eliot réprimait souvent dans la bouche d'Arthur. Il se leva. Je ne me suis pas rendu compte de l'heure. Les Fenwick doivent m'attendre.

Dans l'entrée, en tenant la porte ouverte, Lilian lui dit au revoir. Walter Vail avait une expression particulière, une sorte de croisement entre le chagrin et la curiosité. Il toucha de sa paume arrondie la joue de Lilian et, en reculant, il laissa ses doigts glisser sur son menton.

Lilian dit à sa mère qu'elle l'avait invité à dîner pour lundi soir.

Ne faudrait-il pas inviter aussi Madelaine? demanda Mme Eliot.

Je ne vois pas pourquoi, dit Lilian. Elle n'est pas venue patiner.

Toute la soirée, Lilian s'aperçut qu'elle pouvait rester durant de longues périodes sans rien regarder de précis, et en être parfaitement satisfaite.

7

*Le rendez-vous
et ce qui s'ensuivit*

Lilian était assise avec un livre dans la lumière joyeuse de la salle de séjour ; les yeux fixés toujours sur le même paragraphe, elle se sentait malade, elle aurait préféré ne jamais rencontrer Walter Vail, elle aurait tant voulu que son père le laisse venir dîner, elle aurait tant voulu ne pas lui avoir donné la possibilité de frapper à sa porte-fenêtre d'un moment à l'autre. Le sapin de Noël se dressait dans un coin, illuminé de chandelles, et toute la pièce baignait dans une sorte de halo laiteux. Dehors la nuit était claire et derrière la noirceur menaçante des portes vitrées, elle distinguait de petits amas de neige parmi les silhouettes spectrales du jardin.

Enfin les petits coups tant attendus arrivèrent, plutôt discrets.

Lilian bondit sur ses pieds. Elle avait mis une vieille robe qu'elle aimait bien, verte à bords blancs, pour avoir le sentiment que c'était elle-même qu'il venait voir, et non quelque jolie chose enveloppée de mignons colifichets tout neufs ; et elle ne s'était pas brossé les cheveux, voulant paraître naturelle. Elle portait d'ordinaire le col pas trop serré, mais jamais en dessous de la clavicule, et elle avait de bonnes épaules bien droites. Le seul vrai bijou qui lui appartînt était un médaillon avec d'un côté le portrait de ses parents et de l'autre celui de Hildy ; ce soir elle l'avait sur elle, tout contre sa peau.

Elle alla vers la porte, sentant sa gorge se nouer, et le froid entra quand elle l'ouvrit. Walter Vail avait un air émerveillé, comme s'il lui apportait la plus heureuse nouvelle qui soit, et aussitôt elle fut contente de sa présence.

Nous ne devons pas faire de bruit, dit-elle.

Avez-vous bien dîné sans moi ? murmura Walter Vail.

Obligés de parler à voix basse, ils restèrent tout près l'un de l'autre. Lilian lui fit visiter la pièce, ignorant délibérément qu'il y était déjà venu avec Arthur. Ils accordèrent une attention extasiée aux plus menus objets, examinant en détail les écrins vitrés de l'Oncle Nat, et considérant avec beaucoup d'intérêt les titres des gravures représentant un bateau en feu. Walter Vail écouta d'un air absorbé pendant que Lilian lui montrait qui était qui dans les photographies encadrées sur les tables, et lui expliquait la provenance des oiseaux sculptés. Il se rapprocha quand ils observèrent l'œuf d'autruche, placé sur un petit socle en anneau, que Tante Tizzy avait ramené d'Afrique. Lilian tourna la tête : son visage était tout contre le sien, et il souriait.

Si nous nous asseyions ? suggéra-t-elle. Il lui vint à l'esprit qu'elle ne manifestait pas d'intérêt pour ce qu'il pouvait penser.

Ils s'assirent près du feu. Leurs propos étaient de peu d'importance pour tout autre qu'eux-mêmes, futiles et légers, du genre de ceux que tiennent deux personnes qui trouvent leurs délices dans le seul fait d'être ensemble. Walter Vail dit qu'il songeait à devenir architecte, mais qu'il n'était pas sûr d'avoir suffisamment de discipline pour cela. Lilian le rassura sur ce point. Il était également préoccupé par l'insécurité matérielle de la profession. Lilian se demanda de nouveau si c'était une particularité des New-Yorkais, cette façon d'aborder le sujet de l'argent et d'en parler très ouvertement. Elle ne se rappelait pas avoir entendu débattre de la question à la table du dîner, sauf les fois où Arthur s'interrogeait à haute voix sur la somme que les Morse avaient dépensée pour leur soirée dansante, ou sur la raison qui poussait M. Cunningham à voyager en seconde classe alors qu'il aurait pu acheter le train entier. Dans ces cas-là, Arthur était aussitôt réduit au silence par son père, et la discussion n'allait pas plus loin.

Il parut donc à Lilian que Walter Vail mettait sa confiance en elle. À un moment, elle se surprit à regarder sa bouche comme si elle était hypnotisée. Elle se ressaisit brusquement. Elle avait déjà été embrassée par un garçon, mais pas par quelqu'un comme Walter Vail.

Il était plus de minuit quand Walter Vail sortit furtivement par la porte de devant. Ils se mirent d'accord pour déjeuner ensemble le lendemain, quelque part en ville. Il l'embrassa sur la joue, et son baiser sembla se prolonger au-delà de son départ.

Lilian passa la matinée suivante dans un brouillard rêveur. À midi, l'heure fixée pour le rendez-vous, Walter Vail ne se montra pas.

À quinze heures, Lilian reçut un mot avec le courrier de l'après-midi.

> Vraiment désolé d'avoir manqué le déjeuner. Mes parents sont arrivés. Nous allons passer quelques jours sur la côte Nord. Je vous verrai à mon retour.
>
> *Votre complice,*
> Walter Vail

D'un crayon bien faible il avait ajouté en dessous, comme après réflexion : *Navré.*

Lilian sentit tout le bel édifice qui s'était construit autour d'elle s'effondrer et voler en éclats. D'un pas décidé, elle monta dans sa chambre pour éviter de rencontrer quiconque et, une fois là-haut, elle se tint debout devant son secrétaire, contemplant les petites boîtes posées dessus : celle en argent qui portait ses initiales, et la boîte à pilules ornée d'un chat noir. Elle prit la brosse à cheveux à soies blanches et la plaça à un autre endroit sur le chemin de table en lin ; elle souleva le couvercle en écaille de tortue de son coffret à épingles. Elle sentit les larmes lui monter aux yeux, et elle eut honte. Pourquoi lui avait-il fallu si longtemps pour écrire ? Peut-être ses parents l'avaient-ils surpris. Quoi qu'il en fût, il était clair que le changement de programme avait eu moins d'importance pour lui que pour elle. En conséquence, elle n'allait pas non plus le laisser prendre trop d'importance.

Dans les jours qui suivirent, elle fut d'une humeur de chien. Elle raconta à Dolly Cushing les derniers événements, et Dolly déclara que c'était maintenant le moment pour elle de se montrer distante : s'il s'intéressait à elle, il lui appartiendrait de faire le travail. Comme cette tactique allait à l'encontre de ses sentiments naturels, Lilian eut la certitude que ce devait être la bonne.

8

Il réapparaît

Les Cunningham ne donnaient qu'une réception par an, pour ne pas faire étalage de faste ; on y servait des porto-flips, et elle avait lieu traditionnellement le vendredi précédant Noël. Lilian n'avait pas envie d'y aller, d'humeur trop mélancolique pour faire des mondanités, mais ses parents trouvèrent impensable de la laisser à la maison. Des familles entières assistaient à la réception de Noël des Cunningham. Puisqu'ils habitaient à proximité, les quatre Eliot y allèrent à pied ; Arthur ne portait même pas de manteau, comme si c'était un soir de printemps.

Marian Lockwood fut la première personne que Lilian rencontra quand elle eut passé le seuil. D'abord elle fut surprise de la voir là, car Marian avait rompu avec Chip Cunningham à l'automne. Tout le monde avait supposé qu'il y aurait des fiançailles durant l'été — sauf Tante Tizzy, qui se disait sûre du contraire, parce que visiblement l'étincelle manquait — mais Marian y avait finalement renoncé. Lilian connaissait Marian depuis l'enfance : une petite fille potelée et exubérante qui était gentille avec vous aussi longtemps qu'elle obtenait ce qu'elle voulait — et en général elle y parvenait. Étant l'aînée de cinq filles, Marian Lockwood avait l'habitude de dire aux autres ce qu'il fallait faire. Manifestement, elle avait eu envie de venir à la réception de Noël, et elle l'avait simplement dit à Chip Cunningham, un type faible au visage indécis, qui ne savait jamais dire non.

Habituée de la maison des Cunningham, Marian Lockwood se comportait comme si elle était chez elle. Quelle jolie couleur, commenta-t-elle à propos de la robe de Lilian. Les filles Lockwood achetaient leur garde-robe à New York, sur les conseils de leurs cousines, et elles s'intéressaient beaucoup à la mode. Dis-moi donc où tu l'as trouvée.

Irene Minter était là. Lilian fut contente de la voir. Irene Minter semblait vivre dans un autre monde ; le teint blême et les yeux noirs, elle planait à l'écart, en proie à quelque mystérieux tourment intérieur, troublée par des préoccupations d'ordre privé. Elle avait des cheveux couleur de blé pâle. Irene posait constamment des questions auxquelles on ne pouvait pas répondre, habitude qui contrariait les gens mais que Lilian aimait bien, intriguée qu'elle était plus par sa façon de faire que par les propos bizarres qu'elle tenait tout à coup. Irene avait des dons artistiques, chose que Lilian admirait, et les Cunningham possédaient une petite aquarelle dont elle était l'auteur. Celle-ci représentait un bateau, et ils l'avaient achetée à une exposition de bienfaisance. Avec un grand embarras, Irene montrait maintenant l'œuvre en question à son chevalier servant, qui semblait sorti tout droit d'une publicité pour les chemises Arrow.

Dis donc, tu as une mine superbe, dit Irene Minter,

le regard admiratif. C'est l'amour ? Elle présenta Lilian à son ami, quelqu'un qu'elle n'avait encore jamais vu. Irene Minter avait tendance à rechercher la compagnie de beaux garçons au regard vague et ensommeillé, qui paraissaient à peine remarquer sa présence.

Dolly Cushing était là, la chevelure scintillante, vêtue d'un habit comportant des rangées de festons, et exhibant une nouvelle paire de mocassins à barrettes. Trouvant moyen de faire précisément le geste inopportun, Dolly lui adressa un clin d'œil en guise de salut. Lilian commença à se sentir déprimée. M. Cunningham l'appela Ellen, et Mme Cunningham lui transmit une invitation à l'anniversaire de sa fille Elizabeth le mois suivant. Elizabeth Cunningham était plus jeune que Lilian mais, comme leurs familles étaient amies, elle serait obligée d'y aller. Elizabeth, craintive et d'un physique peu gracieux, n'avait pas beaucoup d'amies à elle.

Après un dîner de jambon glacé et d'oignons à la crème pris dans des assiettes posées sur les genoux, les adultes ayant des enfants en bas âge rentrèrent chez eux l'un après l'autre, et ceux qui restaient se dirigèrent vers des salons plus intimes pour y prendre un verre. Cela laissa les jeunes gens à leurs propres distractions.

Dolly Cushing et Harry Cunningham, le plus jovial des deux frères, organisèrent un jeu auquel tout le monde se devait de participer. Ils se mirent à crier et pointèrent l'index vers les gens pour qu'ils se placent de la manière adéquate. Lilian aperçut Madelaine Fenwick, en robe bordée de satin, qui se tenait assise à l'écart avec un air supérieur. Lilian se glissa jusqu'au fond de la pièce pour y broyer du noir ; elle trouva une chaise contre le mur près d'une lourde tenture. Arthur, qui détestait les jeux de société, vint la rejoindre, devinant son humeur, muet ; en s'asseyant, il releva ce menton typique de la famille Eliot. Irene Minter s'installa non loin de là, et le visage d'Arthur prit une expression rêveuse : ses yeux suivaient les mouvements qu'elle faisait avec les mains pour tracer dans l'air ses idées bizarres. Irene Minter a un air vraiment halluciné ce soir, songea Lilian. Mais il fallait dire aussi que rien ne paraissait normal. Le chevalier servant d'Irene, la bouche tombante, regardait fixement ce qui se passait.

Freddie Vernon était le chef d'une équipe. Son col montant semblait l'étrangler — mais peut-être cette impression était-elle due simplement à ses yeux protubérants. Chip Cunningham se tenait à l'écart, torturé par le spectacle de Marian Lockwood qui jouait au « pouce de fer » avec Dickie Wiggin, un garçon timide et tiré à quatre épingles qui n'en revenait pas de la chance qu'il avait. Lilian eut un bref tressaillement quand, du coin de l'œil, elle aperçut une vareuse militaire à baudrier, mais ce n'était que le frère de Tommy Lattimore qui lui aussi s'embarquerait après Noël. Dispersés sur les canapés raides et les fauteuils anciens, les jeunes gens restaient assis bien droits, les yeux levés, regardant un candidat après l'autre s'arrêter devant eux et faire des gestes mystérieux, montrant de l'index telle ou telle partie de son corps, pointant les doigts en l'air, dessinant des formes dans le vide et gesticulant sur le sol. Au milieu des cris, Lilian remarqua un visage dépourvu d'agitation : le regard douloureux de Tommy Lattimore, dirigé droit sur elle.

Toute la soirée elle n'avait pu cesser un instant de penser à Walter Vail et au jour où il reviendrait de la côte Nord.

Juste à ce moment, la timide Elizabeth Cunningham, la tête penchée en avant, introduisit un nouvel arrivant dans la pièce. Chip, dit-elle doucement, et le pauvre Chip tourna vers elle un visage blafard. Harry, dit-elle, et quand Harry la regarda tout le groupe se retourna vers elle. Dolly laissa échapper un « pfouh ! » et jeta immédiatement un coup d'œil à Lilian, qui se renfonça dans la tenture. C'était Walter Vail.

Désolé, je... je suis en retard, dit-il, le visage crispé par une confusion sincère. Nous venons tout juste de rentrer... Mais ses explications furent submergées par un brouhaha général ; on s'en fichait, il était là maintenant. Harry Cunningham lui donna une tape dans le dos et l'entraîna à l'intérieur du cercle des chaises. Lilian, collée à son siège, regarda Walter Vail feindre d'abord l'ignorance, puis entrer dans le jeu avec une facilité alarmante. Elle se sentit se recroqueviller. Le voir ainsi en chair et en os effaçait certaines des qualités éblouissantes qu'elle lui avait trouvées. Il n'est pas aussi beau garçon que je l'ai cru, réfléchit-elle. En fait, c'est à peine s'il a quoi que ce soit de remarquable. Qu'à l'instant de son arrivée tout son corps ait été traversé comme d'une décharge électrique, elle n'y attacha aucune importance. Il était penché en avant avec le reste du groupe, absorbé par le jeu, sans la moindre intention de croiser son regard.

Finalement la partie s'arrêta, et les invités

commencèrent à prendre congé. Après avoir bavardé avec Madelaine Fenwick, Walter Vail traversa la pièce jusqu'à l'endroit où était assise une Lilian Eliot au visage de pierre, les yeux rivés sur les plis que faisait sa robe sur ses genoux.

Eh bien, bonsoir, dit-il.

Lilian leva les yeux et sourit involontairement. Vous voilà revenu, dit-elle.

Vous n'avez pas participé au jeu, dit-il.

Elle haussa les épaules, incapable de cesser de sourire.

Je suis désolé pour la semaine dernière, dit-il.

Lilian ne répondit rien : elle souhaitait qu'il reste désolé.

Il y a eu un imprévu, ajouta-t-il.

Ah oui ? dit-elle, et elle s'aperçut qu'elle pouvait cesser de sourire.

Walter Vail ne parut pas particulièrement préoccupé par sa réaction. Son attitude rappela à Lilian celle d'Arthur, qui en général se moquait pas mal de savoir si on le croyait ou pas. Ils se ressemblaient aussi sur un autre point : on ne pouvait pas non plus faire confiance à Arthur, pas dans le domaine des choses pratiques. Pour une raison ou une autre, Lilian avait toujours été persuadée que les intentions d'Arthur étaient bonnes, peut-être même meilleures que celles de la plupart des gens. Il suffisait de regarder comment il montrait toujours du doigt l'injustice. Pourquoi Rosie n'avait-elle droit qu'à un jour de congé par semaine ? Pourquoi Mme Eliot invitait-elle Mme Amory si elle ne l'aimait pas ? C'est vrai, il semait le trouble, mais il ne s'en cachait pas, il l'admettait. Sa manière d'agir pouvait se défendre.

En ce moment précis, Arthur, près du seuil bordé de lierre, tendait en avant son long cou maigre et inclinait la tête pour ne rater aucune des paroles éthérées que prononçait Irene Minter — comme si cela le perturbait trop de la regarder directement. Aux yeux de Lilian, Arthur possédait une sorte de sainteté qui se combinait avec ses façons de faire diaboliques.

Et là, juste devant elle, un certain nombre des qualités propres à Arthur semblaient apparaître chez Walter Vail. Dans cette lumière, elle avait l'impression de mieux le comprendre — il était comme Arthur, qui avait les meilleures intentions du monde même si le résultat n'était pas toujours celui escompté. Elle ne voulait surtout pas être une de ces filles incapables de comprendre un garçon.

Vous êtes fâchée contre moi ? demanda Walter Vail. Il s'assit dans le fauteuil d'Arthur. Il lui prit le bras.

Non, répondit-elle, et son bras, avec cette main posée sur lui, se transforma en quelque chose d'autre, quelque chose qui appartenait à un autre monde, tandis que le reste de sa personne demeurait comme avant. Elle ne le regarda pas, dans l'espoir de conserver une allure distante, selon le conseil de Dolly Cushing. Elle sentit qu'il surveillait l'expression de son visage, s'attendant à une manifestation de colère. Mais au nom de quoi ? Il n'était pas question de lui laisser savoir qu'il avait pour elle une importance quelconque. Et si elle était furieuse ? Elle n'avait jamais exprimé ce genre de sentiment, sauf devant sa famille, et même si elle avait eu assez d'assurance pour le faire, ce qui n'était pas le cas, elle n'aurait pas choisi comme toile de fond la réception de Noël des Cunningham.

Walter Vail expliqua qu'ils étaient allés à Prides Crossing rendre visite à l'oncle célibataire qui avait une petite maison au bord de la mer, en plus de la maison située au coin de la rue, dans Lime Street, où la famille Vail résidait à présent. Lilian fut content d'apprendre qu'il n'habitait plus chez les Fenwick. Il dit que sa mère adorait aller faire un tour sur la côte Nord même en hiver et que, dès que leur bateau avait accosté, ils étaient partis en voiture directement du quai. Walter Vail avait passé l'été là-bas l'année précédente, et il aimait bien son oncle.

Nous avons dû rendre visite à beaucoup de monde, dit-il. Je ne savais pas que nous resterions si longtemps. Il surveilla de nouveau l'expression de Lilian, mais elle faisait de son mieux pour ne rien laisser paraître. Maintenant que nous habitons si près l'un de l'autre, nous pourrons nous voir sans que je sois obligé de me glisser par la porte du jardin, dit-il. Encore que cela ne me gêne pas de le faire.

Lilian sourit.

Je suis navré, dit-il d'une voix plus douce.

Lilian acquiesça.

Je croyais que vous comprendriez.

À l'encontre de tous ses instincts, Lilian haussa les épaules. Ce n'était qu'un déjeuner, dit-elle d'un ton désinvolte.

Walter Vail baissa les yeux, fronçant les sourcils d'un air légèrement perplexe. La tache qu'il avait sur la joue parut soudain plus sombre. Oh, dit-il, et avec stupeur Lilian se rendit compte que, s'il baissait les yeux, ce n'était pas par embarras mais pour voir dans laquelle de ses poches boutonnées se trouvait son calot plié. Était-ce tout ? Ses efforts allaient-ils se limiter à cela ?

Voilà qu'il était debout. Voilà qu'il la regardait, déçu, mourant d'envie d'être déjà parti. Oh, que conseillerait Dolly dans une telle situation ? Le laisser partir ? Oui, le laisser partir, et alors il réfléchirait : il se rendrait compte qu'elle n'était pas une fille avec qui on pouvait jouer au petit chef, qu'elle avait du caractère, qu'elle savait se faire respecter, et là il reviendrait.

Mais reviendrait-il ? Dans l'esprit de Lilian les pensées se succédaient à toute allure. Ce n'était pas comme s'il s'agissait d'un garçon ordinaire de Boston qui habitait à quelques rues de là, à Mount Vernon ou à Willow ; ce n'était même pas comme s'il retournait à New York le surlendemain — New York n'était pas si éloigné que cela —, mais il s'en allait beaucoup plus loin. Il allait traverser l'océan, et il risquait de ne jamais revenir.

Il se dirigeait vers la porte.

Lilian l'observa.

Il regardait autour de lui à la recherche d'un membre de la famille Cunningham pour dire au revoir.

Attendez, dit Lilian. Je vais sortir avec vous.

9

L'heure radieuse

Quand ils émergèrent du vestibule des Cunningham pour déboucher sur une petite cour, ils eurent le visage frôlé par la caresse veloutée des flocons de neige. La rue était couverte d'une fine poudre blanche, et les autres invités remarquaient à grands cris comme cela faisait joli.

Walter Vail proposa de marcher un peu. C'était une nuit calme, et l'air noir ruisselait de duvet en mouvement.

Ils prirent la direction du pré communal, où les réverbères brillaient d'un éclat particulier, et ils déambulèrent dans l'air lumineux le long des allées marquées par des chaînes en arc de cercle. Leurs bras frottèrent l'un contre l'autre ; ils continuèrent de marcher côte à côte, et cela se produisit encore à plusieurs reprises. Quand ils traversèrent la rue pour retourner vers Beacon Hill, Walter Vail lui prit le bras et, une fois sur l'autre trottoir — il n'y avait guère de voitures à cette heure —, il le garda serré contre lui. Il lui parla de son séjour à Prides Crossing. Ils étaient allés à un dîner — elle aurait dû voir ! Au menu : bouillabaisse de palourdes, ensuite poulet avec pommes de terre et chou-fleur — rien que du blanc! —, et même le dessert était blanc, une spécialité appelée île flottante! Lilian lui fut reconnaissante d'ajouter, Vous n'en auriez pas cru vos yeux, montrant ainsi qu'il la croyait pareille à lui, parce que pour sa part elle n'aurait strictement rien trouvé d'extraordinaire à un tel repas.

Ils gravirent en zigzag une colline escarpée. Il l'entoura de son bras, posant sa paume recourbée sur son épaule, serrant fort.

Jamais un garçon ne l'avait serrée comme Walter Vail à présent. Il la guidait le long des trottoirs, dans cette nuit d'hiver où personne n'y voyait, et il n'aurait pas pu le faire si elle n'y avait pas consenti ; mais elle y consentait. Elle avait l'impression d'être quelqu'un d'autre. C'est à cause de lui, songea-t-elle. La personne qu'il voit est totalement différente de celle que je suis selon moi — c'est une meilleure personne que voit Walter Vail. Elle préférait cette personne-là.

Elle se sentait comme un personnage dont elle aurait pu lire la description dans un livre ou qu'elle aurait pu voir dans une pièce — sauf qu'elle n'imitait aucun comportement, ne jouait aucun rôle : elle éprouvait le sentiment qui allait avec, un sentiment qui était partout en elle, qui se déversait dans son corps comme du cuivre liquide dans un moule. Il creusait des cavités à travers tout son être, il prenait possession d'elle. Elle avait l'impression de se déplacer à quelques centimètres au-dessus du sol, les bras en apesanteur, les jambes solides, consciente du jupon qui flottait sur ses hanches, du poids de sa robe au-dessus du jupon, et de son volumineux manteau par-dessus le tout. Ils étaient dans Pinckney Street, et les réverbères illuminaient la neige qui tombait ; les dalles étaient déjà couvertes d'une fine poudre blanche, et çà et là quelques empreintes apparaissaient. Ils continuèrent de gravir des trottoirs en pente et de suivre des rues en courbe.

Ce fut elle qui s'arrêta. Elle se planta en face de lui en pensant qu'il ne serait plus là longtemps, qu'il ne reviendrait peut-être jamais et, quand il la regarda, elle eut le temps de se demander s'il savait ce qu'elle avait en tête — mais il n'y avait aucune inquiétude dans son interrogation, l'inquiétude était restée dans la pièce aux lumières jaunes décorée de pots de poinsettias, là où au fond des tasses on voyait les ronds blancs laissés par les porto-flips, là où les braises rougeoyaient dans la cheminée, et où l'on ne parlait surtout pas de ce qui vous tenait vraiment à cœur. Ici c'était l'inverse, songea-t-elle, toute angoisse avait disparu. Là où elle était à présent avec Walter Vail, le monde était un décor de théâtre déserté, les bruits étaient assourdis, étouffés par le rideau perlé de la neige, les maisons élancées aux façades étroites, aux marches de granit, recouvertes d'une mince couche duveteuse : un lampadaire entouré de lierre se dressait près de la porte, dessinant une guirlande dans la pénombre, un heurtoir étincelait, et plus loin dans la rue il y avait la silhouette sombre d'une personne promenant un chien. Elle s'arrêta. Sa main se posa sur le pilier d'une grille en fer forgé ; elle fit timidement tomber un petit tas de neige, et regarda Walter Vail droit dans les yeux. Elle se sentit d'une légèreté irréelle, et bizarrement intrépide. C'était merveilleux de regarder un garçon dans les yeux et de ne pas avoir honte. Les yeux de Walter Vail, noirs au centre, étaient comme une autre terre, et elle trouvait que contempler cette terre était la chose la plus naturelle du monde. C'était un paysage qu'elle aurait pu survoler à loisir, embrassant les différentes tonalités de la lumière : ici un beau ciel clair, là de sombres nuages, dans le lointain un champ paisible et, plus près, des arbres secoués par le vent sur une colline arrondie. C'était le crépuscule, le soir, l'heure radieuse. En plongeant au fond de ses yeux, elle croyait à la réalité de ce trésor. Elle aurait pu les regarder pour l'éternité, encore suffisamment jeune pour envisager l'éternité comme une étendue possible de temps.

Il posa les mains sur ses épaules, faisant tomber la neige, et elle inclina la tête en arrière quand son visage se rapprocha. Elle ferma les yeux, rendue craintive par cette proximité, et elle fut abasourdie par ce qui se produisait en elle. Un martèlement sourd allait s'amplifiant, et elle eut l'impression de défaillir. Ses yeux s'entrouvrirent pour apercevoir la joue de Walter Vail tout près, agrandie comme par une loupe, et elle sentit son nez effleurer le sien. Jamais elle n'avait imaginé une telle métamorphose. On aurait dit qu'elle s'était transformée en une matière opaque et veloutée. Sa tête n'avait désormais plus d'importance, et son corps éprouvait une foule de sensations nouvelles. Au bout d'un moment, elle dut reprendre son souffle.

Je n'ai pas pu m'empêcher..., commença Walter Vail.

Oh, non, dit Lilian, retombant vers lui.

Il l'embrassa de nouveau, et le miraculeux bouleversement continua.

Ce fut quelque temps plus tard que, tout emperlée

de neige, elle leva vers Walter Vail un visage ensommeillé et luisant pour lui dire au revoir : elle était devant chez elle, dans Fairfield Street. C'est finalement en train de m'arriver, songea-t-elle.

10

Une sacrée fille

Le lendemain, Walter Vail revint à Fairfield Street ; dans l'encadrement de la porte, sa silhouette se découpa contre un ciel lumineux, avec la neige qui brillait sur les toits et les filets d'eau qui dégoulinaient des auvents. Lilian et lui se glissèrent dans la pénombre de la bibliothèque. Il n'y avait pas de feu dans la cheminée, mais c'était de toutes les pièces de la maison celle où l'on avait le plus d'intimité. Mme Eliot était sortie pour la matinée.

Lilian referma la porte derrière elle et attendit que Walter Vail l'entoure de ses bras, mais il était devenu timide. Il se dirigea vers un mur éloigné et examina avec grand intérêt une carte encadrée du cap Cod datant du xviiie siècle, et ornée dans un coin d'une grande rose des vents étoilée. Il lui posa des questions sur cette gravure. Lilian, qui ne comprenait pas son comportement, lui répondit avec force sourires, pour essayer de l'encourager, mais son malaise s'accrut. Il était allé au cap Cod un été avec les Fenwick, dit-il d'une voix anormalement forte, mais cela remontait à trop longtemps pour qu'il en ait conservé un souvenir précis. Est-ce qu'elle allait de temps en temps là-bas ? L'endroit lui plaisait-il ? Oui, répondit Lilian, elle avait toujours aimé la mer, même si le Maine restait la région qu'elle préférait... Elle sentit que sa voix sonnait creux, ses pensées étaient ailleurs. Il lui vint à l'esprit que Walter Vail ne lui avait pas encore fait part de ses sentiments. Peut-être s'était-elle méprise.

La conversation hésitante s'interrompit.

Dans un silence de mort Walter Vail dit, Je ne pourrai pas dîner avec vous ce soir. Il prit dans sa main une chouette en cuivre et fit basculer en arrière sa tête fixée par une charnière.

Ce devait être leur dernière soirée. Ah ? fit Lilian avec un faible sourire.

Il y a quelqu'un que je dois voir, poursuivit-il, complètement absorbé dans l'inspection de la figurine. C'est pour contenir des cigarettes ? demanda-t-il.

Lilian ne répondit pas, brusquement très loin de lui. Vos parents ? fit-elle, tout en sachant qu'il l'aurait déjà dit si ç'avait été le cas.

Non. Il déposa la chouette. Ses mains s'enfoncèrent dans ses poches. Il soupira. C'est quelqu'un que je voyais il y a un certain temps, mais... Il gesticula d'une façon bizarre, les poings sur les hanches, jetant un coup d'œil contrarié à Lilian comme s'il la tenait pour responsable de l'embarras où il se trouvait. Je l'ai vue à Prides Crossing la semaine dernière. Il dodelinait de la tête d'un air inerte et coupable.

Ah bon ? Le sang reflua du visage de Lilian, reflua de son cœur. Tout s'arrêta.

Ce n'est pas quelqu'un qui... Je veux dire, je la

connaissais déjà depuis longtemps... avant de vous rencontrer...

Lilian était sans voix. Elle ne voulait pas entendre un mot de plus. En même temps, elle voulait tout entendre, jusqu'au moindre détail.

Je ne l'avais plus vue depuis un moment, ajouta Walter Vail sur le ton d'une piètre excuse. Puis il se tut.

Lilian jeta un coup d'œil à la fenêtre, où l'interstice des rideaux sombres laissait voir au-dehors une lumière d'un blanc aveuglant. Elle finit par parler. Est-ce que je la connais ? Sa voix s'était réduite à un mince filet.

Je ne crois pas. Walter Vail garda les yeux fixés sur le sol, fronçant les sourcils avec application.

Eh bien, qui est-ce ? Lilian avait l'impression d'être dure comme de la pierre.

C'est seulement... C'est Nita Russell. Walter Vail regarda Lilian d'un air implorant, pour voir comment cette information l'affectait. Il détourna aussitôt les yeux.

Lilian s'assit sur le canapé. Je la connais, dit-elle, figée dans une immobilité absolue. Je la croyais fiancée à l'un des fils Reed. Sa voix était plate, et n'exprimait qu'une totale absence d'intérêt.

Enfin, elle l'a été, commença Walter Vail. L'histoire, eh bien, l'histoire s'est terminée par un affreux gâchis.

Lilian concentra son attention sur la poignée incurvée de la desserte, suivant des yeux encore et encore le dessin de sa courbe. Alors, c'est *vous* qui allez l'épouser ? dit-elle, surprise elle-même de sa hardiesse.

Mon Dieu, non, s'exclama Walter Vail. Sa personnalité propre semblait réapparaître, et il faillit éclater de rire.

Lilian releva les yeux.

Il faut juste que je parle avec elle, dit Walter Vail, rapetissant sous son regard.

Lilian acquiesça. Nita Russell, dit-elle. J'ai toujours pensé que c'était un drôle de numéro, celle-là...

Elle est sans doute un peu dérangée, dit Walter Vail. Toujours sur les nerfs.

S'il était venu à l'esprit de Lilian que Walter Vail avait connu d'autres filles, elle ne les avait jamais considérées comme douées d'une existence réelle. Mais bien sûr qu'elles existaient. Donc, les filles qu'il aimait étaient de grandes nerveuses, avec une poitrine opulente et des nuages de cheveux blonds comme Nita Russell.

La pièce était silencieuse. On entendait le tic-tac de la pendule. Lilian se redressa un peu sur son siège et s'efforça d'adopter une attitude calme et digne.

Je la plains sincèrement, dit Walter Vail, et il s'éclaircit la gorge.

La Nita Russell que Lilian connaissait était une fille au physique avantageux, qui semblait toujours très assurée et, à sa façon à elle, plutôt imbue de sa petite personne. Elle n'avait vraiment rien de quelqu'un que l'on pouvait plaindre. Lilian avança la lèvre inférieure en une moue boudeuse.

Elle a rompu ses fiançailles à cause de moi, dit-il. Ses mains se mirent soudain à s'agiter dans l'air. Je suis obligé de dîner avec elle. Son exaspération semblait tout à coup authentique.

Peut-être se trouvait-il réellement en mauvaise

posture. Lilian avait entendu dire que Nita Russell s'était engagée dans d'autres aventures galantes.

Il faut croire que oui, dit Lilian.

Je préférerais de loin être avec vous, dit Walter Vail dans un souffle ; puis, voyant l'effet produit, il ajouta, Je vous assure que c'est vrai.

Il sembla à Lilian qu'il parlait sérieusement. Elle sentit un peu de son ancien pouvoir lui revenir. Il dut s'en rendre compte à son expression, car il osa s'approcher. Il s'assit à côté d'elle.

Elle ne s'écarta pas. Elle remarqua comme ses épaules carrées tendaient la laine rêche de sa vareuse. Elle lui effleura le bras. Il était de nouveau près d'elle, et quand elle vit son visage si proche le Walter Vail de la veille au soir réapparut : elle reconnut les yeux, leur proximité. Il concentra doucement son attention sur elle. Il lui prit la main. Elle éprouva quelque difficulté à penser normalement quand elle sentit ce contact, mais sa main lui donna l'impression d'avoir désormais une assise solide. En fait, c'était à cet instant la chose la plus certaine de toutes, sa main bien chaude.

Vous êtes une sacrée fille, dit-il.

Non, pas du tout, répliqua-t-elle. Je suis comme toutes les autres filles, sauf Nita Russell. Je ne suis pas comme elle.

Non, dit Walter Vail, et il entoura de son bras ses épaules délicates. Le calme de la pièce perdit son aspect tendu et tourmenté. Dieu merci, vous n'êtes pas comme elle.

11

Il laisse des impressions

Dolly Cushing mourait d'impatience de donner à Lilian ses impressions sur Walter Vail, et de savoir où ils étaient allés. Dolly fit un saut chez Lilian après le déjeuner ; elle tenait à la main des sacs provenant de divers magasins, et elle lui montra les cadeaux qu'elle avait achetés.

Mais c'est qu'il a un charme fou, dit-elle. Si je n'avais pas Freddie... Dolly roula les épaules d'un air provocant. Je l'ai observé chez les Cunningham. Il ne t'a pas lâchée des yeux une seconde.

Lilian se crispa intérieurement, et songea qu'elle aurait mieux fait de garder toute l'histoire pour elle.

Dolly considéra son amie avec une expression solennelle. Épouse-le, dit-elle.

Lilian éclata de rire, et se détourna pour cacher la rougeur de son visage. Je le connais depuis une semaine, dit-elle. C'était l'idée la plus sotte qu'elle eût jamais entendue. En son for intérieur, cependant, il se passait quelque chose de différent, cette pensée fugitive rencontrait une note étrangement réelle, comme si l'idée d'épouser Walter Vail s'était déjà installée et la surprenait là, logée déjà au centre de la pièce, bien calée au fond d'un fauteuil. Quelqu'un qui aurait mieux connu Lilian, comme par exemple Jane Olney — qui ne reviendrait de Floride que fin janvier —, aurait pu soupçonner ce niveau plus profond de sentiment; mais Dolly Cushing n'avait qu'une notion très vague de ce qu'était la profondeur de sentiment, et elle ne se doutait guère de ce qui arrivait à son amie.

Lilian relata les faits en rapport avec Nita Russell, en traitant son intrusion comme une chose sans importance, mais Dolly l'envisagea immédiatement sous l'angle d'une liaison.

Voilà, déclara-t-elle, une situation dangereuse. Il faut que tu établisses un arrangement avec lui. Et elle entreprit d'énumérer les divers moyens d'y parvenir. À mesure qu'elle parlait, sa voix prit l'allure d'un bourdonnement lointain, pareil à celui des mouches un jour d'été, laissant à l'esprit de Lilian la liberté de vagabonder. Elle se rappelait le baiser qu'elle avait échangé avec Walter Vail. Elle se garderait bien d'en informer Dolly. Elle pensa aux doigts chauds de la main de Walter Vail, elle les sentait sur sa joue, et aussi longtemps qu'elle songeait à cela l'idée de Nita Russell n'avait même pas d'existence. Par ailleurs, elle verrait Walter Vail ce soir ! Ils étaient convenus de se rencontrer après son dîner avec Nita Russell. Pourquoi aurait-il accepté une rencontre s'il n'éprouvait pas pour elle un certain intérêt ?

Dolly s'en alla, au milieu d'un grand remue-ménage de boîtes et de papier de soie, et Lilian retomba dans sa rêverie. Mais cette fois Nita Russell apparut. Lilian se surprit à imaginer Walter Vail en train d'embrasser cette fille sculpturale. Elle était sûre qu'ils l'avaient fait ! Il lui entourait le dos de son bras arrondi ; elle s'appuyait contre celui-ci. Lilian observa la scène avec horreur : la main qui, un instant plus tôt, avait été si apaisante sur sa joue devenait un instrument de torture quand elle la voyait en train de défaire les boutons en nacre du corsage de Nita Russell pour se glisser à l'intérieur.

12

Dîner chez les Eliot

Elle était tellement désemparée qu'elle aurait préféré s'abstenir tout bonnement de dîner ce soir-là, mais Tante Tizzy était arrivée pour sa visite de Noël, apportant avec elle le parfum du monde extérieur, et Lilian aimait bien écouter ce qu'elle avait à raconter. S'il n'y avait pas eu Tante Tizzy, elle n'aurait jamais eu connaissance de certains détails intéressants sur la famille Eliot, comme par exemple le fait que sa mère s'était toujours promenée nu-pieds au printemps, ou que M. Eliot avait passé dans sa jeunesse une nuit en prison pour conduite répréhensible, c'est-à-dire pour ivresse sur la voie publique. Quand Lilian avait demandé à son père à quoi ressemblait la vie avant sa venue au monde, il lui avait répondu platement qu'elle était en tout point identique à ce qu'elle était à présent.

La tête pleine de Walter Vail, et encouragée par la présence de Tante Tizzy, par ses bracelets étincelants et ses fines lèvres écarlates, par sa chevelure moutonnante qui entourait son visage au teint pâle, Lilian demanda à son père comment Mme Eliot et lui s'étaient rencontrés. Elle avait déjà entendu l'histoire, mais cela remontait assez loin — il y était question d'un groupe qui partait en pique-nique et d'une paire de gants perdue. Lilian éprouvait un intérêt particulier pour les histoires de rencontres.

M. Eliot, qui s'était marié relativement tard, dévisagea sa fille comme si elle était une enquêteuse qui voulait le forcer à parler. Il n'allait pas se laisser avoir. Pose donc la question à ta mère, dit-il.

Mme Eliot, assise à l'autre bout de la table, cligna des yeux de contentement, le nez dans un verre à vin.

Alors, comment se sont connus ta mère et ton père ? demanda Lilian. Les parents de M. Eliot étaient morts tous deux à moins d'un mois d'intervalle durant une épidémie de grippe en 1882. M. Eliot avait alors vingt ans. Tante Tizzy, de dix ans sa cadette — leur frère Nat se situait entre les deux — était partie vivre chez des cousins à Douvres.

Ils ont lié connaissance à Boston, répondit M. Eliot, d'un ton indiquant que cela constituait la totalité de l'histoire. Au-dessus de la haute commode était accroché un tableau ovale dans un cadre doré, représentant un petit garçon aux cheveux bouclés portant une robe à volants. *Mon père quand il était une petite fille,* tel était le titre que lui donnait M. Eliot.

Ils se sont rencontrés dans un service d'assistance militaire, dit Tante Tizzy. C'est comme ça qu'Oncle Charlie me l'a raconté. Maman y travaillait comme infirmière, et papa avait été blessé...

Papa n'a jamais été enrôlé, intervint M. Eliot.

Il l'a été, j'en suis certaine, dit Tante Tizzy. Je possède son calot.

Ce n'est pas parce qu'un homme a un calot qu'il a été un soldat de l'Union.

Ça ne va pas recommencer, dit Arthur.

M. Eliot considéra son fils les paupières baissées. Toi, surveille tes impertinences, dit-il.

C'est ce que je fais, je m'y emploie avec la plus grande attention, répliqua Arthur.

Un de ces jours, cette attitude va t'attirer des ennuis.

J'espère bien, dit Arthur.

Lilian avait vu des photos de tous les grands-parents défunts dans les boîtes du grenier : des pochettes de studios à la calligraphie flamboyante, ornées de violettes en relief, des gens assis dans une véranda avec au premier plan une cascade de feuilles aux formes de soucoupes, des femmes tenant des bébés, des hommes fumant la pipe, un chien bondissant entre ciel et terre vers la main de quelqu'un. Qui étaient-ils, tous ? Lilian se demandait avec curiosité ce qu'ils avaient pensé, ce qu'ils avaient dit, comment ils s'étaient rencontrés, et comment le monde leur était apparu alors. Elle s'intéressait particulièrement à la mère de Mme Eliot, Lilian Baker, dont elle avait reçu le prénom. Celle-ci était morte en couches, laissant le soin d'élever la future Mme Eliot à une belle-mère et au père plein de rancœur contre l'enfant. Selon Mme Eliot, son père ne lui avait jamais pardonné. Lilian Baker était à demi française, et sur une photo elle portait une robe noire où ondulaient des rubans de satin. Ses yeux étaient barrés par une tache floue.

Ils ne tardèrent pas à parler de la guerre.

Arthur s'éclaircit la gorge. Je me demande...

M. Eliot l'interrompit. Aujourd'hui un homme est entré dans mon bureau. *Je me demande,* a-t-il commencé, et puis il s'est mis à me parler de je ne sais trop quoi. Je lui ai dit *Est-ce que vous me posez une question*? Il m'a regardé comme si j'avais perdu la tête. Qu'est-ce que c'est que cette manie de dire *Je me demande*? Ça ne vaut pas mieux que de répéter *Je ne sais pas, mais*.

M. Eliot ne prononçait pas de plaidoiries au tribunal, mais il considérait sa salle à manger comme un prétoire.

Dois-je écouter quelqu'un qui commence sa phrase par *Je me demande* ou par *Je ne sais pas, mais* ? Certainement pas.

Mme Eliot, souriant gentiment, agita la main devant son visage comme on le fait pour chasser la fumée.

Je me demande, répéta Arthur, si je peux quitter la table.

M. Eliot le fixa d'un regard glacial.

S'il te plaît, est-ce que je peux quitter la table ? dit Arthur.

Pour quoi faire ?

On joue aux cartes chez Harry Cunningham.

Voilà qui ne doit pas trop plaire à Alice, dit Mme Eliot, secouant la tête d'un air vague.

Ça lui fait du bien, à Alice, dit Tante Tizzy. Un peu de vie dans la maison.

Arthur laissa échapper un petit gémissement d'exaspération.

M. Eliot sortit une montre de sa poche. Vas-y, dit-il, d'un air vexé.

D'un bond Arthur franchit les portes battantes de l'office pour aller dans la cuisine remercier Rosie de son rôti et de son gâteau. Casey, le maître d'hôtel, et

Hildy, avec son tablier blanc amidonné, prenaient sans doute leur dîner avec Rosie à la table en émail, et Mary, devant l'évier, avait probablement commencé la vaisselle. Au-dessus d'eux, quand on montait l'étroit escalier de service, étaient regroupés leurs appartements : couloirs sans tapis, une seule ampoule par chambre. Lilian et Arthur avaient jadis passé beaucoup de temps là-haut, à plat ventre sur le couvre-lit en chenille de Hildy, tournant la manivelle de sa boîte à musique, et lui demandant si elle se marierait un jour. Hildy, qui avait élevé Lilian et Arthur et à présent s'occupait aussi des vêtements de Mme Eliot, répondait qu'elle était bien trop vieille pour une telle aventure. Originaire de Norvège, elle avait une allure très digne, et de grands bras qui avaient quelquefois, dans leur surveillance vigilante, menacé d'étouffer les petits Eliot. Lilian avait toujours été attirée par la chaleur de la cuisine, où elle regardait Mary repasser, avec son bras aux veines bleues saillantes, ou bien Casey démonter le surtout placé au centre de la table pour le polir. Puis, à mesure qu'elle avait grandi, elle s'était mise à y aller moins souvent, et elle savait peu de chose sur le prétendant de Mary, un marin, ou sur la nouvelle employée, Shirley, qui venait pour le linge. Maintenant, quand elle allait dans les chambres de service, c'était pour remercier Rosie d'un dîner, d'une citronnade par un torride après-midi d'été, ou bien d'un bon chocolat chaud en hiver, mais même dans ces cas-là ses visites étaient plus courtes.

Il existe une théorie, dit Tante Tizzy en léchant sa fourchette à dessert, selon laquelle un père et son fils ne parviennent jamais à s'entendre vraiment.

M. Eliot lança à sa sœur un regard dédaigneux. Nat et moi, nous nous entendions à merveille avec papa, déclara-t-il.

Il était difficile d'imaginer l'Oncle Nat en désaccord avec qui que ce fût. C'était un homme fade et un peu distrait, doté d'une voix haut perchée, marié à la corpulente Tante Peg qui ressemblait à un homme.

Toi, bien sûr, tu es l'exception à la règle, dit Tante Tizzy, avec un clin d'œil à l'adresse de Lilian.

La fille des Henderson est partie avec un garçon du Connecticut, annonça Mme Eliot de son lointain bout de la table.

La nouvelle fut accueillie par des bouches entrouvertes qui restèrent silencieuses ; personne n'y attachait une importance particulière.

C'est la fille d'Isa ? demanda finalement Tante Tizzy. Bien qu'elle ne vécût plus à Boston, elle en connaissait encore les familles.

Exactement, dit Mme Eliot. Je l'avais toujours considérée comme une jeune fille intelligente.

Quelquefois, remarqua Tante Tizzy avec l'air d'être plus au fait des choses que les personnes présentes, une jeune fille qui n'est pas une idiote peut se comporter comme une idiote, dans telle situation propice et avec tel garçon adéquat.

Pourquoi ce que vous dites n'est-il pas du commérage ? demanda Lilian.

Il s'agit d'une question d'intérêt général, répondit Mme Eliot.

Il n'y a aucune raison pour qu'un fils soit incapable d'être poli envers son père, dit M. Eliot. Aucune raison au monde.

Altération des gènes, dit Tante Tizzy. Ça ne peut être que ça.

Oui, enchaîna Mme Eliot. Je me suis souvent demandé comment il se fait qu'Edward et toi soyez devenus si différents. Elle sourit.

Lilian, toutefois, connaissait l'explication, qu'elle avait entendue de la bouche de sa mère. C'était le fait d'avoir vécu chez ces cousins de Douvres, en s'arrangeant pour qu'ils ne s'occupent pas d'elle, qui avait rendu Tante Tizzy un peu extravagante.

Le visage de Tizzy Eliot se durcit. C'est simplement un des mystères de l'existence, je suppose.

D'un mouvement vif, M. Eliot repoussa légèrement sa chaise et plaça sa serviette pliée contre le bord de son assiette. La vie n'est qu'un grand mystère, déclara-t-il.

Encore que Lilian ne l'eût jamais vu se conduire comme si elle comportait le moindre élément mystérieux.

13

Lime Street

Lime Street avait toujours été pour Lilian une petite rue plutôt lugubre, mais quand elle y déboucha ce soir-là, dans la nuit pleine de reflets, elle lui apparut baignée d'une lumière éclatante et solennelle. C'était là que vivait Walter Vail.

Elle avait l'impression qu'une nouvelle vie s'offrait à elle, fourmillante de possibilités, une vie qui lui appartiendrait en propre. Elle souriait comme le font parfois les gens tout seuls dans la rue, incapables de contenir leur joie. Elle arriva au numéro qu'il lui avait indiqué, et elle souleva le heurtoir. Il vint ouvrir, porta un doigt à ses lèvres, et recula pour la laisser entrer. Sa chemise blanche était phosphorescente dans la pénombre.

À l'intérieur, tout était calme. Ses parents avaient passé la soirée à préparer les bagages, et ils étaient au lit. Ils partaient tôt le lendemain matin. S'ils avaient été des parents bostoniens ils seraient descendus pour saluer l'invitée de leur fils, mais Lilian supposa qu'étant de New York ils avaient d'autres priorités. C'est fort bien ainsi, songea-t-elle. Le lendemain de Noël, Walter Vail s'embarquerait. La réalité de son départ était constamment présente, comme une grosse créature obstinée qui attendait, les bras croisés, dans son coin.

Il régnait dans l'entrée une odeur épicée, et des cartes de Noël s'entassaient en désordre sur la petite table. Walter Vail la précéda sans se retourner pour monter quelques marches couvertes d'un tapis rouge et bleu, et ils débouchèrent sur les tapis du vestibule, laissant apparaître de part et d'autre les lames du parquet ciré. La maison était sombre et silencieuse. Ils ne dirent pas un mot.

Il la conduisit dans le salon faiblement éclairé. La lumière d'une applique du vestibule projetait sur le sol une bande jaune qui allait s'élargissant. Ils restèrent debout à proximité d'une banquette de fenêtre. Des clochettes tintèrent sur une voiture à cheval qui passait juste en dessous.

Vous m'avez manqué, dit-il. Elle vit sa nervosité, mais elle comprit aussi qu'elle n'était pas profonde. Il passa un bras autour d'elle, et elle ferma les yeux, se pencha en avant, et sentit ses lèvres sur sa tempe. Elle demeura ainsi quelque temps, avec une expression de ravissement. Pour finir il l'attira sur sa poitrine, pressant sa joue contre le bouton de sa poche. Pendant un moment elle prit conscience de la désinvolture dont elle faisait preuve. Elle connaissait à peine cet homme. Mais la guerre avait changé les données, et le temps n'était plus le même. Appuyée contre lui, elle se dit que rien ne pouvait troubler son bonheur, mais alors elle pensa à la guerre, elle vit la grosse créature ronde, implacable dans son coin, et elle se souvint.

Comment s'est passé le dîner ? murmura-t-elle.

Très bien.

Est-ce que vous...

Je n'ai pas envie d'en parler, dit-il. J'ai de la peine pour elle.

Pas moi, dit Lilian, et elle se pelotonna contre lui.

Il lui passa la main dans les cheveux et lui renversa la tête en arrière. Son visage était gris dans la lumière de la fenêtre.

Elle avait beaucoup de questions à lui poser, mais elle voulait montrer qu'elle avait confiance en lui, et elle ne prononça pas un mot. Elle aurait aimé lui dire certaines choses — qu'elle attendrait, qu'elle voyait sa vie s'étendre devant elle et qu'il en faisait partie. Naturellement, elle n'osa pas. Elle se rappela les avertissements de Dolly et pensa à tout ce que sa mère lui avait dit. Tandis qu'elle posait la joue sur cette poitrine solide, il lui était difficile de ne pas avoir l'impression que tous les conseils qu'on lui avait prodigués et tous les avertissements qu'elle avait entendus s'adressaient à d'autres filles qu'elle-même et concernaient d'autres garçons que Walter Vail. Les garçons, quand on y regardait de près, étaient très différents de l'image qu'en donnaient Mme Eliot ou même Dolly Cushing. Les garçons ne se souciaient pas le moins du monde de savoir si vous aviez les ongles vernis ou si vous vous étiez brossé les cheveux. En fait, Walter Vail paraissait se situer à l'opposé de ce modèle-là. Elle se plaisait à observer à quel point il différait des autres garçons. Il semblait parfaitement clair dans ses désirs, il ne manifestait aucune hésitation.

Ces pensées flottaient dans l'esprit de Lilian comme des nuages encore informes. Elle s'était abandonnée à un repos qui la grisait — sans s'en rendre compte, ils s'étaient assis sur la banquette —, et elle s'appuyait contre Walter Vail qui avait installé un coussin derrière eux. Sa voix grave gronda dans son torse, et elle l'entendit résonner contre son oreille. Il lui demandait — elle leva les yeux — avec des intonations pleines de douceur, et son cœur se gonfla en les entendant, si elle n'avait pas envie d'enlever son manteau — elle avait encore sur elle ce vêtement pesant ! — afin qu'il puisse la sentir plus près de lui en cette unique et ultime occasion.

14

À propos
de la cathédrale de Reims

Ayant ressenti un profond bouleversement intérieur, Lilian ne se confiait plus dorénavant à Dolly Cushing, et réservait ses épanchements pour la discrète Jane Olney.

Jane était revenue de Floride aussi peu bronzée qu'avant son départ. C'était une fille maigrelette qui portait des corsages tout simples en coton, et qui avait les cheveux enroulés en un chignon toujours à moitié défait. Souvent elle tenait négligemment un livre à la main, et elle orientait son attention vers celui-ci lorsque son intérêt pour la conversation ambiante faiblissait. Lilian lui raconta ses soirées passées avec Walter Vail, y découvrant de nouveaux aspects à mesure qu'elle en reparlait. *Je n'oublierai jamais,* tel était le refrain qui allait et venait dans sa tête, et elle sentait que par ce que ces soirées lui avaient apporté, elle existait davantage que jamais auparavant. Jane resta assise à écouter, sans dire une seule fois à Lilian ce qu'elle aurait dû faire.

Quels moments captivants tu as vécus, commenta-t-elle. Tu as l'air d'être tombée sur un bon numéro.

Elles déambulaient autour de l'étang de la propriété des Olney à Brookline. Lilian allait y passer la nuit, comme elle le faisait souvent.

Oui, il avait vraiment un je-ne-sais-quoi, dit Lilian, marchant dans la neige, sans du tout se rendre compte que le drap de ses demi-guêtres était complètement trempé.

Certains jours, avant le déjeuner, elle adoucissait cette chose atroce qu'était le temps en écrivant une lettre à Walter Vail. Elle s'installait à son petit secrétaire, ou bien elle emportait du papier dehors sur la terrasse, en dépit du froid mordant. Elle lui écrivait moins souvent qu'elle ne l'aurait souhaité, car elle ne voulait pas avoir l'air de le harceler. Pourtant, elle s'imaginait bien que beaucoup de lettres ne lui parviendraient pas. Elle commençait chaque missive par Cher Walter et concluait simplement par Bien à vous, Lilian. Elle s'efforçait d'avoir un ton humoristique — les soldats devaient avoir besoin d'entendre parler de choses amusantes.

Elle reçut une seule lettre de lui, qu'elle apprit par cœur du premier au dernier mot. Il n'y faisait pas autant d'allusions personnelles qu'elle l'aurait souhaité, mais il fallait dire qu'il était à la guerre.

17 mars 1918

Chère Lilian,

Je suis en ce moment à Reims. Vous m'aviez parlé de sa cathédrale, et je voulais vous informer de ce qu'elle est devenue. La ville a été affreusement bombardée. Les rues sont pleines de trous d'obus, et les habitants se chargent de faire sauter ceux qui sont tombés sans exploser, causant ainsi des dégâts supplémentaires. La semaine dernière, j'avais vu une photo de la cathédrale dans un livre que quelqu'un m'avait montré, et depuis le front j'ai pu imaginer l'allure qu'elle avait avant ses dégradations. Certaines sculptures de la façade, jusqu'à une hauteur de dix mètres, ont été sauvées par les sacs de sable, et on avait déménagé l'horloge par précaution. On peut encore voir les vitraux colorés. Mais quand on s'approche on constate que l'arrière et les côtés ont été gravement endommagés par les explosions, et qu'une bonne partie de la toiture s'est effondrée. Les piliers et les arcs de voûte de l'une des chapelles latérales se dressent encore dans l'air comme un squelette de baleine. J'ai reçu quelques fragments de verre rouge et bleu, et le guide qui me les a donnés m'a dit que souvent les visiteurs avaient les larmes aux yeux. Je suppose que j'avais l'air indifférent.

De nombreux obus avaient éclaté à l'intérieur, et des gens triaient les débris. Une vieille porte romane tenait toujours debout, ainsi que quelques statues. J'ai vu un homme barbu aux allures de sage rassembler les morceaux d'une tête. Voilà ce qu'il est advenu de la cathédrale. Je me rappelle que vous l'admiriez.

Si vous étiez ici, vous sauteriez par-dessus les fossés et vous escaladeriez les barbelés — pas comme nous autres, qui ne sommes plus que des types tristes et fatigués.

Bien à vous,
Walter Vail

II

WALTER VAIL

15

Sans retour

La guerre était terminée, mais Walter Vail ne revenait toujours pas.

Il n'avait pas été blessé, Lilian le savait, et à coup sûr il n'avait pas été tué : les Fenwick auraient tout de suite été au courant. Simplement, il ne revenait pas, alors que d'autres revenaient.

Lilian voyait Madelaine Fenwick de temps à autre, mais elle n'avait aucune envie de lui demander des nouvelles de Walter Vail. Le froid qui émanait de la personne de Madelaine risquait de contaminer le sentiment qu'elle éprouvait. Lilian chargea Dolly Cushing de soutirer des renseignements aux Noble, qui voyaient parfois le frère de Mme Vail. Burt Noble disposait d'une seule information : Walter Vail s'était porté volontaire pour rester outre-Atlantique. Avait-il l'intention de revenir un jour ? Burt Noble l'ignorait. Il était allé là-bas lui-même à la fin de la guerre, et il savait que certains garçons devenaient un peu bizarres après ce qu'ils avaient vu — Bud Sears n'avait toujours pas dit un mot depuis son retour, et Fellowes Moore avait attrapé un tic. Walter Vail ne faisait-il pas partie des gars qu'on avait envoyés dans la vallée du Rhin ? Oui, c'était bien ça, et Burt Noble avait entendu dire qu'il s'était passé là-bas des choses particulièrement horribles.

Lilian frémit de l'imaginer.

Un jour, elle s'assit pour écrire aux parents de Walter Vail mais, au milieu de sa lettre guindée et cérémonieuse, elle songea à quel point Walter Vail lui avait peu parlé d'eux. Il y avait des chances pour qu'il ne leur ait rien dit du tout à son sujet. Elle jeta à la corbeille la feuille de papier.

Un étrange pressentiment commença à s'insinuer dans ses rêveries habituelles. Alors qu'autrefois elle craignait pour la sécurité de Walter Vail et se souciait de son moral, elle éprouvait maintenant une vague inquiétude quant à la place qu'elle occupait dans ses sentiments. Pouvait-il l'avoir oubliée ? Peut-être se sentait-il de nouveau attiré par Nita Russell. Elle sentit son visage s'empourprer : en doutant de lui, c'était comme si elle doutait de sa propre affection. Elle était encore suffisamment jeune pour croire que la profondeur de sentiment rendait une chose réelle. Et cependant ce bizarre malaise grandissait, trop informe pour qu'elle mette le doigt dessus, trop effrayant pour qu'elle parvienne à l'énoncer. Elle s'efforça de se concentrer sur les sentiments qu'elle éprouvait pour lui, sur les merveilleuses qualités qu'il avait, sur le grand bonheur qu'ils vivraient ensemble. Elle créa des scénarios longs et complexes où il était question de trains qui arrivaient et de regards pleins de compréhension. Elle se dit que, décidément, il lui avait fait une impression irrésistible, qui n'avait rien de comparable à ce qu'elle avait ressenti auparavant. Mais au fait, peut-être était-il *trop* irrésistible pour elle ? Passant en revue ses souvenirs, elle s'attarda sur ses baisers, et son agitation cessa. Elle était sûre qu'une chose d'une telle douceur ne pourrait jamais se révéler pernicieuse.

Cet automne-là, Jane Olney apprit par Emmett Smith, qui le tenait de sa cousine, que Walter Vail travaillait dans des œuvres sociales à Paris, en aidant des familles déplacées par la guerre. Connaissait-on son adresse ? Jane alla directement chez la cousine, mais la manqua de peu — elle venait de partir pour un voyage en Virginie. Quand la cousine revint, quelque temps plus tard, elle dut demander l'adresse à une amie à elle ; si bien que, au moment où Lilian l'obtint, c'était déjà la nouvelle année, des mois entiers avaient passé, et on était en droit de se demander si l'adresse était encore bonne.

Elle ressentit de la joie en lui écrivant, mais à celle-ci se mêlait de la crainte. Aurait-il envie de recevoir de ses nouvelles ? Elle ne l'avait plus vu depuis plus d'un an. Peut-être voulait-il oublier tout ce qui s'était produit avant la guerre. Ou bien il était terriblement occupé, ce n'était pas le genre de personne à écrire beaucoup de lettres. Elle dut admettre qu'elle ne savait pas vraiment quel genre de personne il était en réalité. Elle se demandait jusqu'à quel point la guerre l'avait affecté. Elle lui écrivit une lettre enjouée, la lettre d'une brave jeune fille de Boston à la tête bien claire. Elle l'envoya en février. Fin avril, elle n'avait toujours pas reçu de réponse.

Un jour qu'elle était invitée à prendre le thé chez Madelaine Fenwick, elle entendit celle-ci indiquer au passage, de sa voix languissante, que les Vail étaient allés à Paris pour voir Walter, et que d'après eux il était devenu fort *parisien* *[1]. Il projetait d'écrire un livre sur quelque aspect de l'architecture française.

Lilian, s'efforçant de prendre un ton dégagé, demanda s'il habitait toujours rue des Grands-Augustins ; Madelaine se leva et, sans la moindre curiosité quant à la raison de cette question, revint avec une enveloppe bleue de courrier aérien. Lilian regarda celle-ci comme si c'était une vénérable relique qui venait d'être exhumée. Madelaine examina nonchalamment l'enveloppe, et regarda les petits feuillets à l'intérieur. Oui, dit-elle, numéro 14, rue des Grands-Augustins. C'est bien ça. Puis elle jeta à Lilian un regard inquisiteur.

Lilian marmonna en guise d'explication qu'une de ses amies l'avait vu à Paris, et se pencha en avant pour reprendre du thé.

Comment va-t-il, ce vieux séducteur ? dit Dolly Cushing. N'ayant pas eu beaucoup de nouvelles de Lilian, elle supposait que son engouement était maintenant passé. Ç'a été un bien vilain garçon, n'est-ce pas ?

Lilian repensa par la suite à ce commentaire, et s'interrogea sur la personne avec qui Dolly Cushing était en contact.

Madelaine haussa les épaules. Je suppose, oui, dit-elle. Encore que je n'aie jamais vu ce qu'il avait d'attirant. C'est quelqu'un d'amusant, mais je n'ai jamais pu m'imaginer être intéressée par lui sur ce plan-là. Elle regarda distraitement la lettre, et la laissa tom-

---

1. Les mots en italique suivis d'un astérisque sont en français dans le texte.

ber sur la table. Lilian se dit que, si elle l'avait eue entre les mains, elle l'aurait pressée contre sa poitrine.

Elle ne pouvait que conclure, désormais, que Walter Vail avait reçu sa lettre et avait choisi de ne pas y répondre.

L'histoire la rendait malade. Elle s'assit avec Jane Olney près de l'étang et se mit à y jeter des cailloux, gagnée par la morosité. Lilian n'éprouvait plus envers lui le même orgueilleux sentiment d'amour. Celui-ci avait maintenant glissé vers un certain embarras. Était-ce la guerre qui l'avait changé ? Il n'y avait qu'à regarder les Sears, qui reconnaissaient à peine leur fils Bud ; ou bien Charlie Sprague : quand on s'approchait, on voyait que ses mains tremblaient. Peut-être était-ce la guerre. Jane soutenait cette théorie. Dans ce cas-là, Lilian était la première à comprendre — c'était une fille compréhensive.

Son esprit ne cessait de tourner en rond : un instant elle avait confiance en lui, et celui d'après elle se sentait humiliée. Le pire était de ne pas savoir, se disait-elle, mais après tout il lui restait toujours l'espoir.

16

Lilian souffre

C'était pour elle la fin de sa vie. Je suis morte, songeait-elle. Je vais continuer à avancer dans la vie mais je serai morte, indemne et indifférente, parce que plus rien jamais ne m'atteindra. Je serai une vieille fille à chignon, portant toujours le même manteau à l'ourlet défait... Personne ne l'atteindrait comme Walter Vail l'avait fait. Personne ne tortillerait plus le bouton de son gant, personne ne lui parlerait plus comme il lui avait parlé, scrutant l'expression de son visage comme s'il savait ce qui se cachait derrière. Ce qu'il vivait, ce qui se passait dans sa tête, Lilian n'en avait pas la moindre idée, même si elle était sûre qu'il devait y être contraint par une force impérieuse.

Certains jours elle aspirait à la compagnie, et d'autres elle voulait simplement qu'on la laisse seule. Elle serait volontiers partie ailleurs, mais elle se rendait compte que partout où elle irait son tourment la suivrait.

Les quelques journées qu'ils avaient connues se rejouaient constamment dans son esprit, se déroulant comme une feuille de métal précieux qui miroite par fragments. Une barre sombre obscurcissait ses yeux, elle sentait son bras lui enserrer la taille et l'empêcher de respirer. Elle se mit à penser à des questions qu'elle aurait aimé lui poser ; elles ne lui étaient pas venues à l'esprit sur le moment — où avait-elle donc la tête ? Puis les détails se firent menaçants : il avait le visage détourné, il dînait avec Nita Russell, leurs têtes se touchaient presque. Elle assista à la disparition progressive de son sentiment pour lui, si soigneusement entretenu. Ce qu'elle avait savouré comme une pure merveille n'avait manifestement pas laissé chez lui la moindre trace.

Elle ne le maudit pas, elle ne déchira pas sa lettre, elle ne dit pas de mal de lui à son entourage. Elle avait vu d'autres filles faire étalage d'une sorte d'amnésie au sujet des garçons qu'elles avaient aimés. Marian Lockwood et Chip Cunningham avaient été ensemble pendant des années et, après la rupture, Marian avait tenu sur Chip des propos si désobligeants que l'on se demandait ce qu'elle avait bien pu lui trouver au départ. Madelaine Fenwick, chaque fois qu'elle mentionnait son ancien prétendant, avait la chair de poule comme à la vue de sa propre mort ; et quand Lilian demandait à Dolly Cushing ce qu'était devenu le garçon de New Haven qui, autrefois, faisait l'aller-retour en train express pour la voir, celle-ci haussait les épaules d'un air de dire : Comment veux-tu que je le sache ?

Bien sûr, la guerre avait aussi changé ces choses-là. Bon nombre de garçons y étaient restés ; cela rendait ceux qui étaient revenus différents de tous les autres, et cela modifiait aussi le monde qui les entourait. La vie que Lilian avait connue jusqu'alors était un tissu élaboré par des générations successives : si, autrefois, elle avait déploré la monotonie de son motif, à présent elle aspirait à sa normalité. Elle n'était pas près d'oublier les après-midi terribles passés dans les salons de ces maisons où un garçon n'était pas revenu — le drapeau américain sur le fer forgé des balcons, les servantes aux yeux rougis.

La famille Lattimore avait été particulièrement touchée : Richard Lattimore était décédé juste après l'armistice, même pas au combat, et ces circonstances rendaient la chose encore plus insupportable. Tommy Lattimore avait pris une tournure d'esprit différente après ce drame familial. Un jour, elle s'était promenée avec lui le long de la rivière, et pas une seule fois il n'avait parlé de son frère — attitude que Lilian comprenait parfaitement.

Elle savait que des problèmes qui, au début, la perturbaient pouvaient finir par se dissiper avec le temps. Dans son enfance elle se demandait souvent, avec une certaine perplexité, pourquoi les domestiques étaient ceux à qui il incombait de porter les plats autour de la table pendant que tous les autres restaient assis dans leurs fauteuils sculptés. Elle se demandait pourquoi la chambre de Hildy était plus petite que la sienne, ou pourquoi elle n'avait jamais vu Rosie s'asseoir une seule fois dans le salon, alors qu'elle vivait dans la maison depuis bien plus longtemps qu'elle. Puis, après plusieurs années passées ainsi sans rien connaître d'autre que cet univers, Lilian fut interloquée le jour où elle tomba sur la nièce de Rosie, qui avait enlevé sa tenue et arrangeait ses cheveux devant le miroir du vestibule — n'importe qui aurait pu entrer ! Elle se montra contrariée quand le jardinier décida de tailler les glycines juste au moment où elle amenait des invités dans le jardin. À mesure que l'étonnement s'estompait, le cours normal des choses reprenait le dessus. Cela se produisait de la même manière que la tombée du soir : au début une sorte d'équilibre, moitié lumière et moitié ombre ; puis soudain, imperceptiblement, la lumière faiblit, elle est devenue terne et on s'aperçoit que la nuit a pris le dessus.

Mais Lilian n'avait pas l'impression que le temps modifierait ses sentiments à l'égard de Walter Vail. C'était là un domaine qui échappait au temps.

17

Tante Tizzy à New York

Ils étaient venus à New York pour le mariage de leur cousin Jock Baker avec une jeune New-Yorkaise, Esther Havemeyer.

Les gens étaient différents à New York. Ils avaient des vêtements mieux coupés, leurs visages ressemblaient plus à des masques. Les femmes portaient des manteaux cintrés à col roulé, des souliers à talons plus hauts, et des chapeaux cloches. Les hommes aussi différaient de ceux de Boston, mais il était plus difficile de dire pourquoi ; ils avaient le menton un peu plus relevé, de manière à ne rien manquer de ce qui se passait autour d'eux.

Il était impossible à Lilian de ne pas penser à Walter Vail. Elle eut une vive émotion quand, regardant par la fenêtre de leur voiture qui descendait en cliquetant la Cinquième Avenue, elle vit une marquise en toile verte qui avançait sur le trottoir et portait le numéro 825 en chiffres blancs — l'adresse de la famille Vail ! Ensuite elle se sentit comme si on lui avait donné une drogue, et des rêveries remplirent son esprit comme de la ouate.

Tante Tizzy était folle de joie de recevoir la visite

des Eliot. Les pans de son manteau persan claquaient résolument derrière elle lorsqu'elle les guidait le long des vastes salles de musées au parquet ciré, ou qu'elle les précédait dans des restaurants capitonnés de rouge. M. Eliot, à ces occasions, restait à l'hôtel et organisait des rendez-vous avec ses anciens condisciples de l'école de droit, devenus plus éminents que lui. Tante Tizzy montrait du doigt des bâtiments et en énumérait les occupants, débitant des noms de gens dont Lilian avait vaguement entendu parler sans savoir précisément qui ils étaient.

... sûr quand j'étais à Paris nous en mangions tout le temps. Elles sont très bonnes ici, quoique pas exactement comme on les prépare en France... Il faut toujours continuer à s'intéresser, Lil, c'est ce qu'il y a de plus important dans la vie, tu ne le sais donc pas ? S'intéresser à ce qui se passe, et, bien sûr, maintenant la grande question c'est le droit de vote. Imagine : la moitié de la population qui ne peut pas voter ! Espérons qu'il en ira autrement pour toi, Lil, que les femmes auront *un tant soit peu* leur mot à dire. J'ai mon groupe de femmes qui y travaille. Margaret, peut-être que cela t'intéresserait de... ?

Mme Eliot, assise à côté, le sourcil relevé, goûtait avec circonspection les gin-fizz conseillés par la maison, avant d'en commander hardiment un autre.

D'accord, sans doute que non, dit Tante Tizzy. Quoi qu'il en soit, vous voyez cette peinture murale, là-bas ? C'était sa belle-fille. Nous avions coutume de venir ici avec eux dans les premiers temps où j'étais à New York — une drôle de petite gamine, qui avait une tête de singe et qui n'ouvrait jamais la bouche.

Je suis sûr qu'elle avait ses talents bien à elle, dit Arthur.

Tante Tizzy lui donna une tape sur le bras, puis fit mine d'ignorer sa présence. Mme Eliot ne semblait pas avoir entendu.

La réception de noces des Havemeyer eut lieu dans une vaste salle ronde, bordée de piliers entourés de lierre et surmontée d'un dôme. Arthur dansa avec Lilian, la surprenant par sa dextérité. Elle était assise à une table cerclée d'or, mangeant un gâteau jaune avec Tante Tizzy, quand un homme aux cheveux aussi brillants que le pelage d'un teckel s'approcha et se joignit à elles. Tante Tizzy le présenta — il avait un nom à rallonges, et il fallait un certain temps pour le prononcer —, et pressa sa main gantée contre sa joue ; puis, acceptant l'invitation à danser d'un monsieur assez âgé, elle le laissa en compagnie de Lilian. L'homme aux cheveux luisants se pencha vers Lilian, répandant autour de lui une odeur de parfum.

Votre tante est une femme remarquable, dit-il. Malheureusement, il n'existe pas beaucoup d'hommes suffisamment forts pour l'apprécier à sa juste valeur.

Tante Tizzy passait majestueusement à proximité, dans les bras de l'homme âgé, et ses traits prirent soudain une beauté nouvelle, étrange et d'autant plus grande qu'elle n'en avait pas conscience.

Lilian examina son cavalier. Tante Tizzy avait jadis été fiancée, à un Anglais qu'elle avait amené à la maison un jour de Noël. Il avait les cheveux blancs, et les lèvres aussi rouges qu'une tranche de foie. À un moment, alors qu'ils se croyaient à l'abri des regards, Lilian l'avait vu lui donner une petite fessée espiègle sur le derrière. Mais, pour finir, le mariage n'avait pas eu lieu. Une autre femme était intervenue.

Peut-être qu'elle n'a pas envie de se marier, dit Lilian.

Toutes les femmes ont envie de se marier, répliqua l'homme. Il buvait son champagne à petites gorgées et observait d'un air amusé les gens qui circulaient. Pourquoi s'en priveraient-elles ?

Parfois, on ne trouve pas la personne qui convient, dit Lilian, avec le sentiment horrible que, pour sa part, elle l'avait trouvée puis perdue.

On trouve toujours, rétorqua l'homme. Simplement, les gens ne savent pas toujours comment s'y prendre, voilà tout.

Pourtant, ils en ont l'air, dit Lilian.

Oh ! fit l'homme. Je ne parlais pas d'*avoir l'air*.

Lilian poussa devant elle son gâteau.

Vous n'êtes pas mariée, dit-il.

Non, répondit Lilian, avançant le menton.

J'adore les jolies filles qui ne sont pas mariées, déclara l'homme. Elles ont encore de la personnalité.

Lilian sourit.

Il se pencha en avant avec des allures de conspirateur. Vous connaissez les jeunes mariés ?

Jock est mon cousin par alliance. Elle, je viens de la rencontrer.

Un fort beau garçon, ce Jock. L'homme allongea le cou pour tenter de le repérer dans la foule, mais il ne le distingua nulle part. Il haussa les épaules. Dommage qu'elle ne l'aime pas.

Quoi ?

L'homme avait parlé comme s'il s'agissait d'une

information que tout le monde connaissait. Elle... eh bien, oui, elle ne l'aime pas.

Comment le savez-vous ?

Parce que, répondit l'homme en se redressant de toute sa hauteur. J'ai la conviction que c'est moi qu'elle aime.

Lilian le dévisagea bouche bée.

Ses yeux pétillaient de malice, et il lui adressa un clin d'œil. Bien triste pour ce pauvre Jock, dit-il. Encore qu'Esther soit une fille bizarre. Il sourit de toutes ses dents, savourant visiblement le spectacle que le monde avait à offrir. Il dit qu'il était ravi d'avoir fait sa connaissance, et disparut dans la foule ondoyante.

Qui était-ce ? demanda Mme Eliot.

Un ami de Tante Tizzy, dit Lilian avec une expression vaguement perplexe.

J'aurais dû m'en douter, dit Mme Eliot. Elle frissonna, et ajusta son fichu en dentelle autour de ses épaules. Une allure épouvantable.

18

Un soupirant infatigable

Plus d'un an s'était écoulé depuis la décision de Walter Vail de ne pas revenir lorsque Lilian commença à être courtisée par un jeune homme du nom de Mike Higbee. Elle savait qu'elle devrait un jour retourner dans le monde, et elle le fit, en se sentant morte, mais aussi plus forte de par cette mort même, puisque rien n'avait assez d'importance pour la blesser.

Mike Higbee arrivait à la maison, serrait la main cordialement à M. Eliot, et complimentait Mme Eliot sur les dentelles qui ornaient sa robe — elles sont françaises, n'est-ce pas ? Il venait toujours tôt dans la soirée, puis il emmenait Lilian à des concerts et à des expositions, et il s'enquérait de ses opinions. Elle l'avait rencontré en compagnie des fils Cunningham, qui appartenaient au même club que lui. Mike Higbee était petit et large d'épaules ; il avait grandi à Hanover, dans le New Hampshire, et il habitait Berkeley Street, dans un appartement en sous-sol qu'il partageait avec deux autres étudiants en droit.

Mike Higbee avait un comportement ouvert, plein d'assurance. Il hochait la tête en regardant Lilian, d'un air émerveillé. Il lui disait à quel point elle était belle sur un ton si naturel et si normal qu'elle se demandait où il voulait en venir. Il savait encaisser les critiques avec aisance, et elle s'aperçut qu'elle lui disait des choses que l'ancienne Lilian aurait jugées déplacées.

Comment avez-vous trouvé le premier acte ? demandait Mike Higbee, tournant vers elle un visage avide. Il gardait pour lui ce qu'il pensait jusqu'à ce qu'elle ait parlé.

En réalité, j'ai toujours une certaine aversion pour les comédies musicales.

Qu'est-ce que vous dites de ma nouvelle veste ? Quelle élégance, hein ?

Je ne suis pas fanatique du tissu écossais.

À chaque phrase qu'elle prononçait, Mike Higbee manifestait de l'amusement et de l'admiration, et en même temps il ne donnait pas l'impression de l'écouter du tout. Cela finissait par agacer Lilian.

Alors, qu'est-ce que vous aimez le mieux chez une personne ? Mike interrogeait sans arrêt Lilian, préférant les questions aux affirmations.

J'aime cette aptitude que possèdent les gens à voir les choses sous un angle passionnant. Elle se rappelait comment Walter Vail lui indiquait du doigt un passant à la démarche un peu étrange, ou bien le merveilleux passage voûté dans Pinckney Street. Chaque détail qu'il avait remarqué avait acquis une qualité particulière, inhabituelle.

Leur faculté d'avoir l'œil, vous voulez dire, dit Mike Higbee. Il se lécha les lèvres pensivement, tournant vivement les yeux d'un côté puis de l'autre.

Quand ils sortirent ensemble la fois suivante, ce fut

pour une promenade en barque sur la Charles River, un jour de printemps : Mike Higbee ne manqua aucune occasion de diriger son attention sur les nombreux phénomènes qui le frappaient.

Il secoua la tête comme on le fait devant une coïncidence, quand ils empruntèrent le sentier qui descendait vers l'abri à bateaux. *Déjeuner sur l'herbe* !* dit-il. Le petit groupe familial qui pique-niquait sur la berge n'avait absolument aucune ressemblance avec le tableau de Manet. Mike Higbee scruta l'expression de Lilian.

Lilian sourit poliment ; son sens des convenances sociales refaisait surface. Plus elle sortait, plus elle sentait disparaître son intrépidité, et revenir son vieux souci des conventions. Elle avait l'impression de se trouver dans un jardin entouré d'une clôture trop haute pour lui permettre de voir.

Une fois sur l'eau, Mike Higbee agita le bras en direction de Boston. Regarde-moi ça ! s'exclama-t-il, contrôlant le gouvernail.

Lilian inclina la tête. Les nuages ? Les bateaux ? Les cheminées ? Elle était fatiguée, et un peu perdue.

Allons, dit-il. La vue !

Ah, dit-elle.

Mike Higbee acquiesça. Oui, il commençait à savoir y faire, à présent. Lilian baissa les yeux vers l'eau qui glissait comme un miroir le long de la barque, et se dit qu'elle aurait mieux aimé s'y baigner, s'enfuir loin à la nage.

Ils traversèrent à pied Harvard Square, jusqu'à une boutique de muffins qu'il connaissait.

Magnifique fenêtre, dit-il d'un ton solennel, en indiquant un bâtiment en brique tout à fait quelconque dont la toiture s'ornait d'une malheureuse lucarne carrée. Lilian ne savait pas trop s'il faisait allusion à l'existence de cette lucarne, à sa situation, ou à sa forme — aucune des trois n'était exceptionnelle.

Pendant qu'ils prenaient le thé, il continua sa pression, tout en se rendant compte qu'il perdait du terrain. Brusquement, il abandonna toute attitude et lui demanda simplement pourquoi elle ne l'aimait pas davantage.

Elle baissa les yeux vers son muffin émietté mais intact, et lui répondit qu'il y avait eu un autre garçon. Elle n'était pas encore prête pour une nouvelle expérience.

J'attendrai, déclara Mike Higbee, et il croisa ses bras courtauds sur sa poitrine.

Elle qui considérait la constance comme une qualité digne d'admiration, elle la trouva en l'occurrence particulièrement horripilante.

Je ne pense pas que je serai prête un jour, dit-elle.

Et pourtant, à l'instant même où elle prononça cette phrase, une tranquille poussée d'espoir la parcourut, et elle vit pour la première fois qu'il existait dans l'avenir une légère possibilité d'ouverture — pas avec Mike Higbee, mais avec quelqu'un.

Mike Higbee, cependant, voyait exactement le contraire : pas d'espoir du tout. Je suis navré de l'apprendre, dit-il, et il fit glisser sa lèvre inférieure au-dessus de l'autre.

Comme elle n'avait pas envie de regarder quelqu'un souffrir à cause d'elle, Lilian lui demanda de l'excuser et se réfugia quelques instants dans les toilettes des dames.

19

Une nouvelle consternante

À la garden-party des Crook on retrouvait les mêmes personnes d'année en année. Dolly Cushing ne manquait jamais d'y exhiber un nouveau chapeau, et Jane Olney se contentait de changer le ruban de celui qu'elle portait la fois d'avant. Lilian arborait une fleur glissée dans sa ceinture. Les Crook servaient la même citronnade, présentaient le même rosbif en tranches, et disposaient les tables rondes aux mêmes endroits sur la terrasse. Tout le monde se déplaçait jusqu'à Brookline pour y assister. Durant les années de guerre, étant donné la pénurie de jeunes hommes, la réception ressemblait davantage à un thé pour dames, et elle avait une allure plus funéraire que joyeuse. Maintenant que la guerre était finie, il régnait une ambiance de soulagement, auquel se mêlait un sentiment de tristesse pour les garçons qui n'étaient pas rentrés. Les femmes marchaient sur l'herbe, avec leurs talons hauts qui s'enfonçaient dans la terre, et leurs robes légères qui flottaient sur leurs jambes. Les hommes se balançaient sur leurs pieds, et les enfants s'amusaient à sauter du muret en pierre. Chacun percevait nettement la différence entre la dernière fois qu'il avait goûté des œufs en gelée chez les Crook et cette fois-ci. Charlie Sprague était là, s'appuyant sur des béquilles, et Fellowes Moore n'avait toujours pas repris les dix kilos qu'il avait perdus. Tout le monde était particulièrement conscient de l'absence de Richard Lattimore, qui avait coutume de nouer des serviettes selon des formes insolites pour les enfants ; on regrettait aussi le fiancé d'Eleanor Crook, qui n'était pas revenu.

Lilian parcourut nonchalamment le jardin paysager à la végétation touffue. Elle aperçut Winn Finch assis avec son frère sur un mur bas. Il avait été le prétendant d'Irene Minter, différent des amoureux qu'elle avait d'ordinaire. Il se leva quand Lilian s'approcha.

J'ai appris que vous étiez en faculté de médecine, dit Lilian. Il s'y passe d'aussi vilaines choses que ce qu'on raconte ?

Encore plus vilaines, dit Winn. Son frère, dont elle ne se rappelait pas le prénom, gardait le silence.

C'est votre père qui vous force à faire ces études ? demanda Lilian. Le docteur Finch était un pédiatre tranquille et sans prétention.

En réalité, il a cherché à m'en dissuader, proclama Winn. Il avait la voix forte d'une personne corpulente, et il agitait ses grandes mains en parlant. Mais il y a trop de médecins dans ma famille — je ne peux pas y échapper.

Le frère cadet ne faisait aucun effort pour se joindre à la conversation ; il restait assis les mains dans les poches, en relevant de temps à autre ses paupières plissées. Son air distant procura à Lilian une impression particulière : il était en train de la juger. Peut-être la conversation manquait-elle d'intérêt, mais il s'agissait d'une réception, après tout, et, si on n'était pas disposé à s'entretenir avec autrui, il valait mieux ne pas venir. Pour sa part elle n'avait pas toujours envie de faire un effort, elle aurait fort bien pu préférer rester assise sans rien dire, mais ce n'était pas la peine de se montrer désagréable.

Plus tard, elle mangea avec Jane Olney, qui interrogeait avec beaucoup de conviction, de sa voix grave et monocorde, le frère de M. Crook — un personnage lié aux services secrets américains.

On nous a raconté que vous avez vécu là-bas des aventures fantastiques, dit Jane.

M. Crook avait renversé un peu de moutarde sur son plastron, qui était bombé comme un tonneau. C'est un métier fait surtout de corvées ennuyeuses, dit M. Crook. Rien qui soit digne d'intérêt pour de jeunes dames comme vous.

Oh si, dit Jane. Je pense que c'est captivant.

M. Crook porta à sa bouche une cuillerée de crème glacée. Son visage s'épanouit de satisfaction, puis il aspira une bouffée de son cigare. C'est sans doute plus captivant dans les livres, j'en ai peur. Lilian éprouvait quelque difficulté à se le figurer en espion. Derrière lui, elle aperçut les frères Finch qui remontaient la pelouse en pente. Un instant, il lui sembla que le cadet la regardait d'une façon particulière.

M. Crook montra son verre vide et s'extirpa lourdement de son fauteuil.

Jane le regarda s'éloigner. Imagine un peu où il a dû attraper cette jambe qui boite, dit-elle.

Tu as vu Winn Finch ? demanda Lilian.

Je ne sais pas, répondit Jane. Elle baissa les yeux

vers ses genoux, pour jeter un coup d'œil au livre qu'elle avait chapardé dans la bibliothèque des Crook.

Tu connais son frère ? dit Lilian.

Jane regarda vers l'endroit où les deux frères se tenaient à présent, devant le bar, en train d'échanger des salutations avec M. Crook, l'espion.

Je l'ai vu, dit Jane.

Il a quelque chose de spécial, dit Lilian. Il se comporte avec les gens comme s'il les désapprouvait.

Tu le connais depuis quand ? fit Jane.

Depuis une minute. Elles éclatèrent de rire.

Vers la fin de la réception, certains des jeunes gens s'étaient plus ou moins regroupés à l'extrémité de la terrasse, en s'installant en désordre autour d'une table. Lilian était assise sur un banc de jardin à côté d'Irene Minter qui tenait une ombrelle.

... voilà tout simplement ce qui est arrivé à Wally Vail, déclara Emmett Smith avec son autorité habituelle.

Lilian se sentit parcourue d'une décharge électrique, qui la fit passer de l'état solide à celui de vapeur.

Je n'en crois pas un mot, dit la fille aux cheveux noirs qui était avec Chip Cunningham. Le pauvre Chip continuait à trouver des filles qui ressemblaient à Marian Lockwood — celle-ci aussi était menue, et elle avait le même petit défaut de dentition que Marian.

C'est la vérité, répliqua Emmett Smith. Malgré ses taches de rousseur et ses cheveux roux, il parvenait à donner une impression de raffinement. La cousine de Burt Noble les a vus la semaine dernière à New

York. Je suis surpris que tu ne sois pas au courant, Clare.

Lilian n'avait jamais entendu quelqu'un l'appeler Wally. Peut-être parlaient-ils d'une autre personne.

Il est revenu de France ? demanda Tommy Lattimore. Tommy se souvenait qu'il avait embarqué en même temps que son frère, entre autres choses. Il regarda dans la direction de Lilian. Elle tirait sur la manche de sa robe.

Absolument, dit Emmett Smith avec fierté.

Je connais Wally depuis qu'il est tout petit, dit Clare. Je n'arrive pas du tout à l'imaginer épousant une Française.

Tout ce qui se trouvait autour de Lilian acquit soudain une présence intense et se mit à palpiter.

Ils sont déjà mariés, ou ce sont juste des fiançailles ? demanda Chip Cunningham, se préoccupant de la question parce que Clare s'y intéressait.

Déjà mariés, répondit Emmett Smith. Il renifla. C'est ça qui a créé le scandale, tu vois. La famille Vail n'a pas eu la possibilité d'aller au mariage, qui s'est fait de façon discrète et rapide — enfin, nous savons tous ce que ça signifie.

La fille prénommée Clare eut un petit rire guttural. Il l'a ramenée ici ? demanda-t-elle.

Non, dit Emmett Smith. Ils vivent en France. Sa femme ne parle pas anglais, et il a un boulot là-bas maintenant.

Un de ces boulots qui n'en sont pas, dit Tommy Lattimore, et les lobes de ses oreilles devinrent tout rouges.

Comme j'aimerais vivre à Paris, dit Irene Minter d'un ton rêveur.

C'était un sacré séducteur, ce Wally Vail, dit Clare. Son petit rire paraissait mettre Chip Cunningham au supplice.

Lilian alla s'isoler dans la salle de bains du rez-de-chaussée, en priant pour que personne ne l'y découvre. Pendant qu'elle faisait couler de l'eau dans le lavabo, elle n'entendit pas les petits coups qu'on frappait. La porte s'ouvrit. C'était le plus jeune des frères Finch, celui qui l'avait regardée de cette façon ridicule.

Je suis désolé... Il baissa vivement la tête, et referma aussitôt la porte.

La surprise lui fit reprendre ses sens. Quand elle sortit dans le couloir, le jeune Finch était encore là, et il la dévisageait avec l'embarras intrépide d'un enfant.

Vous allez bien ? demanda-t-il. J'ai cru que vous étiez peut-être...

Non, dit Lilian. Je vais très bien. Elle lui lança un regard sévère et prit la fuite.

20

Une ronde de mariages

Dolly Cushing n'avait jamais manifesté un seul instant de dépression avant le lendemain de ses noces. Elle aurait voulu que le jour du mariage ne se termine jamais.

Oui, Freddie Vernon réussissait dans la vie, murmuraient les gens sur les bancs de King's Chapel, mais Freddie Vernon était aussi un crétin. Durant la réception, il dansa avec Dolly comme s'il exhibait un trophée, en ouvrant des yeux protubérants à la recherche des invités importants. Il avait la même expression lorsqu'il était surpris, ou que quelqu'un émettait une opinion qui ne correspondait pas à la sienne. Lilian avait fini par s'habituer à lui, en se disant que Dolly l'aimait ; et elle n'avait jamais eu la preuve, malgré les histoires qui circulaient, qu'il snobait ceux qui ne faisaient pas partie du bottin mondain.

Pendant leur lune de miel, Dolly mena une vie infernale à Freddie Vernon jusqu'au jour où il la fit monter sur un chameau ; ils voyagèrent ainsi jusqu'aux pyramides, et elle se sentit de nouveau elle-même. Dolly fut la première des amies intimes de Lilian à se marier.

Puis vint le tour de Marian Lockwood, moins d'un an plus tard, qui épousa Dickie Wiggin — le brave Dickie perdu dans ses pensées, qui avait toujours l'air d'un homme qui a raté son train. Il s'habillait de manière impeccable, selon les critères de Boston : sa veste s'ornait constamment d'une pochette aux couleurs vives, et au printemps il portait volontiers un canotier. Marian le conduisait un peu partout, ravie de diriger les opérations. Elle savait toujours quel était le magasin le plus chic pour acheter des rideaux, et chez quel fleuriste on trouvait les lis les plus grands. Elle s'entendait à merveille à dépenser de l'argent, et Dickie Wiggin en possédait beaucoup. Bien qu'elle fût incapable d'imaginer Marian épousant un homme pauvre, Lilian avait néanmoins l'impression qu'ils étaient sincèrement épris l'un de l'autre.

Irene Minter se maria avec le sportif Bobby Putnam, qui ne la courtisait que depuis peu. Peu de temps après, sept mois si on se donnait la peine de compter, naquit le petit Bobby. Lilian aurait été choquée s'il s'était agi de n'importe laquelle des autres filles, mais Irene était différente, et les règles habituelles ne s'appliquaient pas dans son cas. Bobby Putnam avait des cheveux blonds, des dents d'une blancheur éclatante, et il se montrait volontiers grossier avec les domestiques. Quand il ne jouait pas au golf, il jouait au tennis, ou bien il préparait des cocktails au bar. Il se considérait comme un connaisseur en matière de femmes et donnait fréquemment son opinion d'expert.

Là, voilà ce que j'appelle une belle fille : de longues

jambes, et un corps d'athlète, qui respire la santé ! disait Bobby Putnam, énumérant ainsi des qualités que ne possédait pas sa femme. Et, durant tout ce temps, Irene le contemplait, transportée d'admiration, ses yeux noirs brillant au milieu de son visage blanc, hypnotisée par le son de sa voix et l'allure qu'il avait, sans paraître saisir le sens de ses paroles. Plus tard, lorsque le malheur arriva, elle demeura perplexe sur son origine.

Sister Cabot épousa Cap Sedgwick, et ce fut le mariage le plus somptueux que Boston eût connu depuis longtemps. Les deux jeunes mariés s'avancèrent majestueusement dans l'allée centrale, dominant la foule de leur haute taille, et s'inclinant en avant comme des girafes.

Lors de la réception au Ritz-Carlton, Lilian fut abordée par un nuage de tulle en forme de femme qui sentait le parfum et qui plissait les yeux en souriant jusqu'aux oreilles. J'apprends que nous avons un ami commun, dit Nita Russell. Avez-vous eu des nouvelles de M. Vail ?

Oh, fit Lilian, surprise d'entendre son nom. Eh bien, non.

Moi non plus, dit Nita Russell. La dernière fois, c'était à propos du bébé.

Du bébé ?

De la petite fille, oui. Vous n'étiez pas au courant ? Mais ça remonte à deux ans déjà, ou peut-être un an, je ne me souviens plus. Nita Russell avait l'air charmante, comme le sont les gens qui acceptent les usages du monde et y trouvent leurs délices. Il m'a brisé le cœur, dit Nita Russell d'un ton enjoué. C'est vrai, je vous assure.

Lilian sourit faiblement.

Il avait dit qu'il reviendrait pour moi après la guerre, et il n'est jamais revenu. Elle fit une petite moue boudeuse, puis haussa les épaules, chassant immédiatement le sujet de son esprit.

Je ne le connaissais pas aussi bien que cela, dit Lilian.

Tant mieux pour vous, dit Nita Russell, et elle donna à Lilian une petite tape sur le bras.

Quelque chose tressaillit en Lilian — l'ancienne terreur — et elle sentit encore un lourd rideau qui s'écartait : elle se retrouva en train de regarder de nouveau un monde différent — *Il avait dit qu'il reviendrait pour moi après la guerre* —, un monde où les ombres étaient plus noires et la lumière dépourvue de douceur.

Un homme tenant deux coupes de champagne s'approcha ; il en tendit une à Nita Russell, puis regarda aimablement Lilian.

Oh, dit Nita Russell, et elle donna le bras à l'homme. Vous ai-je présenté mon fiancé ?

21

Sur l'île

Les journées s'écoulaient comme toujours dans le Maine. Lilian partait se promener le matin, déjeunait en compagnie de sa mère, d'Arthur et d'un invité, puis faisait une nouvelle promenade. Orner ses cheveux de divers accessoires, lire un livre, se mettre du vernis à ongles, et écrire des lettres : telles étaient quelques-unes de ses autres occupations habituelles. Certains jours, ils partaient en voiture avec les cousins jusqu'à la pointe de Crabtree, et ils admiraient les collines de l'autre côté de la baie. Un jour, Mme Bradley vint les chercher avec le bateau paroissial pour visiter une maison ancienne. Celle-ci avait trois jardins et, leur dit-on, le belvédère était hanté par l'esprit d'un homme. Tandis qu'ils déambulaient le long des allées aux couleurs vives, bordées de delphiniums et de zinnias, Lilian eut le sentiment que cet esprit était tout proche ; elle avait une affinité avec les esprits, et elle se dit que si elle se retournait elle le verrait : elle s'abstint donc de se retourner.

Un autre jour, en revenant d'une promenade autour de l'étang dénommé Pierce's Pond, ils trouvèrent la maison entière imprégnée d'une odeur d'ail, et l'eau du robinet légèrement parfumée de genièvre. Arthur déclara qu'il trouvait cela charmant, même si c'était fort inhabituel. Tante Tizzy venait d'arriver avec sa pyramide de bagages, et le lendemain matin ils lurent les journaux et purent se gorger des scandales survenus dans les familles les plus huppées et les plus haut placées. En guise de distractions, il y avait des soirées de lecture, et des visites à la bibliothèque. À l'intention de Tante Tizzy, Lilian déclara qu'elle se sentait comme la petite fille pauvre vivant en face de la jeune fille riche : elle voyait la voiture de Mme Amory passer la prendre chaque jour pour l'emmener déjeuner dehors — mais en réalité Lilian était bien contente de ne pas avoir à sortir et à rencontrer des gens. Tommy Lattimore venait presque tous les jours. Il s'asseyait avec elle sur la terrasse couverte, laissant voir son visage tout en longueur et tripotant les articulations renflées de sa main. Il ne parlait jamais de ses sentiments pour Lilian, ce dont elle lui savait gré, car elle n'avait pour lui qu'une estime amicale. Il se contentait de regarder les allées et venues de la maisonnée, les cousines sur la pelouse, la récolte des framboises, car il n'y avait pas beaucoup d'activité chez les Lattimore. C'était Richard qui avait été le personnage le plus vivant de cette maison.

Les gens s'efforçaient d'oublier la guerre et de regarder vers l'avenir. Certains garçons rentraient encore au pays, au compte-gouttes. Pratiquement aucun des garçons de l'île n'était revenu — tous avaient été incorporés dans les régiments qui avaient subi des pertes terribles. Lilian avait écrit un petit mot à Mme Cooper pour lui dire à quel point elle était attristée par la disparition de Forrey, et elle avait fait don d'un peu d'argent pour la fontaine commémorative que l'on projetait d'édifier au centre du village. Mme Cooper lui avait répondu pour la remercier dans un gribouillis informe et, quand elles s'étaient retrouvées face à face dans la rue principale à l'heure de la distribution du courrier, elles avaient simplement échangé un sourire et s'étaient abstenues de parler, n'ayant rien de plus à se dire.

Des gens avaient emménagé dans la maison voisine, si bien que Lilian ne pouvait plus y voler des fleurs ou s'asseoir sur les rochers. L'un des occupants sifflait son chien par deux notes prolongées, qu'il faisait durer interminablement, et Tante Tizzy l'appelait toujours « l'enragé ». Lilian avait l'impression que sa vie s'était réduite à presque rien. Les journaux arrivaient sur l'île avec un jour de retard, et elle les lisait méthodiquement, attirée par les nouvelles morbides.

Les Sedgwick passaient les journées à naviguer sur leur voilier avec Marian et Dickie Wiggin. Un soir ils vinrent dîner, apportant avec eux des anecdotes sur les réceptions mondaines de Boston. Arthur garda un air distant pendant qu'ils racontaient celle de José Cutler qui, au cours d'une danse, avait si bien mordillé le lobe de l'oreille d'Amy Snow qu'il lui avait pris sa boucle en diamant. Lilian s'efforça d'écouter, mais elle trouvait difficile de prendre plaisir à ces plaisanteries vieilles comme le monde.

En ce moment, je lis un livre délectable sur la méchanceté dont les Allemands ont toujours fait preuve, annonça Arthur.

Il doit y avoir un tas d'ouvrages de ce genre, j'imagine, dit Dickie Wiggin, qui avait une allure estivale dans son complet de lin blanc.

Vous avez parlé aux enfants de l'aurore boréale ? demanda Mme Eliot, pour qui ceux qui appartenaient à la génération suivante seraient toujours des enfants.

Cap et moi, on en a vu une la nuit dernière ! s'exclama Sis Sedgwick. C'était une fille solidement bâtie qui adorait le sport et la vie au grand air, malgré un manque complet de coordination dans les mouvements. N'est-ce pas qu'elle était merveilleuse ?

Je dormais à poings fermés, dit Marian Wiggin, serrant son chandail plus douillettement sur ses épaules.

Il y en aura peut-être une cette nuit, dit Lilian. Arthur et moi, on les voit du toit.

Un de ces jours, elle va tomber et se rompre le cou, dit Mme Eliot. Et je n'en serai pas surprise le moins du monde.

Si elle avait un mari, cela ne risquerait pas d'arriver, dit Marian Wiggin.

Elle a trop mauvais caractère pour avoir un mari, déclara Arthur, remettant en place l'ancolie qu'il portait à la boutonnière.

Lilian lui lança un regard amusé. Beaucoup trop mauvais caractère, dit-elle.

Oh, on lui trouvera quelqu'un, dit Marian avec autorité.

Lilian frémit à la pensée d'une telle éventualité.

Le meilleur endroit pour voir les aurores boréales, c'est sur l'eau, dit Cap Sedgwick. C'était un avocat à la voix douce, qui se penchait en avant chaque fois qu'il passait une porte ; il avait été l'un des meilleurs rameurs de l'équipe de Harvard. Sis était aussi fière de sa modestie qu'elle l'était de sa vaillance, l'une comme l'autre considérables. Il faudra qu'on vous emmène avec nous, Lilian, poursuivit-il.

Lilian répondit qu'elle serait ravie de les accompagner, et elle fut soulagée quand le lendemain matin elle vit qu'il pleuvait à verse.

22

L'incident du bateau blanc

Il plut durant une semaine entière, on aurait cru un nouveau déluge. Le premier jour de beau temps, ils remontèrent en bateau la rivière Molly.

Le panier du déjeuner fut déposé sur la partie plate du rocher. Certains s'installèrent sur des coussins bleus avec leurs livres, d'autres enlevèrent leurs chaussures et se contentèrent de contempler l'eau qui serpentait. M. Eliot, en manches de chemise, adopta son attitude de vacancier, rejetant sa cravate par-dessus l'épaule. Il s'était réveillé ce matin-là avec un bras enflé, et avait décidé qu'une tarentule l'avait mordu. À l'ombre des pins, on voyait la silhouette à demi allongée du batelier.

Lilian était debout au bord du rocher, en maillot de bain noir. En dessous d'elle, l'eau était vert foncé. Elle observa les rides de la surface, où les lignes sombres se mêlaient aux lignes plus claires du ciel reflété, et elle se laissa aller à ses pensées. Il lui manquait toujours quelque chose ; elle se dit qu'il ne s'agissait pas de Walter Vail. Elle essaya de s'imaginer vivant seule toute sa vie, comme Tante Tizzy, et elle songea, Je peux y arriver, mais alors elle commença à se sentir lourde comme une pierre. Si seulement elle pouvait rencontrer un garçon vraiment bien, elle ne se soucierait de rien d'autre, du moment qu'il était sincère, attentionné, qu'il avait le sens de l'humour et qu'il ne se donnait pas de grands airs. C'était tout ce qu'elle demandait. La marée avait porté la rivière à son niveau le plus haut. Elle plongea.

Comment peut-elle faire ça ? dit Mme Glover, une veuve qui accompagnait souvent les Eliot dans leurs excursions. Elle secoua sa tête massive, et tout son cou trembla en même temps.

Mme Eliot, le dos bien droit, se tourna et suivit négligemment des yeux la silhouette de sa fille qui s'éloignait dans l'eau. Un grand chapeau maintenait son visage dans l'ombre, et elle avait une écharpe d'été sur les genoux. Lilian est insensible au froid, déclara Mme Eliot. Elle l'a toujours été.

Vous savez ce qu'on dit quand une jeune fille aime bien nager, dit Tante Tizzy. Elle était habillée comme sur la Riviera, d'un maillot de bain couleur paon, bleu et vert, avec un turban assorti.

Non, qu'est-ce qu'on dit ? fit Arthur, souffrant visiblement d'être avec sa famille.

Ne t'occupe pas de ça, dit Mme Eliot en desserrant à peine les lèvres. M. Eliot continua de concentrer son attention sur son livre.

Ça veut dire qu'elle aime bien danser, n'est-ce pas ? dit Mme Glover, l'air déconcertée.

Entre autres choses, murmura Tante Tizzy. Elle arrangea ses cheveux roux.

Je me demande si Tommy Lattimore aime bien danser, dit Arthur.

J'en doute, dit Tante Tizzy, lui retournant son sourire narquois. Ses joues fardées ressortaient, formant des taches éclatantes.

Tommy Lattimore est un garçon très bien, déclara Mme Eliot, de l'air de quelqu'un qui ne participe qu'à moitié à la conversation. Elle avait fini par tomber d'accord avec M. Eliot pour conclure que celui du temps de la guerre, celui qui venait de New York, n'était pas bon pour Lilian.

C'est le prétendant de Lilian ? demanda Mme Glover. On rate vraiment tout quand on part en voyage.

Arthur haussa les épaules. Il vient à la maison tous les jours, observa-t-il.

Mme Glover fit bruisser sa robe. Serions-nous en train de parler de fiançailles ? demanda-t-elle, s'adressant à la silhouette ombragée de Margaret Eliot.

Lilian ne m'a informée de rien, dit Mme Eliot.

Et je ne crois pas qu'elle le fera, dit Tante Tizzy. Elle adressa un signe à Arthur et se leva, emportant son petit sac à main, pour se glisser de l'autre côté de la crique et y fumer une cigarette. Elle avait promis à sa belle-sœur de ne pas fumer devant les enfants. Lil est une fille qui a de la classe, ajouta-t-elle. Tommy Lattimore est juste un gentil garçon.

Les Lattimore sont une famille charmante, dit Mme Glover. Ce sont des gens tout simplement merveilleux.

Et ils ont eu leur lot de malheurs, dit Mme Eliot, prenant un air solennel.

Mme Glover acquiesça.

Il n'est même pas mort dans les tranchées, dit Arthur. Il a été atteint de botulisme.

Les femmes le foudroyèrent du regard. Arthur se leva et suivit sa tante.

Au début, le contact de l'eau lui coupa le souffle, puis elle s'y accoutuma et il devint agréable. Elle n'était pas du tout aussi froide que là-bas dans la baie. Cela faisait une semaine qu'elle n'avait plus nagé, et toute la pluie qui était tombée semblait avoir donné à l'eau une consistance plus épaisse. Lilian pliant et dépliant vivement les jambes, en sentait la pression sur ses genoux, et le tournoiement autour de ses chevilles. L'eau pesait sur ses bras et lui donnait l'impression d'avoir des doigts étrangement palmés. Elle se sentait comme soutenue, tandis que l'eau froide étincelait autour d'elle.

Cela ne marcherait jamais avec Tommy Lattimore, elle le savait. Il était fort prévenant, mais il y avait quelque chose qu'elle recherchait et qu'elle ne trouverait jamais chez lui. Elle n'aurait pas pu définir ce quelque chose, et se trouvait idiote de rester incapable de mettre un nom dessus. Son père aurait sûrement dit que s'il n'y avait pas de mots pour le décrire, cela n'existait pas.

Elle franchit à la nage un passage entre deux affleurements de rocher blanc. Sur sa droite elle aperçut Tante Tizzy, à demi étendue contre une pierre en forme de chaise longue, et Arthur un peu plus haut, accroupi le menton sur les genoux, pareil à un griffon. De la fumée s'échappait de la bouche de l'un et de l'autre. Ils lui firent signe paresseusement. Elle continua de nager.

Au fond d'une petite anse, elle vit une maison à moitié cachée par des ormes. Un verger de pommiers dessinait un pointillé sur la pente menant au rivage où un sloop blanc était ancré. Un homme apparut sur le pont, torse nu, et marcha vers la proue. Il s'affaira avec des taquets et des cordages, déroulant une drisse à partir d'un hauban métallique. La tête d'une femme émergea du cockpit. Elle avait les cheveux coupés court, et sa nuque était bronzée. Elle appela l'homme, puis grimpa sur le pont. Elle portait un vêtement japonais de couleur pâle qui claquait contre ses genoux, une sorte de peignoir. Elle se tenait près de l'homme et l'observait, en écartant une mèche de cheveux qui lui retombait sur l'œil. Soudain elle bondit en arrière : l'homme s'était élancé sur elle. Il lui agrippa les épaules, et tous deux luttèrent en riant, contre le garde-fou en corde ; après s'être débattu, l'homme bascula, les pieds en l'air, passa par-dessus bord et disparut. Il s'écoula un moment avant que Lilian n'entende le plouf assourdi.

La femme s'appuya au garde-fou, le dos arqué, et se balança d'un côté à l'autre. Le bruit des rires et des éclaboussures éveilla chez Lilian un sentiment qu'elle n'avait plus éprouvé depuis longtemps. Il y avait de la vie entre ces deux personnes — une vie bien différente de celle qui se déroulait sur le rocher du pique-nique. Lilian s'était jadis sentie tellement prête pour la vie — et puis Walter Vail lui était arrivé, et depuis elle ne se sentait plus aussi prête. Elle songea, Mais si j'étais sur ce bateau...

L'homme contourna le bateau jusqu'à l'endroit où une échelle de corde pendait contre la coque. Lilian eut une sensation particulière, une sorte d'excitation, à la pensée que lui et elle nageaient dans la même étendue d'eau. Il grimpa les échelons, arrondit le dos dans une attitude de menace, et la silhouette ondulante de la femme fila vers la proue. L'homme la pourchassa, forme massive et dégoulinante. Elle poussa un cri, et s'accrocha des deux bras à un hauban de la proue. L'homme la saisit par les épaules, elle poussa un nouveau cri — il était tout mouillé ! Par saccades il tenta de lui faire lâcher prise, mais sans faire de véritable effort. Elle le suppliait, en riant. Puis, d'une seule brusque secousse, il l'écarta du hauban. Elle émit un hurlement strident — sans doute l'entendit-on là-bas dans la courbe de la rivière. Le hurlement cessa, et la femme, tout en cherchant encore à dégager ses bras, parla à l'homme d'une voix plus basse, plus raisonnable.

Il la relâcha, et laissa reposer le poids de son propre corps sur une seule jambe, les bras croisés dans une position d'attente. La femme hésita, puis s'affaissa en avant, se recroquevillant sur elle-même et tombant à genoux. Lilian observa, son cœur battit plus fort. La femme se pencha alors complètement : la tête contre le pont, elle parut embrasser les pieds de l'homme. Ensuite elle leva le visage vers lui. Leur façon de rire avait changé. Elle se redressa, toujours à genoux, et plaça les mains sur les hanches de l'homme. Ses coudes formaient saillie de chaque côté, de sorte que ses manches pendantes claquaient au vent. L'homme regarda autour de lui et, durant un instant aveuglant, Lilian crut qu'il avait repéré sa tête sombre de phoque qui émergeait de l'eau, mais son regard passa comme le rayon d'un phare — il ne vit personne. Il se tourna de nouveau, le menton contre la poitrine, vers la femme en dessous de lui, et lui toucha le sommet de la tête, en la guidant. La tête avait commencé à bouger.

Lilian fit demi-tour et revint à la nage vers sa famille, ressentant en elle comme de l'espoir.

Regardez-moi cette belle jeune fille, dit Mme Glover, observant la silhouette dégoulinante de Lilian. Je devrais apprendre à nager, moi aussi. Tu as l'air absolument rayonnante.

Lilian alla se changer dans les bois. Pendant qu'elle s'essuyait, la peau toute blanche dans l'ombre tachetée des pins, elle entendit un cri de femme qui provenait de la direction du bateau blanc. Puis elle entendit un plouf. Le bruit n'était pas aussi fort que celui provoqué par l'homme. Il eut pour effet de paralyser Lilian. C'était celui de la femme.

Pendant le retour en bateau, Lilian regarda fixement devant elle, le visage face au vent. Sa mère parlait d'inviter à dîner M. Francesco, et Mme Glover dit que son cousin par alliance était marié à la sœur de celui-ci. Lilian sentait l'espoir mourir en elle. Elle s'efforça d'en conserver un peu : ce qu'elle put sauvegarder, elle le blottit tout au fond d'elle-même pour plus de sûreté, et décida de ne plus y toucher avant longtemps.

III

MME ELIOT

23

Un homme demande
des nouvelles de Lilian

Cinq années passèrent, et Lilian Eliot dans l'ensemble continua à vivre comme elle avait vécu avant Walter Vail. Ses amies donnaient naissance à des enfants. Dolly Vernon eut deux garçons, Marian Wiggin deux filles, et Cap et Sis Sedgwick un de chaque. Irene Putnam avait perdu son second bébé, une petite fille mort-née, mais la tentative suivante avait été couronnée de succès. Lilian sortait beaucoup, et on se perdait en conjectures sur le moment où elle se marierait. C'était, après tout, l'événement le plus important dans la vie d'une fille. Il s'était même produit pour Jane Olney.

Jack Ives était un garçon plutôt bourru, au torse volumineux. On le voyait souvent se tenir à l'écart de la conversation générale, apparemment occupé à regarder ses pieds ; pourtant, quand on lui posait une question, il fronçait les sourcils et donnait une réponse montrant qu'il n'avait pas cessé d'écouter. Il aimait bien son verre de scotch, et il adorait Jane. Peu de temps après avoir fait sa connaissance, il se lia d'amitié avec sa famille et, quand il l'emmenait à des soirées, il ne lui lâchait pas la main. Jane n'en paraissait pas le moins du monde surprise. Elle avait attendu patiemment qu'un homme croisât son chemin, et c'était arrivé. Leur mariage eut lieu à Brookline en mai 1924 : une tente à rayures jaunes fut installée sur la pelouse derrière la maison des Olney, et il n'y eut pas trop d'invités. Arthur prononça un toast pour dire à quel point il avait toujours admiré Jane, et tout le monde fit des commentaires sur son éloquence. Quand vint le moment de jeter le bouquet, Jane le lança dans la pièce d'eau : elle avait toujours été d'accord avec Lilian pour dire que c'était une coutume humiliante.

Un soir au dîner, Mme Eliot dit, J'ai rencontré un garçon bien gentil chez les Moore. Elle regarda Lilian de manière insistante. Je crois qu'il s'appelle Gilbert Finch. Il avait une voix agréable. Je l'ai entendu parler aux enfants.

C'est le fils du médecin ? demanda M. Eliot, sans paraître particulièrement intéressé. Il avait un poing posé sur la table. Dire que je suis allé à l'école avec ce gars-là.

Il y a deux fils, dit Lilian. L'un des deux est médecin lui aussi.

C'est lequel qui a largué Irene Minter ? demanda Arthur.

Comment peux-tu te souvenir de ça ? dit Lilian. C'était il y a une éternité.

On n'oublie pas Irene Minter. Elle a un goût épouvantable en ce qui concerne les hommes. Arthur fit un geste théâtral. Quiconque épouse Bobby Putnam...

Pas de médisance à table, intervint M. Eliot.

Mme Eliot but trois petites gorgées de vin avant

de replacer le verre sur la table. Papa, nous ne disons de mal de personne, déclara-t-elle.

Je ne trouve guère flatteur d'être désigné comme quelqu'un qui a — quel était donc ce mot si pittoresque employé par Arthur ? —, qui a largué Irene Minter. La pauvre fille n'est pas une amarre.

Arthur éclata de rire.

Mme Eliot sourit, avec l'air d'attendre que ce qu'il y avait d'amusant arrive jusqu'à elle et la fasse rire aussi.

C'était l'aîné, Winn, dit Lilian sans enthousiasme. Nous parlions de Gilbert.

Elle avait appris son prénom pendant les cinq ans écoulés depuis qu'il l'avait regardée à la garden-party des Crook. Elle le voyait de temps en temps, par exemple dans la rue au défilé du Quatre Juillet [1], dissimulé sous un immense chapeau, ou bien à l'extrémité d'une longue terrasse couverte peinte en jaune, lors du thé que donnaient les Loring le jour de la fête du travail. Il avait assisté au mariage d'Eleanor Crook avec Charlie Sprague ; elle avait remarqué qu'il s'était attardé dans l'allée à bavarder avec les chauffeurs. Elle avait lu quelque chose sur lui quelque part, oh oui, dans la *Revue des anciens de Harvard* de son père : un article sur le curling. Le curling !

Il aime sans doute mieux parler aux enfants qu'aux adultes, dit Lilian. Je ne l'ai jamais entendu prononcer plus de deux mots.

Il semblait avoir beaucoup de choses à dire à Nita

---

1. Fête nationale américaine, appelée aussi « Independence Day ». *(N.d.T.)*.

Russell, signala Mme Eliot. Mais elle s'appelle maintenant Bancroft, je crois, même si...

Qu'est-ce qu'elle faisait là-bas ? demanda Lilian.

D'après Ada Amory, elle est retournée chez ses parents, dit Mme Eliot.

Est-ce que c'est la malheureuse qui... ? M. Eliot fronça les sourcils au-dessus de ses pommes de terre.

Oui, dit Mme Eliot.

Il y eut un silence dans la conversation.

Arthur dit, J'aimais bien Jim Bancroft. C'était un passionné.

Et regarde où ça l'a mené, dit Mme Eliot. Il conduisait ce bateau trop vite, de toute façon.

Je suis surprise qu'elle soit revenue à Boston, dit Lilian.

Une fille très gentille, dit Mme Eliot. Enfin, il a demandé de tes nouvelles.

Qui ça ?

Gilbert Finch.

Il voulait de mes nouvelles ? Lilian se rappela les étranges yeux pâles, et la manière dont ceux-ci l'avaient regardée sans le moindre embarras.

J'ai dû demander à Sally Kimball qui il était. J'ai tellement de mal à m'y reconnaître, dans tous ces jeunes gens.

Qu'est-ce qu'il a dit ?

Qui ?

Gilbert Finch !

Il a dit, Bonjour, madame Eliot, comment va Lilian ?

Et qu'as-tu répondu ?

Très bien, merci. Je ne savais pas qui il était.

Et alors, qu'est-ce qu'il a dit ?

Fascinante conversation, commenta Arthur.

Tu sais, ça m'est tout simplement sorti de la tête, dit Mme Eliot.

Lilian marmonna, C'était juste une formule de politesse.

J'ai une information qui intéressera sans doute toute la table, annonça M. Eliot d'une voix retentissante.

Lilian releva la tête.

Sally Kimball avait l'air de croire qu'il avait un petit problème avec... tu sais, à la guerre. Mme Eliot agrippa fermement le pied de son verre pendant que Patrick lui resservait du vin. M. Eliot avait finalement accepté de contacter des bootleggers, après une longue période de froideur de la part de Mme Eliot ; il restreignait toutefois la consommation d'alcool à la table du dîner.

Bienvenue au club, dit Arthur, bien qu'il n'en ait pas été membre. Il fit signe à Patrick, avec un sourire rayonnant, de continuer à remplir son verre.

Qu'est-ce qu'il fait en ce moment ? dit Lilian.

Qui ? Mme Eliot sourit en baissant la tête vers son assiette.

Gilbert Finch. Cela fit un drôle d'effet à Lilian de prononcer son nom.

Il travaille quelque part, je suppose, dit Mme Eliot.

Tu entends ça, Arthur ? M. Eliot ne regardait pas son fils dans les yeux, ce que d'ailleurs il faisait rarement. Ce garçon a un boulot.

Le pauvre, dit Arthur.

24

Marques d'intérêt

Sept mois plus tard, Lilian et Gilbert Finch annoncèrent leurs fiançailles. Voici comment cela se produisit.

Il vint à la réception de Noël des Cunningham. Lilian supposa qu'il y avait assisté les autres années, mais qu'elle ne l'avait pas remarqué. Il lui tendit un verre de porto-flip alors qu'elle était debout en train de parler avec Beany Sprague, et il s'excusa pour aller offrir à boire à sa tante. Le petit Bobby, le fils d'Irene Putnam, vint montrer à Lilian un biscuit en forme de bonhomme de neige et, avant d'avoir pu s'en rendre compte, elle se retrouva entourée d'enfants. Contrairement à ce qu'avait dit Mme Eliot, Gilbert Finch ne parut pas particulièrement désireux de lui parler.

Après la nouvelle année, les Sedgwick donnèrent un dîner, où ils placèrent Lilian à côté de Gilbert Finch. Ils bavardèrent agréablement sur les chiens, sur le mois de janvier et sur Agatha Christie — auteur que tous deux aimaient beaucoup. Elle remarqua qu'il mangea tout ce qu'il y avait dans son assiette, à l'exception des légumes verts, comme un enfant. Mais au moment du café, les hommes s'attardèrent une éternité dans le salon, à discuter de politique — une nouvelle passion de Cap.

Plus tard dans le mois, Lilian et Tommy Lattimore allèrent au cinématographe avec Marian et Dickie Wiggin, et ce dernier amena Gilbert Finch qu'il connaissait depuis le collège St. Mark. Lilian s'assit entre les deux célibataires, et regarda le dessin animé de Hermann la Grande Souris, en y prenant plus de plaisir qu'elle n'aurait cru. Marian piqua plusieurs fous rires presque hystériques, à des moments comme celui où la grosse cuisinière en fonte se mettait à marcher dans la pièce et soulevait la bouilloire à l'aide de son conduit de fumée. Lilian regretta que Gilbert Finch ait ensuite décliné leur proposition de se joindre à eux pour prendre un dessert.

Un vendredi après-midi, Lilian se promenait avec Nathaniel Weeks, un jeune homme qui travaillait bénévolement avec elle à l'hôpital. Quelquefois, à la fin de la journée, ils faisaient du lèche-vitrines dans Newbury Street, et Nathaniel Weeks, qui avait de l'argent, essayait de faire dire à Lilian ce qui lui plaisait pour qu'il puisse lui acheter quelque chose. Elle n'était pas sûre de vouloir quoi que ce fût de Nathaniel Weeks. Pendant qu'ils traversaient le pré communal, ils rencontrèrent par hasard Gilbert Finch qui allait à la gare. Un étui à jumelles pendait contre sa poitrine, et il tenait à la main le plus petit sac de voyage que Lilian eût jamais vu. Il demeura très raide, comme s'il attendait que Lilian et Nathaniel Weeks le laissent partir. Il portait des vêtements amples sur son corps solidement charpenté : son col de chemise formait un bourrelet à l'arrière, et ses manches retombaient mollement à l'endroit des coudes, mais d'une certaine façon cette tenue un peu négligée lui allait bien. Il partait passer le week-end sur la côte du Maine ; mais il ne dit pas avec qui. Nathaniel Weeks amena la conversation sur son sujet favori, le temps qu'il faisait. Lilian parvint à poser une question à propos des jumelles.

J'aime bien regarder les oiseaux, dit Gilbert Finch.

Nathaniel Weeks essaya de faire un jeu de mots sur son nom [1] ; celui-ci n'aboutit pas comme il le voulait, mais tous trois rirent poliment.

Lilian remarqua que la lèvre supérieure de Gilbert Finch donnait l'impression qu'il avait reçu un coup de poing, ou bien qu'il se retenait de pleurer. Une de ses oreilles s'écartait obliquement de sa tête, et elle était un peu en pointe, comme celle d'un lutin. Il avait des yeux pâles, entourés au-dessus et en dessous de paupières sombres qui lui donnaient l'air d'un homme éprouvé par des chagrins. Lilian se souvint d'avoir entendu dire que sa mère était morte quand il avait onze ou douze ans.

Quand il s'éloigna en courant vers son train, il traversa les pelouses en dehors des allées, se déplaçant avec la grâce d'un athlète. Il vint à l'esprit de Lilian que chaque fois qu'elle voyait Gilbert Finch il était seul.

Imagine un peu : regarder les oiseaux au beau milieu de l'hiver, fit dédaigneusement Nathaniel Weeks. Il avait mis des souliers vernis et une écharpe bien repassée. Sous son chapeau, ses cheveux étaient lissés en arrière, et il avait la raie au milieu comme les autres garçons.

1. « Finch », comme nom commun, signifie « pinson ». *(N.d.T.)*

Je trouve que c'est une idée épatante, dit Lilian.

Dans les mois qui suivirent, Lilian accepta des invitations pour lesquelles auparavant elle aurait trouvé des excuses, dans le vague espoir d'apercevoir Gilbert Finch. Elle ne ressentait pas pour lui plus d'intérêt que pour n'importe quel autre garçon, mais il y avait un petit je-ne-sais-quoi dans son allure tranquille et réservée, et puis il avait un jour demandé de ses nouvelles. Elle était simplement un peu intriguée par le personnage. Mais Gilbert Finch ne sortait pas tellement. Elle montait toutes sortes de projets avec Marian et Dickie Wiggin, en espérant qu'ils proposeraient à Gilbert Finch de les accompagner. Marian, qui n'arrêtait pas de suggérer des garçons différents pour Lilian, ne saisissait jamais l'occasion quand on en venait à parler de Gilbert Finch. Oh, Gilbert, il est un peu perdu, se contentait-elle de dire.

Un jour qu'elle était sortie en ville pour acheter du ruban, Lilian se retrouva nez à nez avec lui, Gilbert Finch en personne : les cheveux en bataille, il tenait à la main un journal froissé. Elle eut l'impression qu'elle pourrait lui parler pendant des heures, et en même temps elle demeura incapable d'articuler le moindre mot. À cet instant, Freddie Vernon surgit de nulle part, comme une locomotive : il cria que Dolly venait de tourner au coin de la rue, et qu'en se dépêchant Lilian pourrait la rattraper dans Exeter Street, puis il se tourna vers Gilbert — il s'intéressait beaucoup au travail que Finch faisait en ce moment, pourquoi ne déjeuneraient-ils pas ensemble un de ces jours ? —, de telle sorte que Lilian n'eut plus qu'à dire au revoir et à poursuivre son chemin.

En mars, quand le brouillard se mit à planer au-dessus des flaques d'eau dans la rue, Gilbert Finch tomba malade et dut garder la chambre. Il y avait une mauvaise grippe qui circulait — on comptait même des morts parmi les pauvres — mais, à en croire Dickie Wiggin, ce n'était pas cela qui n'allait pas chez Gilbert Finch. Un après-midi, à l'heure du thé, Dickie expliqua posément, arrangeant le pli de son pantalon et redressant la pointe de sa pochette, que Gilbert Finch, malgré sa stature d'athlète, avait toujours été enclin à la maladie. C'était vrai, il avait manqué tout un hiver à St. Mark, et il avait dû se rattraper pendant les cours d'été pour pouvoir passer son diplôme. Emmett Smith, prenant sa soucoupe et sa tasse de thé, entreprit de raconter des histoires sur Paris, d'où il était revenu depuis peu, mais Lilian n'écouta que d'une oreille ce bavardage qui autrefois lui faisait venir l'eau à la bouche. Elle s'en moquait royalement. Elle s'intéressait beaucoup plus à ce qui se passait au 242 Marlborough Street, où résidait une certaine personne.

Elle aurait aimé aller lui rendre visite, mais elle ne le connaissait pas suffisamment, et elle était sûre qu'il trouverait une telle démarche étrange de sa part. Marian et Dickie Wiggin y allèrent, quant à eux, et lui dirent que Gilbert Finch leur avait demandé de transmettre son salut à leur amie Lilian Eliot — ce qu'elle ressentit comme un geste sympathique de sa part, plus sympathique à vrai dire que l'attitude qu'il affichait jusqu'alors vis-à-vis d'elle.

La fois suivante où Lilian le vit, ce fut à l'anniversaire de Dickie Wiggin, quelques semaines plus tard. Tandis qu'elle mettait son nouveau corsage rose, un sentiment bizarre se développa en elle à la pensée que Gilbert Finch serait là ; et, au moment où elle gravissait les marches de la maison des Wiggin, ce sentiment avait déjà pris l'allure d'un certain émoi. Elle se demanda, en franchissant le seuil, si cela se voyait.

Elle l'aperçut à l'autre bout de la pièce — il paraissait plus maigre et plus jeune ; aussitôt elle se dirigea vers la table où trônait le whisky de contrebande et, bien qu'elle n'eût guère de plaisir à boire, elle s'en servit un verre. Elle pensa, J'ai tout de même une sacrée habitude des garçons, qu'est-ce qu'il a donc de si particulier, ce Gilbert Finch ?

Finalement elle alla jusqu'à lui pour lui dire bonjour, le visage serein et souriant, sans rien trahir de son émotion. Je suis contente de voir que vous allez mieux, dit-elle.

Il jeta un regard inquisiteur derrière elle, comme pour chercher avec qui elle était. Lilian se sentit flattée.

L'équipe de curling a dû souffrir de votre absence, dit-elle.

Vous n'êtes pas une fanatique du curling, répondit-il.

Non, mais je lis les articles dans les journaux. Vous êtes un joueur très réputé, n'est-ce pas ?

Il portait une veste de laine marron aux revers froissés. Il la dévisagea avec curiosité. Vous êtes allée acheter des rubans ces derniers temps ? demanda-t-il.

Non. Elle sourit et se sentit rougir. Je me suis débrouillée avec ce que j'avais.

Je suis sûr que vous n'avez aucune difficulté pour cela, répondit-il.

Oh, il allait encore mieux qu'elle ne croyait.

Si un jour vous devez encore acheter des rubans...
Oui ?
Eh bien, la prochaine fois vous pourriez...
Mais il fut interrompu par l'arrivée de Marian Wiggin, accourant leur annoncer qu'ils devaient absolument aller dans l'autre pièce pour entendre le merveilleux phonographe qu'elle avait offert à Dickie pour son anniversaire. Tout le monde s'assit et écouta la chanson nouvelle qu'elle leur passa, mais personne ne se leva pour danser.

25

Lilian broie du noir, Gilbert rougit

Comment va ton jeune homme ? demanda Mme Eliot, apportant un petit vase de jonquilles dans la chambre de Lilian.
Ce n'est pas mon jeune homme, répliqua Lilian.
Mme Eliot releva un sourcil.
Je t'assure que non, dit Lilian.
Depuis l'anniversaire de Dickie Wiggin, elle l'avait vu exactement deux fois. Une fois quand elle était allée avec Marian et Dickie voir leur maison de Beverly Farms, et que Gilbert Finch les avait accompagnés. Ils étaient partis en voiture par une belle journée d'avril, et avaient déambulé à travers les pièces froides aux meubles couverts de draps blancs. Il faisait plus chaud dehors : ils s'étaient allongés sur la plage, sans veste ni chaussures, et avaient mangé les sandwichs que la cuisinière avait préparés. Gilbert Finch savait comment s'appelaient tous les oiseaux, c'était à peine s'il avait besoin de les regarder. Il pouvait dire avec certitude que tel petit point noir plongeant entre les vagues était un minuscule canard albéole. Lilian avait découvert qu'il était le genre de garçon à s'écarter pour laisser plus de place à une

fille sur un banc, sans penser que la fille avait peut-être envie d'être assise tout près de lui.

Tu es affreusement irritable, ces temps-ci, dit Mme Eliot. En passant devant la porte ouverte de Lilian, elle la voyait assise avec un livre qu'elle ne lisait pas, le regard perdu dans le vide.

Il n'aime pas que je sois comme ça, dit Lilian. Ce qui me convient tout à fait. Gilbert Finch n'était guère le genre de garçon qu'elle se voyait épouser un jour. Pourtant, elle était bizarrement heureuse en sa compagnie et, quand elle ne le voyait pas, elle devenait inexplicablement triste, et elle avait son visage constamment présent à l'esprit.

Pas la peine de crier, dit Mme Eliot, et elle referma la porte.

La deuxième fois qu'elle l'avait vu, c'était à l'occasion d'un déjeuner en ville. Elle avait indiqué qu'il lui fallait de nouveaux rubans, et il avait saisi la balle au bond. Ils n'étaient pas allés dans un restaurant chic, mais dans un de ces endroits où l'on prenait son assiette au comptoir pour s'installer sur une petite banquette. Lilian savait qu'il était timide, mais elle ne parvenait pas à se débarrasser de l'impression que cela lui était égal qu'elle fût là ou pas. Par moments, il semblait manger seul.

Ensuite, il l'avait emmenée à la bibliothèque publique — il lui restait quelques minutes avant de regagner son bureau dans une société d'import-export —, où ils avaient regardé des portraits de ses ancêtres. Certains d'entre eux étaient enterrés au pied de la colline, à l'arrière de King's Chapel, là où reposaient également plusieurs membres de la famille de Lilian. Le juge Henry Gilbert Finch avait fait retentir le marteau exposé dans l'Ancienne Chambre législative, le plus ancien marteau du pays. Debout dans l'entrée en marbre de la bibliothèque, en jetant un coup d'œil à la salle de lecture, ils avaient vu une fille soulever le bloc-notes où elle venait d'écrire et embrasser le bas de la feuille. Lilian avait alors regardé Gilbert, voulant surprendre son expression, mais elle avait aussitôt détourné les yeux pour ne pas l'embarrasser. Sa tendance à rougir pour un oui ou pour un non lui paraissait bon signe.

26

Mme Eliot est surprise

Elle l'avait invité à prendre le thé. Quand elle alla ouvrir la porte, il était debout sous l'auvent, tenant un chapeau brun dans ses grandes mains délicates. Il portait une veste mal boutonnée au-dessus d'un gilet. Il sourit sans laisser voir ses dents.

Lilian le fit entrer, alla poser son chapeau dans la bibliothèque, et le conduisit jusqu'à la salle de séjour.

Papa, je te présente Gilbert Finch. Maman, je crois que vous vous êtes déjà rencontrés ?

Gilbert Finch leur serra la main avec naturel.

Mme Eliot le considéra avec une certaine confusion. Mais oui, certainement, dit-elle d'un air un peu absent.

J'ai connu votre père à l'école, dit M. Eliot. Un an de moins que moi.

M. et Mme Eliot s'exprimaient de la voix réservée aux personnes qui n'appartenaient pas à la famille.

Un peu de thé ? dit Lilian.

Ils s'assirent. Gilbert Finch s'installa sur le rebord capitonné de cuir devant la cheminée — la place que choisissaient ordinairement les enfants. Il allongea les jambes, exhibant ses chaussettes et faisant osciller ses pieds sur les talons.

Mme Eliot sourit d'un air hésitant. M. Eliot tapota son gousset. Lilian sentit peser sur elle le regard pâle de Gilbert Finch. Elle fit déborder le thé d'une tasse, nettoya la soucoupe, et se montra fort maladroite avec la pince à sucre. Les mèches les plus fines de ses cheveux noirs s'étaient défaites et s'emmêlaient en une sorte de toile d'araignée. On ne voyait aucun os saillant sur son visage lisse, ce qui la faisait paraître plus jeune que ses vingt-six ans. Elle avait le menton légèrement fendu, et ses lèvres formaient une petite moue.

J'ai été surpris de voir qu'il était devenu médecin, dit M. Eliot. Gilbert Finch le regarda d'un air inexpressif. Votre père, je veux dire.

Gilbert Finch ne vit pas de raison de répondre.

Il faut avouer, reprit M. Eliot, qu'il était plutôt du genre joyeux drille, votre père. Il laissa échapper un gros rire.

Je vois fort bien comment cela peut sembler surprenant, dit Gilbert Finch. Il considéra M. Eliot avec des yeux tellement clairs et translucides que Lilian trouva à son père un air mal à l'aise et (ce qui lui parut encore plus étonnant) vaguement stupide.

Lilian tendit une tasse à Gilbert Finch.

Je vous remercie, dit-il, tournant les yeux vers elle. La moindre chose qu'il regardait semblait le plonger dans le ravissement, et l'objet lui-même en acquérait un aspect fascinant. Il but son thé à petites gorgées, les pieds dressés à la verticale sur le tapis du salon, l'air le plus insouciant du monde.

Lilian le fit parler de sa passion, l'observation des

oiseaux, ce qui détendit un peu l'atmosphère. M. Eliot opina de la tête, il avait du respect pour ce passe-temps, et Mme Eliot garda sa tasse levée à la hauteur de sa poitrine, en témoignage de l'attention qu'elle portait au sujet.

Il avait une prédilection pour les oiseaux du littoral. Ils étaient les plus fins et les plus beaux. Cet hiver, il avait vu un goéland arctique — une espèce très rare — contraint d'atterrir à cause d'une tempête. Il l'avait repéré blotti avec les autres goélands à Tuck's Point, près de Manchester, dans le New Hampshire.

Nous voyons beaucoup de faisans quand nous allons chez mon beau-frère à Brookline, dit Mme Eliot. Ils jaillissent des bois presque sous notre nez.

Des oiseaux asiatiques, proclama M. Eliot avec autorité.

C'est cela, dit Gilbert Finch, abandonnant la question. Les faisans entraient dans la même catégorie que les rouges-gorges et les geais bleus, les corneilles et les goélands argentés : des oiseaux qui ne valaient pas la peine qu'on les remarque. Les vrais observateurs s'intéressaient davantage aux oiseaux chanteurs ou aux oiseaux migrateurs, surtout s'ils étaient de couleur brune et n'avaient aucun signe distinctif particulier.

Après que Gilbert Finch fut parti, M. Eliot se dirigea vers le jardin à l'arrière de la maison pour jeter un coup d'œil aux jeunes pousses du printemps. Un bien gentil garçon, dit-il avec un froncement de sourcils.

Mme Eliot se renversa un peu en arrière sur le

canapé. C'était lui ton Gilbert Finch ? Alors je me demande qui était le garçon qui m'a parlé chez les Moore. Ce jeune homme-là, je ne l'ai encore jamais vu de ma vie.

27

Lilian décide de son destin

Au début du mois de juin, Lilian était à la maison des Wiggin à Beverly Farms ; assise sur les marches de la terrasse couverte, elle regardait en dessous d'elle les rochers où Gilbert Finch et Dickie Wiggin pêchaient. Cela faisait un bon moment qu'ils se livraient à cette occupation, et que Lilian les observait : elle avait pris avec elle son tricot — un vêtement destiné au petit garçon de Dolly Vernon, son troisième — mais elle ne faisait que rater des mailles et devait ensuite tout démêler. Elle avait l'impression qu'elle aurait pu rester sur cette marche et regarder jusqu'à la fin des temps.

Ce matin-là, Gilbert Finch et elle s'étaient promenés en direction de la pointe, en restant à l'arrière des autres, et à présent elle repassait dans son esprit les différentes choses qu'il avait dites. Il avait parlé d'un voyage qu'il avait fait en Californie, parcourant à cheval les collines et dormant à la belle étoile ; et bien que ce ne fût pas un sujet auquel elle s'intéressait habituellement, elle s'était aperçue qu'elle ne se lassait pas de l'entendre. C'était captivant. Il avait parlé de son travail à la société d'import-export, et elle l'imaginait dans son bureau, sans sa veste, en manches de chemise, comme elle l'avait vu ce jour-là en ville. Marian lui avait dit qu'il collaborait à un organisme de bienfaisance qui plaçait dans des familles les jeunes garçons qui sortaient de maisons de correction, et elle l'avait pressé de questions à ce sujet, en admirant sa réticence.

Elle observa la forme de son dos, au-dessous d'elle, avec derrière lui le miroitement de cette fin d'après-midi, et elle sentit comme un vent tiède tournoyer doucement à l'intérieur d'elle-même. Il remonta sa ligne et examina un morceau de varech ou de goémon entortillé autour de l'hameçon. Il s'accroupit pour mieux l'inspecter. Sa concentration conférait une sorte de gloire à l'hameçon, et à la pêche dans son ensemble ! Dire que c'était là le même homme qui avait sans doute passé nombre de mardis soir chez les Morse près de l'assiette de biscuits à la mélasse, le même personnage qu'elle avait dû croiser une centaine de fois les après-midi d'hiver où elle patinait sur l'étang — et qu'elle ne s'était même pas aperçue de sa présence !

Cela semblait impossible. Il lui apparaissait maintenant comme la personne la plus remarquable qu'elle eût jamais vue.

Son attention, à la fois concentrée et mobile, se reporta à l'endroit où les hommes pêchaient. Elle considéra sa silhouette fripée en chemise blanche (il portait un chapeau à bord tombant), et elle distingua autour de lui une aura de— comment dire ? —, oui, de bonté. Maintenant qu'elle y réfléchissait, elle se rendait compte qu'il y avait toujours eu quelque chose chez lui, et que simplement elle n'avait pas su l'interpréter comme il convenait. Ce n'était pas un homme frivole. Il n'y avait pas de suffisance dans la position de ces bras, pas d'orgueil excessif dans cette attitude. Il se releva et lança de nouveau : elle entendit le faible ronronnement de la ligne. Elle baissa les yeux vers le petit chandail qu'elle tricotait, et s'aperçut qu'elle avait fait une rangée trop longue. Lilian avait déjà connu les attentions d'un homme frivole et, ici, au cœur de cette ombre douce, dans l'odeur de la mer qui montait jusqu'à elle par petites bouffées, c'était à peine si elle se rappelait ce qu'elle avait bien pu y trouver d'attirant. Ses aiguilles à tricoter cliquetaient nonchalamment. À coup sûr, elle avait payé cher son erreur. L'effet produit par cette présence-ci était décidément différent. En même temps qu'elle retrouvait un peu ce qu'elle avait connu autrefois, cette merveilleuse sensation des contours qui s'estompent, elle s'apercevait qu'en contemplant Gilbert Finch elle était dans un endroit calme et familier. Elle n'était pas transformée en quelque chose d'autre, comme quand elle avait interprété un personnage avec Walter Vail. Elle se sentait redevenue elle-même.

Est-ce que je fais apporter les cocktails sur la terrasse ? cria Marian d'une fenêtre de l'étage, s'interrompant dans ses activités à travers la maison. À mon avis, pourquoi pas ? se répondit-elle à elle-même, et son visage disparut de nouveau à l'intérieur.

Désormais Lilian n'avait plus envie de s'enfuir ni d'être différente. Qu'avait-elle donc pu se mettre en tête ? Regardant en arrière, avec un amusement un peu condescendant, elle vit une personne somme toute nettement plus jeune. Et plutôt irréfléchie, par-dessus le marché. Elle était simplement une jeune fille de Boston comme les autres — comment avait-elle pu se croire capable de garder et de comprendre quelqu'un comme Walter Vail ? Bien sûr, lui ne l'aurait jamais comprise non plus. Ce qu'elle sentait naître en elle, c'était la certitude que l'homme qui pêchait là en bas sur les rochers, celui qu'elle avait regardé s'asseoir en tailleur sur la plage, celui qui roulait soigneusement sa serviette après le dîner, était quelqu'un qu'elle pouvait comprendre. Et que lui pouvait la comprendre. C'était comme si la proximité de leurs ancêtres dans le cimetière de King's Chapel leur procurait une sorte d'affinité. Cet aspect familier de leur relation l'avait jadis poussée à se replier sur elle-même — elle sourit à cette pensée —, mais à présent elle en voyait bien le sens : instinctivement, ils se connaissaient l'un l'autre. Pendant ces quelques jours qu'elle avait passés avec lui, elle s'était en fait rencontrée elle-même, elle avait retrouvé la fille qu'elle avait été longtemps auparavant, celle qu'Arthur pouvait asperger avec la lance d'arrosage du jardin, ou auprès de qui il resterait assis sur le bord de la lucarne du toit.

Ils sont toujours en train de pêcher ? cria Marian du vestibule ouvert, se dirigeant à grandes enjambées vers la cuisine. Elle lançait des questions comme elle aurait lancé des lignes, sans se soucier de les remonter.

Quelle tranquillité chez ce garçon, et quelle gentillesse ! Son absence de présomption ressemblait tellement à celle d'un enfant ! Pour cette raison, elle se dit qu'elle pouvait avoir en lui une confiance complète. Il était solide, comme pouvait l'être un rocher de ce rivage, et aussi résistant qu'une dalle du trottoir de Beacon Street. La veille, ils s'étaient promenés en voiture à l'intérieur des terres ; ils étaient passés devant les écuries d'Hamilton et les marais d'Ipswich, et Gilbert Finch était assis près de la vitre, laissant le vent souffler sur son visage énigmatique, paisible. Lilian avait remarqué que les garçons qui étaient allés à l'étranger n'en parlaient pas beaucoup. Gilbert Finch n'était arrivé en France qu'à la fin de la guerre. Il ne savait pas comment les autres avaient pu tenir le coup si longtemps. C'était tout ce qu'elle l'avait entendu dire sur le sujet.

En pensant à lui, elle sentit de nouveau le vent tiède tournoyer en elle, éveillant son être endormi, son être véritable. Ses aiguilles à tricoter reposaient sur ses genoux, baguettes de bois inutiles. Elle fixa les yeux sur lui et laissa s'installer dans son esprit l'idée qu'il allait la sauver. Soudain il représentait son dernier espoir.

Ce fut ainsi, dans un moment de rêverie et de solitude, que Lilian Eliot décida de son destin.

28

Un petit baiser

Il lui demanda de l'épouser par un soir de juin, dans le jardin de la maison de Fairfield Street. Un fin brouillard montait de la rivière. La lumière des portes du salon tombait obliquement sur eux. Gilbert Finch tenait dans ses grandes mains tendres celles de Lilian. Elle venait de dire oui.

Il remua les pieds sur le gravier, libérant l'odeur du sol mouillé. Puis-je vous embrasser ?

Un grand baiser ou un petit baiser ?

Un petit, dit-il.

Ses lèvres étaient douces et sèches, et un instant la confusion la ramena en arrière jusqu'à un autre baiser, reçu bien des années plus tôt, et pas très loin de l'endroit où ils se tenaient à présent. Il l'entoura de son bras, répandant une agréable chaleur, et, quand elle se rapprocha pour se laisser étreindre, il se méprit sur le sens de son geste, croyant qu'elle était timide, et il s'écarta. Il l'embrassa du bout des lèvres sur la joue, puis lui donna un rapide baiser dans les cheveux.

Vous n'avez pas peur de moi, tout de même ? dit-elle d'un ton moqueur.

Elle avait voulu le mettre à l'aise, mais lorsqu'elle vit l'embarras inondant son visage, elle aurait donné n'importe quoi pour n'avoir rien dit.

Il la serra contre lui, dissimulant son visage. Elle ne se souvenait pas d'avoir jamais rencontré un garçon qui ait vraiment besoin d'elle. Tommy Lattimore l'avait adorée. Mike Higbee avait voulu la gagner comme on remporte un prix. Et Walter Vail avait simplement voulu goûter à elle. Gilbert Finch était différent. Il avait les yeux fermés. Elle lui effleura la joue, étonnée du pouvoir qu'elle semblait exercer sur lui. Il était plus fort que tous les pouvoirs qu'elle avait jamais éprouvés, et il provenait de sa générosité.

Il marmonna quelques mots qu'elle ne put distinguer, et elle s'arracha à son étreinte pour lui demander ce qu'il disait.

Jamais je n'aurais cru que cela m'arriverait un jour, articula-t-il.

Elle leva le menton — pour un autre baiser — et elle vit que les larmes lui montaient aux yeux. Il cacha son visage dans ses cheveux, submergé par l'émotion, et elle pensa, J'ai attendu tout ce temps, plus rien ne presse maintenant, je l'ai trouvé.

Leur mariage devait avoir lieu fin septembre. Cet été-là, Lilian avait prévu de faire le grand tour d'Europe avec sa famille. La fin du mois d'août se passerait comme d'ordinaire dans le Maine, où Gilbert Finch pourrait venir de la ville lui rendre visite le week-end.

Lilian reçut des petits mots de félicitations. Winn Finch lui écrivit qu'à son avis son frère avait fait un choix judicieux. Son nouveau beau-père lui envoya une lettre de trois pages en script minuscule, où il lui souhaitait la bienvenue dans la famille et lui offrait comme cadeau de mariage tout ce qu'elle voulait dans la maison sauf son lit. Ses amis se divisaient en deux clans : ceux qui lui disaient simplement combien ils étaient heureux, et ceux qui pouvaient à présent avouer à quel point ils s'étaient fait du souci pour elle puisque, maintenant qu'elle allait se marier, une opinion concernant ses vingt-sept premières années n'avait plus grande conséquence.

En un sens, c'était vrai. Elle avait l'impression que sa date de naissance n'était plus dorénavant le 11 septembre, mais le 17 juin, le jour de sa demande en mariage.

Elle qui s'était toujours montrée sceptique quant aux joies du mariage, elle accepta de passer sous la tonnelle décorée, d'abord l'air embarrassé, puis très vite en se moquant complètement de son ancienne façon de voir. Elle se découvrit une vraie frivolité de jeune fille quand elle se mit à discuter des préparatifs du mariage. Les gens firent des observations sur le changement qui s'était opéré en elle. Comme c'était original de sa part de choisir Gilbert Finch, disaient-ils. Ils s'étaient attendus à un choix inhabituel, et c'était justement la banalité de sa décision qui la rendait d'autant plus exceptionnelle. Ils contemplaient à présent avec des yeux neufs la silhouette affable et tranquille de Gilbert Finch. Il était, bien sûr, très content de ces fiançailles, mais celui qui aurait observé attentivement Gilbert Finch n'aurait pas décelé dans son comportement une seule modification notable.

29

Qu'est-ce qu'il a l'intention de faire ?

Mais qu'est-ce qu'il a l'intention de faire ? demanda M. Eliot, découpant méthodiquement sa viande.

Il n'a pas *l'intention* de faire quoi que ce soit, papa.

Toutes mes excuses, Lilian. M. Eliot releva le visage comme un aveugle, abasourdi par le ton de sa fille. Il me semble qu'il est normal qu'un père se soucie de l'avenir de sa fille.

Désolée.

Comment ?

J'ai dit je suis désolée, papa.

Je l'espère bien. M. Eliot mâcha solennellement. Je répète ma question : qu'est-ce que ce jeune homme a l'intention de faire ?

En ce moment, il travaille pour une société d'import-export...

Ça, je le sais, Lilian. Figure-toi qu'il me l'a dit lui-même.

Ma chérie, ce que papa veut dire, c'est : quels sont ses projets à long terme ? Mme Eliot avait l'attitude imperturbable qu'elle adoptait après son second cocktail.

Il n'a pas encore décidé, dit Lilian. Il ne tient pas à rester dans l'import-export toute sa vie.

Voilà justement où je voulais en venir, dit M. Eliot.

Gilbert peut faire ce qu'il veut, ça me convient parfaitement, dit Lilian. Quelle que soit la situation qu'il choisisse...

M. Eliot murmura, Il n'a pas besoin de choisir, en t'épousant.

Quoi ? Lilian laissa tomber sa fourchette.

Papa s'inquiète simplement de ton avenir, dit Mme Eliot. Elle adressa un sourire à la cantonade, incarnant l'image même de la satisfaction.

Je sais m'exprimer tout seul, Margaret.

Bien sûr, bien sûr, mon chéri.

Est-ce que M. Finch possède... ? commença M. Eliot.

Arthur entra brusquement dans la pièce, tout essoufflé. Ah, on dissèque ce pauvre Gilbert ? Moi, je l'aime plutôt bien. Il n'est pas si bête.

Merci, dit Lilian.

Où es-tu allé ? demanda M. Eliot, sans regarder du tout du côté d'Arthur.

Oh, fit Arthur surpris, tout en gardant les paupières baissées, ce qui lui donnait un air détaché — caractéristique qu'il partageait avec sa mère. Désolé d'être en retard.

Ce n'est pas une réponse à ma question, dit M. Eliot.

Dehors, dit Arthur. J'étais dehors, et je ne me suis pas aperçu de l'heure. Je m'excuse platement.

Impolitesse également à l'égard de Rosie, dit M. Eliot, qui commençait à trouver ce dîner légèrement agaçant.

Arthur déplia sa serviette. En ce qui concernait Rosie, il savait que pour elle il ne pouvait rien faire de mal.

Ton Gilbert Finch devrait réfléchir un peu à son avenir, dit M. Eliot, sans regarder sa fille. Tu crois peut-être que ça n'a pas d'importance, mais en réalité ça en a beaucoup.

Nous sommes tous curieux de voir ce qui va se passer ensuite, dit Mme Eliot, les joues rouges et l'air ravie.

Oui, on verra bien, dit Lilian, avec une intonation qui se voulait de défi. Être avec Gilbert Finch, c'était pour elle une grandiose découverte du monde, d'un monde qui s'étendait bien au-delà de la table familiale.

À ce moment précis, Lilian baissa les yeux vers sa main et s'aperçut avec terreur que la bague de fiançailles qu'elle avait choisie avec Gilbert à la bijouterie de M. Parson n'était plus là. Elle demanda l'autorisation de quitter la table, et fouilla sa chambre de fond en comble, retournant toutes les poches, regardant jusque sous le lit. Puis elle demeura un instant figée et muette, avant de s'abandonner à des sanglots convulsifs. Elle envoya un mot au Somerset Club, où elle avait déjeuné, un autre à la boutique de Boylston Street, où elle avait acheté les serviettes de toilette, et un autre encore à la famille Sears, où Marian et elle étaient allées prendre le thé. Elle ne ferma pratiquement pas l'œil de la nuit. Au matin, elle apprit par Louis Joseph que l'on n'avait rien trouvé, et on apporta un petit mot méprisant d'Elsie Sears disant que les recherches effectuées entre les coussins de tous les fauteuils étaient demeurées infructueuses. Le téléphone sonna. C'était le Somerset Club. La bague avait été découverte près des lavabos dans les toilettes des dames.

Gilbert alla la chercher en venant dîner ce soir-là, et il la mit de nouveau au doigt de Lilian. Il ne paraissait nullement troublé par l'incident.

Tu lui as fait quelque chose ? dit-elle, le contemplant comme s'il était un magicien. J'ai l'impression qu'elle est devenue plus grosse.

Gilbert Finch se contenta de hausser les épaules.

30

À l'étranger

De tous côtés s'étendait l'océan, aussi rond qu'une soucoupe, bordé d'un fin liseré à l'horizon, là où il rencontrait le ciel. Assise sur le pont du paquebot, elle prenait son thé matinal, à l'ombre d'un store vert, un bloc de papier à lettres posé sur les genoux. À sa main gauche, qui tenait en place les feuilles agitées par le vent, sa bague faisait jaillir de minuscules étincelles. *Le 1er juillet 1926*, écrivait-elle. *Mon amour adoré.*

En général, quand elle devait prendre un bateau pour traverser l'océan, Lilian Eliot était plongée dans la morosité, et elle éprouvait l'envie de sauter par-dessus bord si la côte tardait à arriver en vue ; mais cette fois-ci, c'était volontiers qu'elle restait assise sur le pont des heures durant, à regarder l'horizon et la mer changer de couleur. Elle pensait à Gilbert Finch, et à la manière laconique dont il concluait ses lettres : Ton G.P.F. Elle allait bien vite y mettre bon ordre.

Elle but du gin pour la première fois, et elle sentit sa tête tourner — pas toute la pièce, seulement sa tête. Le fils d'un duc avait sa place attitrée à côté des

Eliot sur le pont mais, comme il ne faisait rien pour modifier cette situation, ils ne firent rien non plus.

Ils débarquèrent à Calais, où, sur les quais, le vent avait une odeur de bois mouillé et de café. Pendant les premières heures du trajet en train jusqu'à Paris, Lilian ne put s'empêcher de penser à son ancien ami Walter Vail. Elle l'avait imaginé si souvent dans ces paysages. C'était donc cela, ces longues rayures jaunes de champs cultivés qu'il avait peut-être contemplées, et voilà à quoi ressemblaient les menus de wagons-restaurants qu'il avait coutume de lire. Elle songeait à lui non pas avec la ferveur d'autrefois, mais de manière plus douce, dans une sorte de rêverie. Comme cela se produit souvent dans un pays étranger, elle s'attendait plus ou moins à le rencontrer à l'improviste — peut-être était-il même dans le train ! Bien qu'il revînt de temps à autre dans ses pensées, il avait depuis longtemps cessé d'avoir la moindre influence sur elle. Alors, que pourrait-il se passer d'extraordinaire si, effectivement, elle le rencontrait ? Elle lui dirait bonjour cordialement, d'une manière qui lui montrerait qu'il avait depuis longtemps disparu de ses pensées. Lui aussi agirait comme s'ils n'avaient jamais rien représenté l'un pour l'autre, comme si rien ne s'était passé entre eux. Bien sûr, de son côté à lui, c'était vrai. Cela, elle avait fini par l'accepter. Peut-être sa femme serait-elle avec lui — oui, elle apparaîtrait derrière lui, vêtue d'un manteau élégant et d'une étole de fourrure. Véronique ma chérie..., dirait-il, et en penchant la tête elle lui effleurerait l'épaule du bord de son chapeau. Lilian serrerait entre ses doigts la forme effilée d'un gant en chevreau de couleur claire, et regarderait directement au fond de ses yeux en amande. Ravie de vous rencontrer, dirait-elle. Est-ce qu'elle allait bien ? Walter Vail se montrerait poli, son attitude se raidirait gauchement. Jamais elle ne s'était sentie aussi bien, lui répondrait-elle, et elle lui ferait part de ses fiançailles. Eh bien, voilà une nouvelle merveilleuse, toutes mes félicitations. Non, il ne croyait pas connaître Gilbert Finch... Bon, elle devait filer, sa mère l'appelait sans doute déjà — ils étaient dans le hall de la gare, les gens marchaient nerveusement autour d'eux, et il leur fallait à tous deux se dépêcher... Et ensuite, Lilian ne pouvait s'empêcher de lui souhaiter une toute petite contrariété, après tout ce qu'elle avait enduré à cause de lui. Oui, sa femme le presserait de questions à son sujet — qui était donc cette fille de Boston ? Une amie, une amie comment ? Ils se disputeraient ! Lilian, quant à elle, repartirait de cette entrevue l'esprit serein, ayant vu son visage, et constaté que ce n'était pas le visage qu'elle aimait, plus maintenant.

Son cœur se mit à battre plus vite, elle s'imaginait la scène. Tandis qu'elle regardait défiler les fossés remplis d'eau en dessous d'elle, elle s'aperçut que des souvenirs de l'ancienne souffrance lui revenaient en mémoire : comme il différait de Gilbert, dont le visage était si ouvert que, lorsqu'une émotion s'y inscrivait, il était impossible de la confondre avec une autre. Lilian songea à son visage, savourant ces qualités ; bien que, comme elle voyait son propre reflet en surimpression sur le paysage, elle trouvât difficile de le dépeindre avec exactitude.

À Paris, ils s'installèrent juste à côté de l'endroit où avait vécu l'impératrice Joséphine. Elle s'était promenée dans le même parc ; et Arthur raconta qu'elle avait coutume de changer de toilette trois fois par jour — ce qui toutefois ne fit aucune impression sur Mme Eliot.

Ils allèrent à Versailles. Lilian vit Nancy Cobb assise sur un banc, et se dit que logiquement ce ne pouvait pas être elle ; puis toutes deux décidèrent qu'elles se connaissaient, et elles se dirent bonjour. Nancy Cobb avait entendu parler des fiançailles de Lilian, et elle lui avoua que longtemps auparavant elle avait eu le béguin pour Gilbert Finch, mais qu'elle n'avait jamais été payée de retour. Repensant à Benjy Rogers et à la façon dont Nancy Cobb l'avait éclipsée auprès de lui tant d'étés plus tôt, Lilian se sentit fière de son Gilbert, et elle s'aperçut qu'elle en aimait davantage Nancy. Ses parents avaient toujours voulu qu'elle épouse un médecin, dit Nancy, et elle supposait qu'elle n'en aurait jamais l'occasion. Un médecin ? répéta Lilian. Nancy Cobb sembla acquiescer. Oh, tu dois penser à Winn, dit Lilian. Oui, c'est ça ! s'exclama Nancy Cobb. Je savais que Gilbert n'était pas le bon prénom — c'était Winn Finch. Son frère, dit Lilian. Oh, dit Nancy Cobb, je crains de ne pas connaître Gilbert.

Un après-midi où il pleuvait, Lilian resta un long moment à l'Orangerie, médusée par les Cézanne. En revenant par les Tuileries, elle vit des couples partageant le même parapluie, et Gilbert lui manqua plus que jamais : elle brûlait d'envie de sentir son bras contre le sien.

Elle s'offrit un cadeau — l'effet fatal de Paris ! — sous la forme d'une miniature persane. Son père traita l'objet avec mépris, le jugeant d'un goût décadent. Par esprit de contradiction, Lilian trouva l'œuvre d'autant plus jolie. Elle représentait une forêt peuplée de serpents, d'oiseaux et de toutes sortes d'animaux, avec un homme vêtu de rose qui la traversait sur un cheval blanc. Elle la plaça contre le pied de son lit pour pouvoir l'admirer en attendant son petit déjeuner.

Les boulevards grouillaient de monde.

Tous les autres clients de l'hôtel dînaient à neuf heures, mais les Eliot ne supportaient pas de commencer plus tard que huit heures, et ils restaient quelques minutes à la fin pour regarder les gens qui arrivaient. Les dames étaient habillées comme des Indiens sur le sentier de guerre.

Une femme originaire de Boston, du nom d'Édith Quincy, était en visite à Paris, et Lilian prit le thé avec elle. Elle avait beaucoup changé depuis leur dernière rencontre, quand elle était venue les aider en juin pour les travaux de la ferme sur la côte. Tout en arrachant les mauvaises herbes, Édith Quincy avait raconté quelques histoires plutôt salaces qui avaient même fait pâlir Arthur, mais à présent elle parlait des églises qu'il fallait visiter, et elle voulait connaître les dernières nouvelles de Boston. Lilian fut grandement déçue.

Ils allèrent dîner dans le bois de Boulogne à plusieurs reprises, en se promenant ensuite en voiture le long du lac. Les barques glissaient sur l'eau, chacune avec une lanterne japonaise rouge soigneusement disposée de manière à ne répandre aucune lumière sur l'intérieur. Lilian aperçut au fond de la pénombre, parmi les reflets rouges qui s'entremêlaient, l'éclat d'un bracelet de femme et la blancheur d'un col de chemise d'homme. Plus tard, de retour dans sa chambre, où le rougeoiement nocturne de Paris transparaissait entre les deux rideaux, elle eut de la difficulté à s'endormir.

Tout semblait vibrer d'une sorte d'attente sourde, et elle se sentait remplie d'une énergie nouvelle. Elle s'acheta un nouveau manteau de fourrure, choisit un collier de perles. M. Eliot déclara que son caractère changeait de façon déplorable. Le lendemain, elle acheta des fleurs pour son chapeau, accentuant ainsi encore le sens du changement. Tante Tizzy, qui les avait rejoints à Paris, lui offrit quelques serviettes pour son trousseau : elles étaient tellement couvertes de broderies qu'il n'y restait plus de place pour se sécher le visage. De tels cadeaux, aussi beaux qu'inutiles, faisaient le ravissement de Lilian.

31

Regarder la lune

Ils traversèrent en voiture la Bretagne et la Bourgogne, en s'arrêtant pour visiter des églises. Lilian préférait les petites, celles qui ressemblaient à des granges et avaient l'air deux fois plus anciennes que les ruines romaines. Elle n'éprouvait pas autant d'attrait pour les églises plus imposantes qu'Arthur, lui, aimait bien ; il y déambulait d'un pas autoritaire, faisant vigoureusement claquer ses talons sur la pierre, pas intimidé le moins du monde par les voûtes en plein cintre et le regard fendillé des saints. Dans chaque église, elle s'imaginait avançant dans l'allée centrale pour rejoindre Gilbert debout à l'extrémité ; puis son attention était attirée par les drapés en marbre, ou par une minuscule peinture d'autel représentant une femme au lit, et ses visions de mariage disparaissaient pour laisser place à un genre de contemplation bien différent. Quand elle en émergeait, elle ressentait un étrange malaise à l'idée d'avoir oublié son Gilbert chéri, ne fût-ce qu'un instant.

Elle lui écrivait des lettres. Elle aurait bien voulu qu'ils puissent s'en aller vivre sous une tente dans le désert, mais ensuite elle décida qu'elle aimait bien le voir avec les autres garçons, parce qu'il lui paraissait le plus sympathique de tous. Elle relisait ses lettres à lui plusieurs fois, et attendait avec impatience le baiser à la fin. Bien sûr qu'elle avait regardé la lune ! Elle ne trouvait pas les mots pour lui dire à quel point elle l'aimait, mais elle passerait toute sa vie à s'efforcer de le lui montrer. Elle avait l'impression qu'avant de le connaître elle n'avait pas vécu.

Pendant une longue période elle était restée incapable de lire : durant tout le voyage en bateau, s'il ne racontait pas l'histoire d'un couple le livre ne l'intéressait pas, et si, au contraire, il en était question, elle se mettait à rêver aux deux personnages principaux et finissait par abandonner complètement sa lecture. Cependant, au bout d'un certain temps, elle avait retrouvé l'usage de son cerveau et désormais, quand elle lisait, elle s'apercevait qu'elle comprenait les livres mieux que jamais.

À Milan, ils allèrent visiter le zoo, et Lilian se sentit hypnotisée à force de regarder un lion marcher de long en large dans sa cage, ses yeux mi-clos indolemment fixés sur elle. Elle savait qu'elle aurait dû avoir de la peine pour lui, mais l'animal semblait si sûr de lui, si hautain et si sauvage qu'elle se dit que c'était plutôt lui qui aurait dû avoir pitié d'elle.

Elle se sentait plus d'affinités avec les animaux et avec les artistes disparus — elle avait vu la chambre où Keats était mort, à Rome, place d'Espagne — qu'avec sa propre famille et toute cette histoire de voyage. Sa mère s'affairait autour d'un nombre croissant de boîtes à chapeaux et de malles, et son père, plein d'entrain toute la journée, s'endormait pendant le café de l'après-dîner. À Rome, elle était la seule à avoir assez d'énergie pour veiller tard, avec la porte-fenêtre du balcon grande ouverte, dans l'attente du chant d'un rossignol. Arthur disparaissait par intervalles.

À Paris, il avait fait de longues promenades tout seul, ne rentrant parfois qu'après le dîner. Je me suis complètement perdu, disait-il ; M. Eliot le croyait, car pour sa part il ne trouvait aucune logique dans le tracé des villes européennes ; mais Lilian, qui le connaissait mieux, savait qu'il mentait. Une fois, elle l'avait vu secouer son chapeau pour faire tomber les confettis restés sur le bord. Maintenant, à Rome, il s'en allait du café où la famille déjeunait pour réapparaître ensuite de l'autre côté de la *piazza* — M. et Mme Eliot ne le remarquaient pas —, en train de partager une cigarette avec un garçon moustachu qu'il semblait connaître. Et puis il y avait eu les deux femmes en bas résille qui s'étaient prestement éloignées de lui quand Lilian l'avait appelé du haut de l'escalier près de la villa Borghèse.

Regarde un peu ce que nous dépensons pour la nourrir, dit Mme Eliot, tournant le dos au vaste panorama de collines bleues qui s'élevaient à partir du lac de Côme. Et cette horrible petite chose ne grossit pas du tout. Ils étaient dans la dernière étape de leur circuit des lacs de l'Italie du Nord.

Lilian sourit faiblement.

Les gens mangent trop, affirma M. Eliot. Nous pourrions tous vivre aussi heureux avec du pain et de l'eau. Devant lui, sur la table, se trouvait un bol de céréales brunes.

Pas moi, dit Arthur. Il se comportait comme si on l'avait placé par hasard avec ces gens-là pour le petit déjeuner.

Mme Eliot observait avec intérêt les autres clients de l'hôtel. Eh bien, notre petit bijou ne mange pas assez. Elle n'aura plus que la peau sur les os quand elle retournera à son monsieur Finch.

Lilian sourit en entendant prononcer le nom de Gilbert.

Aujourd'hui, je vais faire une magnifique promenade de huit kilomètres, dit M. Eliot, et il pressa la main sur un plan plié près de son assiette.

Tu vas flotter dans ta robe de mariée, dit Mme Eliot mais, au même moment, elle fit une découverte intéressante parmi les nouveaux arrivants. Voilà le petit Français aux mœurs particulières, dit-elle. Lilian se tourna, pour apercevoir un homme qui avait une jeune femme à chaque bras.

Il y a de fortes chances pour que ce soient ses filles, dit M. Eliot, fronçant les sourcils en direction de sa femme. Margaret, ajouta-t-il sur le ton d'une mise en garde.

Arthur les examina à travers ses paupières tombantes. Arrête de les fixer comme ça, ordonna Mme Eliot. Arthur fit comme s'il n'avait pas entendu.

Le chemin longe le bord du lac, et il y a une petite auberge où on vous sert à déjeuner, dit M. Eliot.

J'aimerais bien tirer à la carabine, dit Arthur.

Je crois que ça doit pouvoir se faire.

J'ai une église que je voudrais visiter, dit Mme Eliot.

Ici ? demanda Lilian. Sa **mère** ne répondit pas.

Lilian, tu as le choix, dit son père. Le chemin ou l'église.

Ni l'un ni l'autre ! eut-elle envie de hurler. Gilbert lui manquait tellement qu'elle se sentait près d'exploser. Ici rien n'était pareil, tout l'émouvait de mille façons nouvelles ; elle avait envie d'attendre Gilbert, et de voir ces merveilles avec lui. C'était comme si elle préservait une partie d'elle-même, la réservant pour quand il serait là avec elle. Elle avait l'impression qu'il lui donnerait une assise solide, et qu'à travers lui elle connaîtrait *réellement* les choses. Elle ne se rendait pas compte qu'il est impossible de voir les choses pour la première fois à deux occasions différentes.

J'aimerais bien jeter un coup d'œil aux collines, dit-elle pour finir, éprouvant le besoin d'un peu d'exercice. Cela l'aiderait peut-être à dormir la nuit. Elle était devenue si anxieuse qu'elle se demandait s'il lui arriverait encore d'avoir une nuit de sommeil paisible.

Sur le chemin du retour, ils firent une dernière halte à Paris, et engagèrent un certain M. Troyat, qui avait fait le portrait des Sedgwick, pour exécuter le leur. Mais M. Eliot n'avait pas le temps de poser — il était en Europe ! — et, s'il avait besoin de se faire portraiturer, ce qui à son avis n'était pas le cas, il pouvait aussi bien trouver quelqu'un à Boston pour s'en charger. Mme Eliot, elle, avait déjà pris trop de rendez-vous pour des essayages, et de toute façon elle préférait en rester au portrait réalisé quand elle avait vingt ans ; quant à Arthur, il déclara qu'il refusait de se laisser dessiner tant qu'il ne serait pas complètement chauve, ce qui selon lui ne prendrait pas trop de temps. Lilian fut la seule à accepter de se faire croquer.

M. Troyat l'invita à s'asseoir sur un divan et lui donna un châle diaphane à mettre sur ses épaules. Elle observa son visage pendant qu'il dessinait : c'était un homme d'allure impeccable, qui avait une petite barbe, et un lorgnon fixé sur l'arête du nez. Ils parlèrent un peu de son futur mariage.

C'est un garçon gentil ? demanda M. Troyat.

Oui. Très gentil*.

Et est-ce que vous ressentez des picotements au bout des doigts et des fourmillements à la racine des cheveux lorsque vous le voyez ? Il parlait comme un précepteur très strict, d'un ton autoritaire, tandis que ses mains ne cessaient de bouger sur sa feuille de papier.

Lilian sourit poliment.

Parce qu'il faut qu'il y ait de la passion, poursuivit-il.

Lilian continua de regarder le perroquet empaillé qu'il lui avait ordonné de fixer des yeux.

Très important, la passion, dit-il, hochant la tête.

Lilian songea à sa propre expérience dans le domaine de la passion, de cette passion dont parlait M. Troyat, et elle se rendit compte que cela n'était pas aussi attrayant qu'on aurait pu le croire. Elle trouva que ses sentiments pour Gilbert Finch et la certitude de l'avoir bientôt à elle lui apportaient bien plus de satisfaction : c'était une sorte de passion bien meilleure. Oui, dit-elle.

Très important pour l'homme, je veux dire, se reprit-il, et il la regarda avec intensité, s'arrêtant de dessiner. Aimer une femme à qui je n'ai pas inspiré de la passion serait une chose insupportable. Il ajouta rapidement, en revenant à sa feuille, Enfin, je crois.

Le portrait terminé était fort ressemblant. Les yeux sombres de Lilian apparaissaient aussi chaleureux sur le papier que dans la vie, même si son front les obscurcissait davantage dans le dessin ; et ses cheveux bouffants avaient gardé leur halo un peu flou. Mais elle fut surprise de voir comment ses mains avaient été rendues : quelques traits seulement, mais qui suggéraient quelque chose de troublant — l'une pressait le côté de sa poitrine comme pour se protéger, et l'autre se refermait sur le tissu de sa jupe.

J'intitule cette œuvre, dit Monsieur Troyat de sa voix monocorde, *La Future Mariée*.

32

La pluie tambourine

Ils étaient venus en Écosse pour y passer leur lune de miel. Comme on était début octobre, les jours raccourcissaient, et l'air du soir avait une fraîcheur particulière que Lilian trouvait délicieuse. Chaque matin, les carreaux de verre séparés par des baguettes de plomb étaient humectés de rosée, et la campagne au-delà formait une étendue imprécise de vert et de brun. D'où ils étaient assis, dans la salle à manger de l'hôtel, ils pouvaient voir les arbres et les buissons dans la lumière du matin. La pluie laissait pendre aux branches de grosses gouttes qui scintillaient d'éclats roses et jaunes. Lilian remarqua à quel point l'univers entier était devenu ravissant comme pour leur faire plaisir.

Le mariage s'était déroulé dans une sorte d'extase : les demoiselles d'honneur étaient en bleu avec des chapeaux en velours d'un bleu plus foncé, et Lilian avait souhaité pour elle-même la simplicité du satin. Gilbert se tenait debout devant l'autel dans une attitude pleine de douceur — elle gardait intact dans son esprit l'instant où elle était entrée dans King's Chapel — et, quand elle le vit, elle pensa, Il sera toujours dans ma vie. Ses amies étaient toutes parées de leurs plus beaux atours : Jane arborait une robe en velours bleu d'où émergeaient ses longs bras graciles, et Dolly se retournait sans cesse pour regarder les invités, agitant sa luisante chevelure noire divisée en deux, les yeux pétillant de malice. Irene souriait d'un air mélancolique, et son visage perdu dans quelque rêverie semblait planer au-dessus de son long cou. Marian réarrangeait les chrysanthèmes de son bouquet à sa façon, et Sis, dans ses petits souliers, occupait l'extrémité de la rangée. Juste derrière Gilbert, au premier rang, se tenait son frère Winn qui, étant déjà passé par là, se sentait un peu comme un vieil habitué. Elle aperçut la nuque de sa mère, le chignon qui dépassait sous son chapeau, les perles qui pendaient à ses oreilles ; et lorsque celle-ci se retourna, elle lui offrit l'expression de quelqu'un qui est tombé par hasard sur ce spectacle et qui le trouve ravissant. Dans la rangée suivante il y avait Hildy, coiffée d'un chapeau tout simple, la tête inclinée comme si ce tableau grandiose était trop beau pour elle. De l'autre côté de l'allée centrale, se dressait la silhouette solitaire et ronde du docteur Finch, les mains derrière le dos, le menton levé : il attendait que la cérémonie commence et qu'elle s'achève vite. Il ne supportait que difficilement les réunions mondaines.

Lilian s'avança dans l'allée au bras de M. Eliot, dont elle apercevait du coin de l'œil le profil aquilin, les cheveux blancs pareils à des rémiges, le visage lisse et émacié, les lunettes reflétant sous forme incurvée la flamme des chandelles. Elle marchait dans un rêve, le bras autour du sien, sentant le tissu de son costume sous sa main, et il lui vint à l'esprit que jamais encore elle ne lui avait tenu le bras de cette manière.

La cérémonie se déroula dans un brouillard.

Ensuite ils dansèrent sur la partie dallée du jardin, à l'arrière du Somerset Club. Gilbert plaça la paume de sa main sur son dos et se mit à faire de petits pas, un sourire sur les lèvres. Jane s'assit contre un treillage en compagnie de Jack Ives : ils n'étaient ni l'un ni l'autre amateurs de danse. Dolly incita l'orchestre à jouer un morceau de jazz, mais leurs possibilités techniques n'étant pas à la hauteur de leur bonne volonté, cela rendit la piste de danse momentanément déserte. Bobby Putnam parut ne pas remarquer qu'Arthur accaparait Irene Putnam, et Tante Tizzy passa un moment très agréable à bavarder avec Emmett Smith, en discutant des qualités et des défauts de leurs amis communs. Madelaine Fenwick était là, l'allure très française, puisqu'elle venait de rentrer de Paris, et Lilian se sentait si merveilleusement épuisée qu'elle ne pensa à Walter Vail que bien après. Ce n'était pas une si mauvaise chose que d'avoir un passé, songea-t-elle, surtout si on finissait par atteindre le bonheur.

En Écosse, ils faisaient de longues promenades dans les collines, s'arrêtant sur les coteaux. Lilian enroulait un peu de bruyère dans un mouchoir en guise de souvenir. Ils visitaient des châteaux qui se reflétaient dans des pièces d'eau, et s'attardaient sous les porches grands ouverts d'anciens édifices en ruine au milieu de landes perdues dans la bruine.

Un soir, ils rentraient en voiture à l'hôtel, par de petites routes et des ponts étroits. Le soleil était bas, le ciel d'un bleu aussi profond que les grands verres à pied du Ritz, et Lilian, la vitre baissée, contemplait le paysage qui défilait. Elle apercevait tour à tour l'ensemble de la baie, puis un bouquet d'arbres — branches noueuses, feuilles pendantes —, puis des murets de pierre, puis de nouveau la baie. Elle appuya la tête contre l'épaule de Gilbert et leva les yeux vers les frondaisons qui s'assombrissaient. Il y avait si peu de temps encore, elle était seule pour regarder le spectacle qui l'entourait, et, comme une lointaine lueur, il lui revint l'impression intense qu'elle aurait sans doute éprouvée devant l'étendue de la mer ou un rai de lumière matinale sur un coin de prairie, ou bien en franchissant la porte de derrière d'une maison pour sortir dans la nuit ; il lui vint alors à l'esprit que si ce qu'elle ressentait maintenant dans la voiture était plus heureux, c'était aussi plus ennuyeux. La présence de Gilbert à ses côtés, sa veste en laine imprégnée du parfum de ses cigares, la peau douce de ses doigts maintenaient à l'écart la dureté du monde, et cette impression de vacillement qu'elle y éprouvait toujours. Lorsqu'il laissait négligemment reposer sa main sur son épaule en gravissant un sentier parmi des rochers éboulés, elle se sentait transformée, rendue à elle-même. Quelle douceur elle éprouvait intérieurement ! Et, en plus de cela, il lui semblait que tout, aussi bien elle-même que les objets qui l'entouraient, baignait dans une douceur et un flou extrêmement agréables.

Mais il était facile d'aimer la douceur. C'était un voile qui obscurcissait la réalité. Ce devait être à cela que ressemblait l'opium, décida-t-elle. Si elle avait été seule, le paysage qui s'étendait devant elle lui aurait empoigné le cœur, mais comme elle avait partagé le lit de cet homme — les nuits ténébreuses pleines de froissements de draps —, elle se sentait droguée, insensible aux choses d'antan. Quel effet ce toit de chaume aurait-il produit sur elle auparavant ? La vaste étendue de la baie aurait-elle fait écho à un espace intérieur ? Elle s'efforça vaguement de l'imaginer mais s'aperçut que, nichée contre l'épaule de Gilbert Finch, contrainte au silence par le bruit du moteur, elle n'avait pas la moindre envie de le savoir.

Un de leurs derniers matins, très tôt, avant que quiconque ne fût sorti dans les couloirs ou au rez-de-chaussée, Lilian fut éveillée par une averse fort bruyante. La pluie tambourinait sur la large terrasse attenant à leur chambre. Le lierre qui recouvrait le mur en pierre frissonnait. Lilian se leva et se tint debout à la porte-fenêtre donnant sur la terrasse : l'eau crépitait le long des vitres. Au loin, dans la baie, elle distingua des pêcheurs en capuche courbés au-dessus de leurs lignes. Elle ouvrit la porte et le bruit de la pluie retentit plus violemment dans la chambre, réveillant Gilbert. Il vint se placer à côté d'elle. Elle sentit son cœur battre plus vite. Elle tendit le bras hors de l'air étouffant de la pièce, et immédiatement le tissu léger de sa chemise de nuit fut tout trempé, ce qui la fit tressaillir de plaisir. Elle prit la main de Gilbert, et tira sur son bras pour tenter de l'entraîner dehors. Elle avait dans les yeux une lueur qu'on n'y voyait que depuis peu, et qui était surprenante chez cette jeune Bostonienne plutôt calme.

Allons, allons, dit-il, résistant vigoureusement. Nous allons nous faire tremper.

Lilian acquiesça, sans perdre son expression sémillante.

Gilbert secoua la tête et sourit. Je t'en prie, dit-il, puis son bras protecteur l'entoura, et il plaça une main sur le bas de son dos pour la guider. Elle éprouva une étrange impression d'interdiction. Retourne te coucher. Il parla d'une voix douce, comme toujours, sur un ton encourageant, et elle l'accompagna, docile, obéissante, mais avec le vague sentiment un peu troublant d'avoir découvert à quoi cela ressemblait d'être, un instant, autrement.

IV

GILBERT FINCH

33

Installation à Joy Street

On avait apporté les cadeaux de mariage à la maison de Joy Street. Le grand miroir doré offert par Tante Tizzy était accroché dans le vestibule, et la cafetière en argent du xviiie siècle, présent de l'Oncle Nat et de la Tante Peg, trônait dans la salle à manger. Parmi les cadeaux figuraient un porte-documents en cuir italien bordé d'or, don d'Irene Putnam, un splendide tapis de table tout en dentelle, don de Jack et Jane, et un soufflet en cuir clouté, don de Dolly et Freddie Vernon. M. et Mme Eliot offrirent aux jeunes mariés le buffet qu'ils avaient promis à Lilian, et le père de Gilbert contribua lui aussi à meubler la salle à manger grâce à huit chaises à dossier rayé de pur style Chippendale, datant des années 1770. Winn Finch et son épouse Edith leur donnèrent quatre ouvrages d'Olivier Goldsmith ornés de gravures en couleurs. Marian et Dickie Wiggin firent preuve de prodigalité en choisissant un beau service à thé en porcelaine jaune décoré d'oiseaux. Sis et Cap Sedgwick offrirent un plateau en argent tout simple. Hildy confectionna elle-même son cadeau : un peignoir d'intérieur brodé de papillons sur chaque bord ;

quant à Arthur, il leur acheta un panier à pique-nique sophistiqué, avec des gourdes couvertes de plaid et des courroies en cuir, le genre d'objet dont on a toujours l'intention de se servir, mais dont on ne se sert jamais effectivement.

À son retour d'Écosse, quand elle s'était installée dans sa nouvelle demeure, Lilian avait eu l'impression d'être une autre personne. Elle s'appelait désormais Mme Gilbert P. Finch. Le voyage de noces lui avait fait l'effet d'une promenade au milieu des nuages, et en revenant elle avait dû cesser de planer dans les airs. Toutefois, ce périple dans les hauteurs l'avait modifiée, et tout lui paraissait maintenant différent.

Elle cherchait à s'accrocher à ces sensations aériennes. Le matin, alors que la rosée humectait encore les grilles en fer forgé devant les maisons, pleine d'une énergie toute neuve elle descendait Beacon Hill et traversait la rue pour entrer dans le jardin public. Elle suivait l'allée qui serpentait, longeant les parterres de fleurs bien soignés et les statues — des cavaliers, des soldats —, contournant l'étang tacheté de canards. Les barques en forme de cygne, avec leurs flancs ailés, étaient remisées pour l'hiver. À la grille du côté sud, elle voyait les portiers du Ritz s'affairer devant l'entrée, à grands coups de sifflet. La dernière fois qu'elle y était allée, ç'avait été pour le mariage de Sis Sedgwick, par une journée d'avril glaciale, avant de connaître vraiment Gilbert. Elle se sentait à présent moins de points communs avec la fille qu'elle était alors qu'avec les inconnues abondamment maquillées et vêtues de manteaux aux marques étrangères qui s'engouffraient dans des voitures sous la marquise de l'hôtel. Elle poursuivait son chemin d'un pas vif, traversant la rue pour rejoindre le pré communal, où les pelouses étaient moins soignées ; là, il y avait davantage de monde, et les arbres dominaient l'esplanade de leur taille imposante. Entre les feuilles, elle apercevait le dôme de la Chambre législative, avec sa surface dorée à la feuille. Il lui arrivait de penser tout à coup, sans raison précise, à Emerson, et à l'impression de jeunesse perpétuelle qu'il avait éprouvée en traversant le pré communal de Boston au crépuscule parmi les flaques de neige en train de fondre. Mais, la plupart du temps, elle avait l'esprit vide de tout ce qui l'occupait habituellement — c'est-à-dire qu'elle pensait à Gilbert. Elle pensait à leur vie de couple. Elle pouvait méditer sur ce sujet pendant longtemps de manières fort diverses. Elle pensait au claquement de sa mallette quand il la fermait le matin en partant pour son bureau de Milk Street. Elle pensait à son manteau serré aux épaules. Elle voyait mentalement ses cravates suspendues au porte-cravates dans leur chambre ; elle pensait à leur lit, et à la façon dont la nuit il se tournait parfois vers elle et parfois non ; et, au milieu de toutes ces pensées, elle se trouvait soudain de retour dans Joy Street sans même avoir remarqué par où elle était passée.

Cependant Boston n'avait pas tellement changé, et peu à peu les réalités antérieures s'infiltraient de nouveau en elle, produisant un effet particulier.

Elle déjeuna avec Dolly Vernon et Marian Wiggin, qui toutes les deux se considéraient à présent comme des dames mariées pleines d'expérience. Elles se préoccupaient toujours des mêmes sujets : les événements de la vie des autres, qui s'était fiancé, qui s'était séparé de qui, comment se conduisaient les enfants. Dolly parla de la famille de Freddie, et décrivit un bal costumé où elle était allée dont le thème était les insectes. Marian avait été invitée à un dîner chez les Amory, et elle déclara que ç'avait été une soirée terriblement grandiose. Dolly se demanda si elle devait se faire couper les cheveux comme les autres filles en ce moment — Sis Sedgwick se les était fait couper, ce qui était assez audacieux de sa part — et Marian dit qu'elle-même ne pensait pas en avoir le courage. Lilian avait promis à Gilbert de ne jamais se couper les cheveux, et elle garda le silence. Dans les toilettes, elle songea que le fait de s'être mariée l'avait modifiée plus qu'elle ne croyait. Elle avait l'impression d'être totalement imprégnée de Gilbert Finch, et elle n'avait rien d'autre à dire à personne.

Bien sûr, il y avait la maison pour l'occuper. Elle avait fait installer une nouvelle rampe d'escalier, et fait remplacer la tuyauterie dans la cuisine. Les chaises de la salle à manger furent tapissées d'une soie française d'un prix raisonnable, et de nouveaux rideaux furent découpés sur mesure pour les chambres d'amis. Elle avait l'impression de filer un cocon.

Elle lisait, mais cette occupation aussi avait pris un aspect différent. Dans ses livres les gens — car elle les voyait comme des gens plutôt que comme des personnages — n'étaient plus comme jadis des présences éblouissantes toutes proches de son visage, qui lui transmettaient des sensations par vagues successives ; aujourd'hui ils ressemblaient davantage à des compagnons, assis dans des fauteuils à l'autre bout de la pièce, comme son Gilbert adoré quand il rentrait le soir du bureau.

Tout était comme transposé.

Un vendredi après-midi de février, Gilbert revint à la maison plus tôt que d'ordinaire, surprenant Lilian. C'était une belle journée d'été indien et, comme le mobilier de jardin en fer forgé n'était pas sorti, Lilian avait emporté au-dehors une chaise paillée ; le dos contre les briques et le lierre racorni, face au petit lopin de terre qu'ils appelaient hardiment le jardin, elle lisait un livre dans la pâle lumière du soleil.

Quand il apparut dans l'encadrement de la porte vitrée, Lilian sursauta légèrement, et il plaça les deux mains sur son bras pour l'apaiser, souriant, dissimulant ses dents comme pour contenir son bonheur. Elle lui rendit son sourire. Il avait le manteau tout fripé, et sa cravate penchait d'un côté. Au début, elle ne comprit pas le sens de ses gestes alanguis, de leur lenteur presque liquide. C'était le temps qu'il faisait, se dit-elle, qui créait cette impression de nager quelque part entre deux eaux. Il lui empoigna le coude, et d'un geste langoureux il l'obligea à se lever. Alors elle comprit.

Lilian se souviendrait toujours des bruits qu'ils entendirent de leur chambre : Maureen qui remuait des casseroles dans la cuisine, et une voiture qui pétaradait dans la rue.

Un soir, elle était à l'étage lorsque Gilbert rentra ; une fois qu'elle eut terminé sa lettre, elle descendit et le trouva dans la salle de séjour, affalé dans un fauteuil près de la fenêtre en saillie, le regard perdu dans le vide. Elle lui demanda s'il y avait quelque chose qui n'allait pas. La manière dont la lumière déclinante accrochait les ombres donnait à son visage une expression effondrée. Il fronça les sourcils, sans se retourner vers elle, et répondit non, sur un ton de mépris qu'elle n'avait jamais entendu dans sa bouche, sauf quand il avait bu quelques cocktails, mais jamais dirigé contre elle. Elle fut malheureuse comme les pierres tout au long de la soirée ; elle ne fit aucune allusion à la question pendant le dîner, et une fois couchée elle repensa à ce que Tante Tizzy avait dit sur les moments difficiles que l'on rencontrait parfois dans la vie conjugale. À coup sûr celui-ci en était un. Tout se passait comme si elle ne connaissait plus Gilbert.

Il n'y avait rien à faire. Dans sa famille, il n'avait jamais été de mise de parler à un homme mal disposé. Sa mère avait toujours eu la sagesse de garder le silence quand M. Eliot prenait une mine renfrognée : elle se glissait en direction du bar et tuait le temps avec une boisson quelconque jusqu'à ce que la crise fût passée. Malheureusement pour elle, Lilian n'aimait pas le goût de l'alcool, et il lui fallait bien se contenter de ce qu'elle ressentait.

Le soir suivant il pleuvait, et Lilian demeura à proximité de la porte d'entrée de manière à être là quand Gilbert arriverait. Pendant qu'elle l'aidait à enlever son manteau, il la regarda anxieusement, et lui sourit comme avant. Elle sentit que leur relation était rétablie. La brève période d'éloignement rendit leurs retrouvailles d'autant plus douces. Mais Lilian n'oublia pas ce nuage sombre, et se demanda dans combien de temps il redescendrait sur lui.

34

La maisonnée se remplit

Lilian et Gilbert avaient des domestiques. Ils n'étaient jamais seuls dans la maison de Joy Street.

Maureen Conner, qui régnait sur la cuisine, était experte dans l'art des ragoûts et des tartes. Elle venait d'Irlande, du comté de Kerry, et vivait dans l'une des étroites chambres de service du second étage. Maureen avait un visage empâté et un cou massif, de petits yeux, et des dents qui penchaient vers l'intérieur de sa bouche comme celles d'un rongeur. Quand elle pelait des pommes, elle avait toujours une expression déçue, comme si le fruit ne correspondait pas à son idéal. Maureen secouait la tête devant les façons de faire des gens : mentalement, elle avait bien plus que ses vingt-huit ans. Certains matins, Lilian l'avait vue se glisser hors de la maison et s'enfoncer dans le brouillard de Beacon Hill pour aller assister à la messe de six heures, une mantille en dentelle sur les cheveux. Dans sa chambre, sur sa table de chevet, se dressait un crucifix, et un chapelet était placé juste à côté.

Anna occupait la chambre voisine, au second étage. Elle faisait des ménages depuis l'âge de quatorze ans.

Pendant que Maureen lavait la vaisselle, Anna restait assise à la table avec une cigarette ; elle avait les dents vilainement tachées par le tabac mais, à part cela, elle était d'une propreté irréprochable. Quand elle époussetait, elle mettait de l'ordre dans les menus objets éparpillés, les regroupant sur la commode de Lilian dans une disposition que celle-ci n'aimait pas, mais qu'elle ne lui demandait pas de modifier. Elle se contentait de les replacer ensuite elle-même d'une façon moins stricte. Kate venait du quartier sud quatre jours par semaine pour faire la lessive ; de temps en temps elle avait un œil au beurre noir.

Un jardinier fut renvoyé parce que Kate s'était plainte de son excès de familiarité, et il fut remplacé par Rod, qui négligeait le petit morceau de pelouse à l'arrière au profit des parterres de fleurs. Lilian, gagnée par son enthousiasme pour les plantes à bulbes et les fleurs, fit construire derrière la maison une serre, où Rod se promenait sans lacer ses souliers. Ils avaient de la ciboulette en hiver, et l'odeur des géraniums quand il neigeait.

Un homme aux sourcils de chouette prénommé Louis leur servait de chauffeur, et quand il ne le pouvait pas, son frère, qui s'appelait également Louis, remplissait ce rôle à sa place.

Lilian avait grandi entourée de domestiques, et elle supposait que sa propre maisonnée fonctionnerait aussi parfaitement que celle de sa mère ; mais les choses ne se passaient pas d'une manière aussi automatique. Il lui fallait répéter ses instructions un certain nombre de fois : quel type de cuisson M. Finch désirait pour son steak, à quel endroit Rod devait enrouler et ranger le tuyau d'arrosage, et comment les plis tiendraient si on les repassait des deux côtés. De temps en temps, quand elle s'entendait jouer ce personnage, elle se demandait quelle importance cela avait en réalité, pourquoi elle se faisait du souci pour des détails aussi minimes ; alors, soudain exaspérée, elle sortait faire une promenade, ou bien elle s'enfermait dans la bibliothèque pour y lire le journal d'un rescapé de la Révolution française. Immanquablement, quelqu'un venait frapper à la porte — Kate voulait savoir où il fallait mettre le nouveau fauteuil que des livreurs avaient apporté —, et elle était ramenée à son occupation de maîtresse de maison. Après tout, c'était pour l'exercer qu'elle se trouvait là.

Puis les enfants arrivèrent. Lilian fut choquée de découvrir tout ce qu'il y avait de répugnant dans un accouchement — personne ne le lui avait expliqué — et, par la suite, elle rejoignit les rangs de ce club secret et n'en parla pas elle non plus. D'abord vint Fay, qui hurlait sans arrêt, puis Sally, qui ne hurlait pas. Gilbert était content de ses filles. Il faisait sautiller leurs menottes et tapotait leurs petits visages aux cheveux ornés de rubans. Gilbert avait encore des sautes d'humeur de temps à autre, mais Lilian y était maintenant habituée ; grâce aux enfants, elle les remarquait et s'en chagrinait de moins en moins.

Leur troisième enfant fut un fils, Porter, et Gilbert offrit en remerciement à Lilian un collier de perles. Ils décidèrent de faire de leur mieux pour ne plus en avoir d'autres : trois enfants, cela suffisait. Aussi, certains soirs, là où naguère ils seraient restés étendus l'un contre l'autre le visage enfiévré, se contentaient-ils à présent de s'embrasser du bout des lèvres et de se tenir la main un moment.

Fay avait été baptisée à l'âge de trois mois ; Lilian avait gardé les fleurs qui entouraient les fonts baptismaux, et elle en avait mis les pétales à sécher entre les pages de la Bible. Cependant, ils n'avaient pas pu se décider à faire baptiser Sally et Porter. Pour quelle raison, Lilian était incapable de le dire ; elle allait à l'église le dimanche, mais la religion n'occupait pas une grande place dans leur existence.

Petite fille, Fay n'hésitait pas à grimper sur les genoux d'un visiteur inconnu, dont elle montrait du doigt un grain de beauté, en disant qu'il avait une grosse poussière sur le visage. C'était une enfant rayonnante, aux cheveux noirs luisants et aux yeux ronds comme des boussoles. Sally était grassouillette et très blanche ; elle avait la bouche lippue de Gilbert et le menton carré de Lilian. Elle suivait Fay partout, et celle-ci lui disait ce qu'il fallait faire. Porter avait, depuis l'instant de sa naissance, un front bombé, et des yeux pénétrants qui ne se détournaient pas quand il rencontrait des gens pour la première fois.

L'arrivée des enfants modifia bien sûr la situation, mais ils avaient prévu le phénomène. Gilbert, en manches de chemise, promenait les filles sur ses épaules en souriant jusqu'aux oreilles, puis il les tendait avec une expression effrayée à Lilian aussitôt qu'elles se mettaient à pleurer. Lilian les calmait et les confiait à Anna, qui savait se montrer ferme avec elles, les orientant vers leurs occupations habituelles, de la même manière qu'elle avait rangé les menus objets éparpillés sur la commode.

35

Quelque chose trouble Gilbert

Il travaillait avec des hommes qui s'appelaient M. Frye, M. Winter et M. Baldwin. Il y avait aussi Joe Morgan, Bill O'Brien et Ken Stone. Gilbert ne parlait pas beaucoup du travail qu'il faisait effectivement, mais il lui arrivait d'évoquer ces personnes. Les noms des dactylos, Mme Templeton et Mlle Lyne, surgissaient parfois aussi dans la conversation. Le poste qu'occupait Gilbert impliquait des voyages à New Haven et à New London, ainsi que, de temps à autre, à Providence, et quand il revenait il disait à Lilian que tout s'était très bien passé, ou bien qu'à New Bedford les feuilles changeaient de couleur un peu plus tard qu'à Boston, ou encore qu'à Providence il pleuvait sans arrêt. Quelquefois il se rendait sur les quais pour prendre livraison de telle ou telle cargaison, mais le plus souvent il était penché sur des chiffres à son bureau, ou il avait des rendez-vous. Il n'était pas particulièrement attaché à son travail chez White, Frye & Co., Lilian le savait, mais il fallait bien avoir une situation.

Au bout de quatre ans, il cessa de parler de M. Frye et de son grand bureau donnant sur la rue, il ne raconta plus la manière dont Ken Stone faisait la cour à Mlle Lyne, et Lilian se demanda s'il ne songeait pas à démissionner. Avant leur mariage, il lui avait déclaré qu'il voulait à long terme faire quelque chose de différent, peut-être un travail dans l'administration. À présent, il trouvait qu'il était temps d'y réfléchir plus sérieusement.

Lilian l'observait comme elle l'avait observé quand il jouait au curling dans les premières années de leur mariage, penché en avant et gardant sa position pour voir jusqu'où irait le palet ; à ceci près que, maintenant, elle le regardait par les étroites fenêtres du vestibule monter ou descendre lentement les marches. Elle se sentait soulagée ou contrariée, selon l'humeur de Gilbert, et elle avait l'impression que c'était là un signe de son amour. Comme c'était un homme, et qu'en tant que tel il disposait de la liberté d'agir, elle attendait de voir quelles décisions il prendrait, puisque ces choix détermineraient sa vie à elle. Non seulement elle ne pensait pas à prendre elle-même certaines décisions, mais encore, autant qu'elle le sût, elle n'éprouvait absolument aucun désir de le faire.

Lilian supposait que, si Gilbert paraissait plus troublé depuis quelque temps, cela avait quelque chose à voir avec son travail : il songeait sans doute à le quitter. Parfois, quand il était assis devant son verre de scotch, elle remarquait qu'il avait les joues étrangement pâles. Les soirs où ils sortaient dîner en ville, il lui donnait le signal du départ — un doigt en travers de sa gorge — avant même qu'on ne leur apporte le dessert.

On était en 1929, et leurs amis prospéraient. Les Ives venaient d'acheter un nouveau yacht, sur lequel ils passaient leurs vacances d'été. Les Vernon s'étaient installés dans une maison plus grande, et les Wiggin aménageaient une serre dans leur propriété de Beverly Farms.

D'ordinaire, Lilian s'arrangeait pour rendre visite chaque jour à une de ses amies, soit dans la matinée soit à l'heure du thé, de manière à passer un moment à l'écart de la maison et des enfants ; mais un soir elle s'aperçut, en se préparant à se coucher, qu'elle n'en avait pas trouvé le temps. Il lui vint à l'esprit qu'elle n'en avait pas pris le temps la veille non plus.

Le lendemain, pendant que les enfants faisaient la sieste, Lilian entra dans la salle de couture pour y chercher une lampe qui avait besoin d'être réparée, et elle entendit Anna et Maureen, de leur côté du couloir, qui bavardaient et riaient comme des jeunes filles. Lorsqu'elles entendirent les pas de Lilian approcher du seuil de la pièce, elles se turent subitement. Lilian se sentit bizarrement mal à l'aise dans sa propre maison.

Plus tard, assise dans le salon pendant qu'on donnait leur bain aux enfants, elle eut l'impression de n'avoir pas échangé une seule parole intéressante avec quelqu'un de toute la journée. Ce fut dans cette ambiance de calme plat que Gilbert rentra de son travail. Elle se tourna vers lui par-dessus le dossier de son fauteuil, lui montrant un visage rayonnant, tout disposé à la conversation. Elle essaya de réfléchir à ce qu'elle avait à lui raconter, et elle le regarda déposer sa serviette contre le même pied du bureau que les autres soirs. En pliant le coude, il avait remonté sa manche de veste, et celle-ci restait accrochée haut sur son bras. Elle savait que cela n'intéresserait pas Gilbert d'apprendre qu'elle avait mis un nouveau papier sur les étagères du grand placard à linge, et que cela lui serait égal qu'elle ait trouvé les chenets qu'elle cherchait pour la bibliothèque. La veille au soir, en lisant un ouvrage sur la Révolution américaine, elle avait appris qu'un arrière-arrière-grand-quelque-chose de Tommy Lattimore avait été à Concord Bridge. Elle fit part de cette information à Gilbert. Il releva très légèrement les sourcils, et acquiesça discrètement, mais l'échange s'arrêta là. Comment sa journée s'était-elle passée ? Debout au bar, il se servait un verre. Il haussa les épaules, en faisant tinter les glaçons dans son verre. Les affaires, comme d'habitude, répondit-il.

Gilbert n'aimait guère parler. Autant qu'il pouvait en juger, la plupart des gens, dans la société, parlaient déjà trop, et il préférait ne pas ajouter encore à ce vacarme. Au cours d'un dîner, Gilbert pouvait rester durant tout un plat sans adresser un mot à sa voisine de table, non par irritation ou par dégoût, mais parce qu'il était le genre d'homme incapable d'imaginer qu'une personne puisse trouver plus de plaisir à bavarder de tout et de rien qu'à déguster silencieusement ce qu'elle avait dans son assiette. À Boston, une telle attitude était parfaitement acceptable. Par-dessus le marché, Gilbert ne savait pas parler au téléphone.

Les enfants descendirent pour dire bonne nuit, et Gilbert appela Fay Sally, ce qui plongea les filles dans la perplexité. En principe, un père ne confondait pas les noms de ses enfants. Au dîner, Lilian lui demanda doucement s'il n'avait pas un souci qui le préoccupait.

Non, répondit-il. Son ton contrarié était réapparu.

Ils mangeaient du rôti de porc avec des haricots verts et une délicieuse purée de pommes de terre que Maureen savait rendre onctueuse. Une idée étrange vint soudain à l'esprit de Lilian : si par hasard Maureen se tenait derrière la porte battante menant à l'office, elle n'entendrait absolument aucune conversation provenant de la salle à manger. Lilian avait appris à supporter en silence ces humeurs de Gilbert, mais ce jour-là précisément elle éprouva quelque difficulté à le faire. Elle songea à ses parents, à la façon qu'ils avaient eux aussi de manger en silence, mais cette pensée, au lieu de lui procurer la sensation d'être en terrain connu, ne contribua qu'à l'irriter davantage.

Lilian considéra la silhouette de son mari, affaissée, les coudes en avant sur la table. Dure journée ? demanda-t-elle.

Gilbert tourna vers elle des yeux suppliants. Il déposa son couvert en argent comme si celui-ci était devenu encombrant — il n'arrivait décidément plus à s'en servir. Lily, je me sens vraiment mal fichu. Ça t'ennuierait si je montais m'allonger tout de suite, sans prendre de dessert ?

Mais bien sûr que non, mon chéri. Elle se leva.

Non, dit-il. Toi, reste là. Finis ton repas.

Il quitta la pièce, et elle entendit ses pas léthargiques sur le tapis de l'escalier. Elle tendit l'oreille pour se rendre compte du moment où il entrerait dans leur chambre et, après être restée tristement sans bouger quelques instants, elle se dit qu'il avait déjà dû refermer la porte, et qu'elle était trop loin pour percevoir un bruit.

À cinq heures du matin, elle le trouva assis sur le petit tabouret de dentellière dans la bibliothèque, regardant fixement le foyer vide et noir de la cheminée. Le ciel était encore sombre bien que, par la fenêtre, la lumière entre les feuilles de lilas commençât à prendre une légère teinte bleutée.

Gilbert ? Elle croisa les bras sur sa chemise de nuit. Elle n'avait même pas mis de peignoir ni de mules. Qu'est-ce qu'il y a ? articula-t-elle d'un ton patient.

Gilbert Finch secoua la tête. C'était à peine si elle pouvait distinguer son profil, sa lèvre inférieure lourde et arrondie. Au bout de quelques secondes, il répondit, Je ne suis pas sûr de pouvoir le dire. Les lèvres se resserrèrent. Pas sûr de le savoir.

Il ressemblait à une de ces créatures qui poussent sur des rochers au fond de la mer, à une créature silencieuse dont la raison d'être écologique a disparu. Assis sur le tabouret, il avait le dos voûté, les mains arrondies sur les genoux, et les genoux presque à la même hauteur que les épaules. Elle commençait à s'habituer à cette attitude affalée indiquant l'absence d'espoir. Soudain elle comprit en un éclair — peut-être n'apprendrait-il jamais à s'adapter. L'adaptation à accomplir en l'occurrence n'était pas facile, mais on pouvait faire des efforts. Elle en faisait bien, non ?

Elle essaya de ne pas laisser transparaître son impatience dans sa voix. Tu veux bien revenir te coucher dans la chambre ? Elle comprenait ce qu'il ressentait. Elle aussi, elle aurait aimé parfois lever les bras au ciel, mais on lui avait appris à ne pas flancher. Il fallait faire avec les moyens du bord, tout simplement.

Comment pourrais-je aller ailleurs ? dit-il, et le visage qu'il tourna vers elle était méconnaissable.

En montant l'escalier, elle se demanda si après tout ce n'était pas lui qui était le plus courageux.

36

La visite d'un frère

Arthur Eliot aimait bien se disputer, et il ne manquait jamais de contredire quelqu'un dès que l'occasion s'en présentait. Il avait depuis longtemps renoncé à toute tentative dans ce sens avec Lilian, qui se contentait d'éclater de rire et de faire comme si elle n'avait rien entendu. M. Eliot, toutefois, demeurait susceptible, et manifestait une forme particulière d'irritabilité lorsque son fils était dans les parages. Mais Arthur ne s'était guère montré ces derniers temps.

M. et Mme Eliot avaient vendu la maison de Fairfield Street, et ils avaient emménagé comme prévu à Brookline, où ils n'avaient que Curtis Road à remonter pour rejoindre les autres Eliot, Nat et Peg. L'imposante demeure en briques rouges avait des colonnes blanches de part et d'autre du seuil en forme de croissant, une allée de gravier, et une muraille de pins qui les protégeait du spectacle comme des regards du voisinage. Arthur n'aimait pas l'aspect retiré de Curtis Road. Il avait passé un certain temps à la recherche de lieux propices à l'écriture et, à mesure que les années passaient, il avait abouti à des villégiatures : le sud de la France au printemps, Newport en été, et les Alpes en hiver — des endroits qui ne favorisaient pas particulièrement l'inspiration créatrice, mais qui étaient pittoresques. Comme il avait un peu d'argent, il pouvait se permettre ce genre de vie, tout en satisfaisant du même coup une certaine demande de la part d'hôtesses en quête d'un célibataire.

Lilian le voyait quand il rendait visite à la famille, une fois qu'il avait fait un arrêt à Brookline, dormi, mangé les bons petits plats de Rosie, et mis son père en colère, avant de se remettre en route pour élargir ses horizons, ce qui faisait toujours partie des devoirs d'un écrivain. Il venait rendre visite à Lilian à Joy Street.

Il est exaspérant, dit Arthur, de constater à quel point tous les Bostoniens sont persuadés d'être supérieurs au reste du monde. Il était assis sur le canapé, indolemment renversé en arrière, après s'être servi une bonne rasade de gin au bar. Il paraissait plus maigre que jamais, et ses joues décharnées lui donnaient vaguement l'air d'une tête de mort.

Je crains, répondit Lilian, qu'ils n'acceptent jamais de s'abaisser à soutenir une comparaison.

Exactement, dit-il. Alors, comment supportes-tu cette situation ?

Je ne connais rien d'autre, dit-elle.

Arthur passa les doigts sur une petite table latérale, sans soulever le bras. C'est joli, ça, dit-il d'une voix nonchalante.

Ça vient de chez Mme Parish, dit-elle, Je l'ai achetée à la vente aux enchères.

Arthur hocha la tête.

J'ai quand même Gilbert, dit-elle simplement. Et les enfants.

Je ne vois sûrement pas Gilbert comme un élément qui puisse compenser la chose. Arthur se redressa sur son séant. En dépit de toute l'affection que j'ai pour ce garçon. Et n'importe qui peut avoir des enfants.

Gilbert est un Bostonien, et *lui,* tu l'aimes bien, dit-elle. Bien sûr, il n'est pas comme les Wiggin ou les Fenwick, et cependant sa famille...

Tiens, ça me rappelle, l'interrompit Arthur. J'ai rencontré par hasard ton ami qui était parti à la guerre.

Walter ? Le visage de Lilian changea légèrement.

Celui auquel tu étais si attachée. Arthur alluma une cigarette et articula en gardant les dents serrées : Je l'ai vu à Monte-Carlo. Je ne te l'avais pas dit ? J'aurais pourtant cru. Quoi qu'il en soit, il est marié, à une Française je suppose. Elle avait l'air plutôt riche.

C'est ce que j'ai entendu dire, oui.

Arthur regarda la fumée s'éloigner lentement de lui.

Et alors ? demanda Lilian.

C'est tout, je l'ai juste vu. On a pris un verre. Arthur se leva et promena les doigts sur un presse-papiers posé sur le bureau.

Et comment allait-il ?

Bien, très bien. Arthur raidit ses frêles épaules. Il fronça les sourcils en contemplant son verre bleu, de l'air de quelqu'un qui réfléchit à un autre sujet.

Tu as écrit, ces temps-ci ? demanda-t-elle.

Cette question parut le réveiller. J'ai essayé, j'ai essayé, dit-il, et il se tourna vers elle avec une expression intense, comme si elle venait de lui rappeler ce qui était important. Je me suis rendu compte que les pages que j'avais rédigées ne valaient pas tripette, mais je travaille maintenant à quelque chose de meilleur, de bien meilleur. Je crois que ça pourrait être vraiment bon, si seulement...

J'aimerais beaucoup en lire un passage, dit Lilian.

Arthur se mit à marcher de long en large devant elle, en secouant la tête. La cendre de sa cigarette tomba sur le sol. Il releva les yeux, l'air alarmé. Pour rien au monde je ne le montrerais, dit-il. Mon Dieu non, pas encore !

On dit que ça prend beaucoup de temps, commenta Lilian, en sentant qu'elle parlait sur un mode affecté.

Oui, répondit-il d'un ton crispé. Tout à fait. Il prit son chapeau, la conversation étant devenue trop déprimante pour lui. Écoute, il faut que je file...

Tu ne veux pas attendre Gilbert ?

Je le ferais volontiers, mais... Arthur s'assit brusquement, tout près de Lilian sur le canapé, les genoux contre ses genoux, pressant de ses doigts blancs le bord de son chapeau. Il faut que tu me prêtes un peu d'argent, dit-il.

Le regard de Lilian tomba sur lui comme il l'avait fait bien des fois auparavant. Arthur, dit-elle.

Il inclina mollement la tête. Je sais, dit-il. Je sais ce que tu vas dire. Je suis irresponsable, on ne peut pas me faire confiance. Je sais. Crois-moi, je le sais mieux que personne. Son visage ballottait devant elle comme celui d'un chien. Juste le temps que je reçoive mon argent du prochain trimestre — je ne peux pas demander au paternel, tu le sais bien.

Je sais, dit-elle. Aucune modification ne pouvait

être apportée à la façon dont leur argent leur était distribué. D'une petite voix, elle demanda, Tu as besoin de combien ?

Il donna un chiffre, les yeux rivés sur le tapis.

Quoi ?

Je peux me débrouiller avec moins.

Mais c'est presque la moitié du salaire annuel de Gilbert ! dit Lilian.

Mais tu ne vis pas sur son salaire. Arthur tourna vers elle son visage candide. N'est-ce pas ?

Non, mais... Lilian se leva, éprouvant le besoin de remuer pour chasser le brusque frisson qui s'emparait d'elle. Arthur la suivit du regard, contrit, suppliant. Il haussa les épaules comme pour dire, Quelle importance l'argent a-t-il pour nous ?

C'est vraiment la dernière fois, déclara-t-elle avec une expression de grande fermeté. Elle s'assit au bureau chinois de laque rouge, ouvrit le porte-chéquier en cuir, et fronça les sourcils pendant qu'elle inscrivait le nom de son frère.

37

Après le krach

Un après-midi, Lilian passa des heures avec les livres généalogiques de la famille Eliot, dans le but d'établir précisément de quelle manière elle descendait de John Loring Moffat. Son père lui avait fourni quelques fiches biographiques, et au verso de l'une d'elles, en script minuscule, elle traça la liste complète, avec les dates et les seconds prénoms, de toutes les personnes qui s'intercalaient entre elle-même et John Loring Moffat. *Le juge John Loring Moffat mourut à Barnstable en 1799, à l'âge de quatre-vingt-quatre ans. Son fils Daniel Henry fut nommé Premier Officier de justice du Massachusetts. Il occupa d'abord son poste à Portland, dans la province du Maine. Puis il vint à Boston, où il vécut dans Somerset Street. Il se fit construire une grande maison à Cambridge (maison qui devint le premier bâtiment de Radcliffe College), et y mourut le 15 novembre 1853 à l'âge de soixante-treize ans. Il épousa Henrietta Freeman, fille de Constant Freeman, frère de James Freeman, pasteur de la King's Chapel. Ils eurent treize enfants. Leur fille aînée, Evelyn (Daisy), épousa William Arthur Eliot, 1783-1873...*

Elle montra à Gilbert ce petit bristol quand il rentra du travail, de nouveau en retard, et il en parcourut brièvement les lignes.

Je suis content que tu t'occupes de cette question, Lily, dit-il. En montant l'escalier, il ajouta, Tu devrais montrer ça à Winn. Il raffole de ce genre de choses.

Ils devaient dîner le vendredi chez le frère de Gilbert. C'était un soir glacial de novembre, et Lilian apporta avec elle le fruit de ses recherches généalogiques.

Winn et Edith Finch habitaient une maison à large fenêtre en saillie dans Beacon Street, à deux rues du Jardin. Edith était une femme de petite taille qui battait fréquemment des paupières et qui avait une démarche claudicante, séquelle de la poliomyélite qu'elle avait eue dans sa jeunesse. Elle portait une longue robe de laine à franges de dentelle ; elle se montrait toujours aimable et gracieuse. Winn et elle s'étaient rencontrés à New York, où elle préparait son diplôme d'agent de sauvegarde du patrimoine architectural, et où Winn était interne à la faculté presbytérienne de Columbia University. Lilian avait d'abord été surprise que Winn Finch eût choisi une femme comme Edith, après avoir eu une liaison avec le personnage plus intrigant qu'était Irene Minter, mais à présent elle voyait à quel point ils étaient faits l'un pour l'autre. Winn était quelqu'un de sérieux, de consciencieux, qualités qu'il partageait avec sa femme. Winn était plus grand que Gilbert, et plus énergique ; il avait une voix sonore et des épaules solides. Il avait l'air particulièrement imposant à côté de la fine silhouette boitillante de sa femme —

contraste que ni l'un ni l'autre ne semblait remarquer.

Avant le dîner, ils s'assirent un moment dans la bibliothèque avec leurs verres. Gilbert but deux scotchs en l'espace d'un quart d'heure. Il sortait d'une mauvaise grippe, et paraissait plus chiffonné que d'ordinaire. Comme il était médecin, Winn prit un ton professionnel pour s'enquérir de sa santé. Il considéra Gilbert avec gravité.

Ça va, ce n'est rien du tout, répondit Gilbert, comme si des rumeurs alarmantes avaient circulé sur son compte.

Lilian montra à Winn Finch le résultat de ses recherches, et il fit remarquer que Louisa Moffat était une cousine par alliance d'Edith.

Winn alla jusqu'aux rayonnages et en sortit la généalogie des Finch — Que tu possèdes, bien entendu, dit-il à Lilian ; il lui montra l'endroit où un ancêtre des Eliot avait épousé une Finch.

Ils n'ont pas eu d'enfants, dit Winn.

Lilian observa, d'après les configurations à niveaux multiples sur la page, que beaucoup de gens ne s'étaient pas mariés.

Ils sont morts jeunes, répondit Winn. Ou alors, la folie des Finch.

Lilian prit une expression inquiète.

Oh, c'est juste notre façon à nous de désigner les excentriques de la famille, dit Winn. Il parla plus bas. Quoique certains soient allés jusqu'à descendre leur femme. Mais tu ne trouveras pas ça là-dedans. Il tapota le livre.

Au dîner ils parlèrent du krach. Les Cunningham n'étaient guère touchés, puisque M. Cunningham ne croyait pas à l'investissement. Cap et Sis Sedgwick avaient été atteints, mais ils gardaient toujours leurs propriétés à Milton et dans le Maine. Gilbert se mit à parler d'un plant de lierre que sa secrétaire avait laissé mourir, sans doute dans le but d'illustrer, on pouvait le supposer, le fait que le moral était au plus bas dans toutes les couches de la société.

Edith battit des paupières pour montrer son intérêt. Elle proposa à ses invités un supplément de homard à l'américaine.

Il faisait beaucoup trop sombre à l'arrière de la maison, déclara Gilbert. Tout le monde se regarda. Il était ivre.

Il entreprit de raconter de nouveau l'histoire du lierre de la secrétaire, répétant mot pour mot les mêmes phrases. Ses épaules retombaient dans une attitude abattue, et ses yeux paraissaient hagards. Même Winn, en dépit de sa robuste bonne humeur, n'osa pas l'interrompre.

Edith essaya d'orienter la conversation sur un autre sujet, et lui demanda comment allaient les enfants. Gilbert la dévisagea ouvertement, d'un air désinvolte, et lui dit qu'elle était le portrait tout craché de leur mère. Sauf que maman était plus belle, ajouta-t-il. Et amusante.

Plus que ses silences, plus que ses accès d'irritation quand il rentrait le soir, ce fut cette méchanceté qui fit comprendre à Lilian que Gilbert était malade. Pendant qu'Edith s'occupait du plateau à café et que Winn répondait au coup de téléphone d'un patient, Lilian alla s'asseoir avec Gilbert sur la banquette de la fenêtre.

Tu veux rentrer à la maison ? lui dit-elle d'une voix

froide, ayant perdu toute compassion pour lui après son attaque contre Edith. Il tourna vers elle des yeux dénués d'expression, puis il eut un hoquet. Il regarda son genou qui reposait sur le coussin, et hoqueta de nouveau. Ce fut seulement quand elle remarqua qu'il avait les joues humides que Lilian comprit à quoi était dû son hoquet. À ce moment, il ne pouvait déjà plus du tout le maîtriser.

38

Une cure en Angleterre

Le médecin conseilla un voyage. Il est à bout de forces et il a besoin de repos, dit-il. Il connaissait un endroit magnifique en Angleterre.

Cap Sedgwick vint chez eux pour lui dire au revoir. Il serra la main de Lilian, inclinant de côté son visage allongé de manière à ne pas rencontrer son regard. Sis Sedgwick leur avait déjà dit au revoir.

Quand tu lui écriras, envoie-lui toute notre affection — si tu juges que c'est approprié, dit Cap Sedgwick, avant de prendre congé d'un simple signe de tête. Tout le départ se déroula dans une atmosphère un peu étouffée.

Quelquefois le soleil faisait son apparition et donnait plus de netteté aux courbes des collines qui ondulaient doucement jusqu'à l'horizon, mais la plupart du temps la lumière était pâle et affaiblie. Les enfants appelaient le terrain situé derrière la maison le jardin des fées, parce qu'il ressemblait aux décors de leurs livres de contes, avec ses perce-neige éparpillés et ses pommiers aux branches tordues. La maison, elle aussi, évoquait les illustrations : un toit de chaume pareil à un chapeau sans bord, et des poutres sombres enchâssées dans le stuc blanc. À l'intérieur, c'était un dédale de pièces, de petits couloirs reliés par quelques marches, de rampes d'escaliers au ras des murs. Les fenêtres avaient des vitres à tout petits carreaux, et les plafonds étaient en pente. La salle de séjour était meublée de fauteuils bosselés, et Lilian changea de place tous les bibelots qui traînaient à travers la maison, pour le cas où leur séjour devrait se prolonger. Ils restèrent là dix-neuf mois.

Au moment où l'hiver arriva, le rosier qui entourait l'entrée n'était plus qu'un entrelacement d'épines, et le sol pouvait être un jour boueux et le lendemain dur comme de la pierre. Lilian parcourait chaque jour à pied la petite ville agrémentée de trois pubs sans grand-chose d'autre ; la route était d'abord bordée de hauts talus, puis traversait des étendues de champs. La clinique était distante de deux bons kilomètres et, quand elle y arrivait, elle avait les joues bien rouges, ce qui la distinguait de ceux qui y vivaient, qui avaient le visage terreux et l'air trop bien nourris. Elle lui rendait visite le matin, avant le déjeuner, et souvent à nouveau l'après-midi pendant que les enfants se reposaient ; et elle se réjouissait d'avance à l'idée de ces promenades, de ce temps qu'elle pouvait passer seule.

Gilbert disposait d'une lampe à côté de son lit et du chauffage à la vapeur — deux choses plutôt rares en Angleterre, autant qu'ils avaient pu le constater ; il considérait donc qu'il avait de la chance. Les médecins venaient le voir et pressaient les glandes de son cou, en regardant ailleurs. Un autre genre de docteur vint également le voir un jour : le docteur

Howze, qui resta debout au pied du lit, dominant Gilbert de l'étendue de son vaste front, et lui posant une grande quantité de questions. À la fin de son interrogatoire, le docteur Howze lui demanda : Aimeriez-vous parler avec moi ? et Gilbert répondit qu'à son avis c'était ce qu'il venait de faire pendant dix minutes. Le docteur Howze hocha la tête et plissa les yeux.

Séparé de sa femme et de ses enfants, privé d'aliments solides et contraint de faire la sieste, Gilbert gardait un air un peu égaré. S'il trouvait un quelconque soulagement à être traité comme un bébé, il n'en donnait pas l'impression à son épouse. Son visage devenait plus blême et plus mou, avec des bajoues qui commençaient à apparaître. Lilian était frappée par la blancheur de toute sa personne : même ses yeux semblaient à présent plus pâles. Soutenu par des oreillers, se fondant pratiquement parmi les draps et les couvertures, s'il n'y avait pas eu le petit bracelet de malade à son poignet, songea Lilian, il aurait été l'image même de la tranquillité béate.

À son frère Winn, il écrivit :

> J'ai découvert que les James Winthrop descendent des Langtry du Kent, non pas les William Langtry mais les Harold Langtry. Ils possèdent l'île de Bell, dans les Hébrides. J'espère que tu t'occupes de la pelouse de Joy Street. Elle doit être affreusement ravagée par les taupes. Fais-moi savoir si nous devons commander du gazon.

Il écrivit à son père :

Cher père,
Je n'ai pas eu l'occasion de voir beaucoup la campagne. Je ne suis pas sûr de ce que tu penserais de l'organisation ici, mais je sais que tu la trouverais fort différente de celle qui existe à Boston. Il y a beaucoup de bavardage. Comme j'éprouve de la difficulté à lire, on me fait la lecture à voix haute, et cela me fait un peu l'effet de la campagne pleine d'oiseaux babillards. Les enfants viennent me voir une fois par semaine, et leurs visages se lèvent au-dessus de moi comme autant de lunes. Porter est un authentique gentleman. Si nous ne le ramenons pas bien vite chez nous, il va prendre un accent britannique. Dis à Ellie que j'ai reçu les chaussettes, et remercie-la de ma part. J'espère que si le beau temps est là il est venu pour rester. Je tiens bon en m'accrochant aux branches.

Ton fils,
Gilbert Finch

Il écrivit à son neveu :

Cher Winthrop,
Ton père m'a envoyé ta carte avec l'image du bateau, qui m'a fait très plaisir et dont je te remercie. Ici on me soigne du mieux qu'on peut, ce qui en Angleterre signifie qu'on me donne du lait à boire treize fois par jour. Comme je leur ai appris à faire des milkshakes au chocolat, ce n'est pas si terrible. J'espère que tu as maintenant réussi à faire s'asseoir Sparkie. Il est important de dresser un petit chien dès le plus jeune âge. On ne saurait sous-estimer l'effet bénéfique des bonnes habitudes prises très tôt dans la vie. Ton père serait tout à fait d'accord avec moi sur ce point.

Affectueusement,
Oncle Gilbert.

Mais il écrivit aussi à Winn :

> Il y a dans mon cœur quelque chose de noir que je n'ose pas mentionner, sinon pour te dire que c'est là. Apparemment je n'arrive pas à le maîtriser.

Plusieurs livres s'entassaient sur sa petite table de nuit et, au cours des semaines écoulées depuis son arrivée, il n'en avait pas ouvert un seul. Lilian lui faisait la lecture quand elle venait le voir. Quelquefois Gilbert n'avait pas envie de parler, et les médecins lui avaient dit qu'il était important de le laisser tranquille, de crainte qu'il ne finisse par avoir honte de son état.

Un après-midi — cela faisait maintenant plusieurs mois qu'ils étaient en Angleterre —, il lui demanda de venir s'asseoir sur le lit. Il avait l'air particulièrement délabré, et sa lèvre supérieure était plus grosse que d'habitude, gonflée d'émotion.

Je suis désolé de te faire subir tout cela, dit-il d'une voix faible.

Je le sais bien, dit Lilian, et elle lui tapota le bras. Il était difficile de le regarder.

Tu dois regretter de m'avoir épousé, poursuivit-il, et cette fois c'était la vraie voix de Gilbert, provenant des profondeurs de son être.

Lilian se sentit parcourue d'une émotion violente : elle savait qu'à présent il lui était revenu. Et que penseraient les enfants s'ils entendaient une chose pareille ? répondit-elle avec un sourire.

Il lui prit la main pour exprimer sa reconnaissance, et elle lui rendit sa pression : elle avait retrouvé son

Gilbert. Mais au bout d'un moment, par fatigue ou par manque d'intérêt, il la relâcha.

À Noël, Gilbert fut autorisé à sortir pendant deux jours de la clinique pour être avec sa famille. Il s'assit près du feu, habillé de vêtements devenus trop étroits, chaussé de pantoufles, et il accomplit un effort suprême pour avoir l'air de s'intéresser aux activités de la famille. Les enfants l'appelaient pour qu'il regarde leurs cadeaux, pour qu'il regarde ce qu'ils faisaient ; mais, conscients de son infirmité, ils prenaient une voix hésitante. Papa, disaient-ils, papa. Maureen qui, avec Anna, avait accompagné les Finch en Angleterre, confectionna un pudding de Noël qui lui valut les compliments de Gilbert ; cependant, à part une vague remarque sur les branches qui envahissaient les fenêtres, ce fut à peine s'il prononça un mot.

Dans la chambre que Lilian considérait jusqu'à présent comme la sienne, puisque Gilbert ne l'avait pas encore vue, il y avait deux lits jumeaux. Lilian aida Gilbert à s'installer dans le lit où elle dormait, et elle s'assit sur le bord comme elle l'avait fait à la clinique — de fait, l'impression qu'elle éprouvait était rigoureusement la même. Elle avait espéré pouvoir être tout contre lui, mais jusqu'à cet instant elle avait enfoui cet espoir en elle, n'ayant pas envie d'être déçue.

Bonne nuit, mon chéri, dit-elle, et elle se pencha pour l'embrasser.

Il la regarda avec des yeux pâles, pleins de pitié. Pauvre Lily, dit-il.

Pas du tout, dit-elle, et elle sourit pour lui. Elle mit un long moment à s'endormir.

39

Il fait de son mieux

Cher Winn,

Aujourd'hui tout le monde est encore marqué par le suicide d'une femme dans la clinique il y a tout juste deux semaines. On ne nous en parle pas, mais bien sûr nous savons. Elle a utilisé pour se pendre la corde servant à maintenir son protège-matelas. N'importe lequel d'entre nous aurait pu être là pour l'en empêcher, puisque nous connaissions sa disposition d'esprit. On ressent les deux côtés de la situation, le sien et le nôtre, puisque l'acte a eu lieu sous notre propre toit.

Les enfants viennent une fois par semaine. Fay prend son air renfrogné, et Sally reste debout, bouche bée, la lèvre pendante. Porter s'éloigne d'un pas décidé pour explorer les lieux. Parfois cela me fait du bien de les voir, cela écarte certaines pensées, jusqu'au moment où, sans raison, mon esprit s'obscurcit, et où je me dis qu'ils s'en tireraient bien mieux si je n'étais pas là. Je ne dirais pas cela à Lilian, elle m'observe déjà avec suffisamment d'inquiétude. Chaque jour elle m'émerveille, je suis sûr qu'elle ne s'en rend pas compte. Tu veux bien le lui dire ?

Moi, je ne sais pas comment le faire.

Les livres d'Edith sont charmants. Les infirmières me les lisent à voix haute. Remercie-la pour moi, s'il te plaît.

Avec mon affection,
Gilbert Finch

Il écrivait aussi dans des états d'esprit bien différents.

... Ce sont les choses folles qui ont parlé en moi, et j'ai écouté ; tu devrais le faire également, parce qu'elles ont du sens, elles disent la vérité, au lieu de dévider une kyrielle de paroles creuses comme on le fait dans un couloir. Songe à toute la masse d'imbécillité émanant de ces gens qui disent des choses simplement parce qu'ils ont quelqu'un en face d'eux, ou parce qu'ils ont un stylo à la main, ou parce qu'ils veulent divertir une salle remplie de monde.

... Le docteur Howze essaie de me pousser à écrire, bien que ce que je dise ne soit pas toujours très cohérent, je le sais : selon lui, le fait de laisser s'écouler le poison, ou quelque chose de ce genre, va en diminuer la puissance. Je ne suis pas sûr que le cerveau puisse se vider de cette manière-là, et toi ?

... un mauvais cauchemar la nuit dernière. Je me tenais au bord d'une falaise, mais cette partie-là était normale. Je me suis dit que si j'avais une arme cela pourrait peut-être me faire sortir d'un coup de mon état, le détail étant que cela me ferait du même coup sortir de l'existence, ce qui après tout ne serait pas une si mauvaise chose. Encore que s'en aller là-bas parce que l'on se sent très mal ici ne soit vraiment pas une bonne façon de voyager. Ce qu'il y a de drôle, c'est que je me sens déjà en dehors de l'existence, sauf que je continue à vivre. Comment j'en suis arrivé là, et comment je pourrais un jour m'en sortir, ce sont des questions qui me traversent parfois l'esprit, mais aucune des deux n'a beaucoup de réalité. Ma famille se tient de l'autre côté, où tout peut encore changer. Elle ne se donnerait pas la peine d'attendre si elle savait ce qu'il y a à l'intérieur. Lilian croit qu'elle comprend, mais personne ne comprend.

... Les après-midi sont de longues choses blanches éclaboussées de gris, ou bien des choses noires, c'est selon. Le docteur Howze aimerait beaucoup que je parle de notre mère, et il prend un air sceptique quand je lui dis que je ne m'en souviens pas très bien, et que papa et elle étaient heureux. Je lui ai dit de s'adresser à toi, puisque tu es plus âgé et que tu as davantage de maturité, et il affirme sur un ton doctoral qu'il ne s'intéresse pas à l'histoire, mais à ce que je pense. Peux-tu imaginer qu'un tel docteur existe ? S'il le savait, papa déclencherait une émeute.

... Lilian est allée à Londres rendre visite à sa tante, qui va sans aucun doute la gaver de steaks et de feuilletés à la crème, et l'emmener dans des endroits magnifiques en contraste absolu avec la chaumière humide où mon état l'a conduite.

Chère Lily,
J'espère que Londres correspond à ce que le docteur a préconisé. J'aurais bien aimé que le docteur me prescrive la même chose, pour être là-bas moi aussi, encore que je n'imagine guère quel effet cela pourrait me faire de marcher sur un trottoir ou d'entendre claquer une portière de voiture. Nous croyons avoir aperçu quelques flocons de neige ce matin. Ils allaient lentement, comme les choses qui vont et viennent dans ma tête, mais ils n'avaient pas la même légèreté, je veux dire cette façon de planer dans le vide. Quelque chose m'est venu à l'esprit, mais je crois que tu dois

déjà être au courant. Je trouve cela très difficile à dire. Désolé d'être comme ça. Ne crois pas que je ne me rende pas compte de l'épreuve que cela a été pour toi. C'est-à-dire, je ne m'en rends pas réellement compte, mais en même temps je m'en rends compte quand même, et je crois que tu dois être la fille la plus remarquable qui soit au monde pour supporter tout cela. C'est comme si quelque chose m'avait attrapé à la cheville et m'avait entraîné dans un trou, et qu'ensuite, avant d'avoir compris ce qui arrivait, j'étais devenu incapable de voir quoi que ce soit en dehors des ténèbres qui m'entouraient. Les yeux des enfants sont au-dessus de moi, et je me souviens des tiens, même si je ne les vois pas toujours : des fontaines obscures. Aujourd'hui j'ai descendu deux petites collines, puis je suis remonté en suivant une longue pente douce. Comment j'ai fait, je me le demande.

Ton Gilbert

À la fin de la soirée, Tante Tizzy était devenue d'humeur légèrement querelleuse. Son rouge à lèvres avait un peu débordé autour de sa bouche quand elle avait voulu en remettre, et elle avait trébuché et failli tomber en revenant des toilettes. Elle contemplait Lilian avec les yeux fixes d'une biche, avec ce même regard que Lilian avait souvent vu chez son père après les cocktails du soir, chez sa mère après le petit verre qu'elle prenait au coucher, et qu'elle avait vu également chez Oncle Nat et Tante Peg quand, les soirs d'été, ils faisaient halte sur l'île. Elle pouvait voir en esprit ce regard lourd et fatigué chez pratiquement toutes les personnes qu'elle connaissait à Boston : Mme Lockwood à Noël, M. Cunningham à Pâques, et ainsi de suite.

Tu es en train d'attraper la moue boudeuse caractéristique des gens de la Nouvelle Angleterre, déclara Tante Tizzy.

Je vais me plaindre à mes ancêtres.

Est-ce que M. Finch te rend heureuse ?

C'était une question ridicule, étant donné les circonstances, et pour la première fois Lilian comprit pourquoi ses parents levaient les yeux au ciel aussitôt que quelqu'un mentionnait le nom de Tante Tizzy.

Bien sûr, répondit Lilian. Elle avait bu du vin au dîner, ce qu'elle ne faisait pas en temps ordinaire, et elle sentait comme une brume sur tout ce qui l'entourait. Il fait de son mieux, dit-elle.

Et est-ce qu'il est gentil avec les enfants ? demanda Tante Tizzy. Ce sont les enfants qui posent problème, n'est-ce pas ? Je veux dire, je préfère ceux des autres.

C'est un homme sensible, dit Lilian.

Ce sont les plus sensibles qui sombrent les premiers, dit Tante Tizzy, se levant lourdement de table.

40

Des nouvelles de Dolly

Elle prit le chemin habituel au milieu des champs pour revenir de la clinique. Le ciel était gris, si l'on exceptait une bande jaune de lumière sur l'horizon. Que faisait-elle dans ce pays étranger où les jours avaient une étrange odeur de feu de bois, et où les nuits étaient aussi silencieuses que des carrières à ciel ouvert ? Une vague de lassitude l'envahit, et elle s'arrêta. C'était une erreur, elle le comprit à l'instant même où elle s'arrêta, mais il était trop tard. Se disant qu'elle se reposerait juste une minute, elle se laissa tomber sur une petite étendue d'herbe. On était à la fin du printemps, et les arbres s'étaient couverts d'une verdure de plus en plus dense. Les changements de saison affectent l'état d'esprit. Elle avait du mal à reprendre sa respiration, et elle serra les doigts sur ses genoux. Au milieu du bosquet qui bordait le champ, elle remarqua un arbre en particulier. Comment avait-elle pu ne pas le voir jusqu'ici ? Elle était passée par ce chemin depuis l'automne. C'était un grand chêne situé un peu à l'écart, avec de longues branches basses qui se déployaient à trente centimètres à peine du sol. Il paraissait planer dans les airs, sans prendre appui sur quoi que ce fût.

La bande de lumière à l'horizon se fit plus étroite et d'un jaune plus intense.

Qu'est-ce qu'il y a Qu'est-ce qu'il y a Qu'est-ce qu'il y a, la question ne cessait de tourner dans son esprit.

Ce devait être ainsi que Gilbert se sentait, incapable de bouger, emprisonné dans un aquarium. Elle eut l'impression que les arbres l'observaient. Quelquefois, il y avait une paroi de verre entre elle-même et tous les autres — elle ne pouvait pas parler aux gens qui se trouvaient de l'autre côté, et lorsque ceux-ci parlaient, ce qu'ils disaient lui parvenait comme une sorte de gargouillis assourdi, c'est-à-dire que cela ne lui parvenait pas réellement. Elle se demanda si elle n'était pas contaminée par l'état d'esprit de Gilbert. Puis elle songea à Sally qui s'était réveillée en toussant la nuit précédente, et qui était venue s'agripper à sa robe de chambre en essayant de se montrer courageuse. Les enfants l'attendaient. La pensée des enfants la fit se remettre debout. Il lui vint à l'esprit qu'une telle pensée ne suffisait pas à décider Gilbert à se lever — elle supposait qu'il savait qu'ils avaient leur mère pour s'occuper d'eux. Qu'est-ce qui serait donc susceptible de l'obliger enfin à se lever ?

À la maison une lettre l'attendait, une lettre de Dolly qui était en visite à Londres. Lilian la mit dans sa poche au milieu de l'agitation des bains et du repas des enfants, et elle l'ouvrit plus tard dans sa chambre, avant de se changer pour le dîner.

Les Vernon passaient un séjour merveilleux. Freddie n'avait qu'une petite affaire à régler, et il achetait ses chemises. Dolly l'avait emmené au théâtre, où il avait dormi poliment sans ronfler. Et sur qui était-elle tombée par hasard ? Sur Walter Vail ! Il était là-bas avec une Anglaise. Lilian savait-elle que sa femme était morte ? À coup sûr, Dolly avait carrément mis les pieds dans le plat. Il devait venir prendre le thé cet après-midi à leur hôtel, donc Dolly allait en apprendre davantage. Jeudi prochain serait-il un bon jour pour Lilian ? Dolly se proposait de venir lui faire une petite visite.

Lilian ressentit le même genre de palpitation qu'une personne brusquement réveillée de sa sieste. À quel endroit s'étaient-ils rencontrés ? À un carrefour, elle sortait du grand magasin Harrods juste au moment où il franchissait la grille d'un parc situé en face ; ils avaient souri tous les deux, et la femme qui l'accompagnait était restée à côté de lui sans dire un mot. Quel genre de femme se révélerait-elle ?

L'idée que Walter Vail se trouvait sur le même continent la troubla d'une manière très diffuse. Elle alla vérifier que les enfants étaient bien bordés, et elle leur lut une histoire, provoquant de légères récriminations quand elle modifiait tel ou tel passage favori. Après le dîner, elle écrivit à Dolly pour lui dire, Oui, viens donc jeudi. Elle voulait savoir toutes les nouvelles en détail.

Dolly Vernon ne pouvait rester que pour la journée, elle devait rentrer passer la soirée avec Freddie.

Voyons, que je réfléchisse un peu à tout ce qui se passe, dit-elle, soulevant les perles de son collier et les laissant retomber avec un petit tintement.

Elles étaient assises sur les canapés de la salle de

séjour après le déjeuner. Le frère de Dolly, Hugh, s'intéressait à l'une des filles Snow, encore que Dolly Vernon n'arrivât pas à comprendre pourquoi, étant donné que la fille en question était muette. Tommy Lattimore transmettait à Lilian toutes ses amitiés ; il avait l'air en pleine forme, et il se montrait dans tous les endroits à la mode. Lilian avait reçu de lui des lettres audacieuses disant que Boston était lugubre, et qu'il n'allait jamais nulle part parce qu'il savait qu'elle ne serait pas là.

Emmett Smith et Reed Wheeler étaient revenus d'un voyage en Égypte : Emmett en savait désormais plus sur les pyramides que n'importe quel spécialiste, et Reed avait rapporté de là-bas un parasite intestinal. Sis et Cap avaient donné une réception gigantesque à Noël, et Dickie Wiggin sortait maintenant de sa coquille pour se mettre à chanter. Marian attendait de nouveau un bébé, et elle était déterminée à en avoir dix de plus. Madelaine Fenwick avait de nouveau rompu avec Bill Stockwell, cette fois pour de bon, et d'après ses sœurs elle était tombée amoureuse d'un de ses professeurs. Oh, et Walter Vail ! Ils l'avaient rencontré près de Shepard's Market. Il avait une femme avec lui ; Dolly la trouvait jolie dans le genre exotique, mais Freddie estimait qu'elle avait une allure vraiment trop insolite. Walter Vail était tiré à quatre épingles, comme toujours. Freddie l'avait invité à prendre un verre plus tard à l'hôtel, et Dolly avait ajouté, Viens avec ta femme, bien entendu, en souriant à l'adresse de celle-ci, mais tous deux avaient alors pris un air embarrassé, et Walter Vail avait expliqué que ce n'était pas sa femme, que sa femme était morte, et ils étaient tous restés plantés là comme des idiots. Évidemment il n'était pas venu les voir à l'hôtel. Dolly supposait qu'ils n'étaient pas assez distingués pour lui. Mais c'était tout à fait son genre, après tout, de ne pas se rendre à une invitation, n'est-ce pas ?

Lilian fut obligée d'admettre que oui.

Je n'ai jamais vraiment compris ce que tu lui trouvais, dit Dolly Vernon. Je veux dire, il est beau garçon, mais...

Je croyais que tu le trouvais charmant, dit Lilian en éclatant de rire.

Ah bon ? Dolly Vernon haussa les épaules. Je n'arrive pas à m'imaginer une chose pareille. Son attention se mit à vagabonder. Écoute, pourquoi ne rentrerais-tu pas à Londres avec moi ? Les yeux de Dolly pétillaient de plaisir. Sa santé n'était jamais affectée le moins du monde par sa grande consommation de cigarettes et de cocktails.

Lilian repensa à sa visite chez Tante Tizzy, et à la manière dont le fait de quitter sa maison à la campagne avait perturbé le frêle équilibre qu'elle avait atteint. Je ne veux pas abandonner les enfants, dit-elle. Ni Gilbert.

Anna peut s'occuper des enfants. Et Gilbert... va-t-il même s'apercevoir de quelque chose ? Dolly trouvait toute cette histoire de clinique plutôt ridicule.

Bien sûr que oui. Je lui rends visite tous les jours.

Tu sais, je me fais du souci pour toi, dit Dolly Vernon. Elle examina ses ongles, puis ses bagues. Si seulement tu avais un petit moment de détente...

C'est vrai que l'hiver a été long, admit Lilian.

Ma pauvre chérie, dit Dolly.

Je disais cela pour Gilbert, dit-elle.

Évidemment, dit Dolly, produisant un bruit de sifflement tout en inhalant la fumée de sa cigarette. Tu sais que je l'adore, mais sincèrement, Lilian, il est grand temps qu'il se sorte de là *maintenant*. Tout est dans sa tête, tu le sais bien. Pour elle, cela constituait la preuve qu'il n'y avait rien qui clochait.

Oui, c'est ce que disent les médecins. Lilian entendit les enfants dans la cuisine, qui jouaient à chercher des mots rimant ensemble.

Alors ? Les yeux de Dolly étaient grands ouverts.

Alors, c'est le moral qu'ils essaient de lui remonter, dit Lilian.

Alors, donne-lui un grand verre de gin-vermouth, et qu'on en finisse ! Écoute, Gilbert est en parfaite santé mentale. Je t'assure, c'est l'un des hommes les plus sensibles et les plus équilibrés que tu pourras jamais rencontrer.

Je suppose que c'est sa sensibilité qui crée une partie du problème, dit Lilian.

Et si tu n'avais pas d'argent ? Dolly se redressa sur son siège, sans aucune timidité. Tu crois que les contremaîtres d'usines et les employés de banque ont des maladies nerveuses ?

Serais-tu en train de dire que Gilbert est malade parce que nous avons un peu d'argent ? Lilian ne savait pas si elle devait se fâcher ou prendre un ton amusé.

Dolly Vernon poussa un soupir, fatiguée de ce sujet. Elle écrasa le bout de sa cigarette dans le cendrier. Quelque chose accrocha son regard à travers la fenêtre, dans l'après-midi sans soleil. Oh, voilà précisément le genre de haie que nous essayons d'obtenir chez nous ! dit-elle. Comment fait-on pour arriver à cette forme-là ? Tu crois qu'on pourrait aboutir au même résultat à Boston ? Il faut que tu me dises auprès de qui je dois me renseigner pour le savoir.

41

Des trouées de ciel clair

Gilbert, se sentant mieux, écrivit à son ancien camarade d'études Edgar Ames, qui avait été l'un des garçons d'honneur à son mariage. Il éprouvait le besoin de renouer le contact.

> Cher Egg,
> Je ne me souviens plus si c'est à Madagascar ou en Tunisie que tu es, encore que ce soit probablement dans un pays complètement différent. Je vais bien, comme une poterie fêlée sur laquelle on a soigneusement placé des serre-joints, et j'attends que la colle sèche.
> Merci de ta lettre. Lilian a ri en lisant que tu avais interrompu la cérémonie, et elle a dit que cela te ressemblait tout à fait. Cela m'a fait du bien de la voir rire. Le rire est une chose qui n'a pas tellement cours ici, surtout à l'intérieur de soi, ce qui est bien sûr le nœud du problème. J'aime bien penser à ce brave vieil Egg qui traverse les continents, et puis, à d'autres moments, je ne trouve pas tellement de sujets auxquels j'aime bien penser.
> Cependant mon état s'est beaucoup amélioré. Cela, je le sens.

Nous espérons rentrer au pays dans pas trop longtemps. Lilian est devenue allergique à l'Angleterre. Les Finch et les Eliot ne sont pas faits pour vivre si longtemps loin de Boston. Ici l'été n'existe pas. Tout devient humide et vert, et on appelle ça l'été. L'infirmière Metcalfe et moi considérons qu'il s'agit d'une conspiration.

Si j'y suis obligé, je terminerai mon traitement (ce sont les médecins qui appellent cela ainsi, pas moi) dans l'un de ces établissements aux murs en briques rouges et aux grilles en fer forgé de la côte nord ; j'y côtoierai des gens comme Will Williamson et ce pauvre Bud Sears. Mme Choate viendra me rendre visite chaque printemps quand elle va à sa cure thermale.

J'essaie de valoir le pain que je mange en passant les week-ends avec Lilian et les enfants, et en évitant de faire peur à qui que ce soit, y compris à moi-même. En ce moment précis je me porte à merveille, mais la nature de cette maladie fait que l'on peut se sentir en pleine forme à un instant donné, et au trente-sixième dessous l'instant d'après. Et sans la moindre raison que l'on puisse discerner. Les chercheurs découvriront sans doute un jour que c'est simplement une question de vitamines.

Bien à toi,
Gilbert Finch

On lui avait donné des médicaments, et ceux-ci le faisaient radoter et bredouiller.

Lily, jamais je n'ai aimé personne autant que toi, disait Gilbert.

Je sais. Elle ferma les yeux, puis les rouvrit brusquement : c'était le visage d'un autre homme qui lui faisait face.

Tu es tellement gentille, continua Gilbert. Sa voix s'affaiblissait sous l'effet du sédatif. Tellement bonne.

Ce n'est pas vrai, fit sèchement Lilian.

Je ne sais pas comment j'ai pu avoir une telle chance... Ses yeux se fermèrent.

Lilian pinça les lèvres, laissant dépasser celle du bas, et elle demeura quelques instants à l'observer. Il ressemblait à une masse de matière inerte que l'on avait frappée et battue à tour de bras jusqu'à la rendre molle. Elle prit son manteau et mit son chapeau, sans se donner la peine de se regarder dans le miroir ; puis elle quitta l'odeur de renfermé de la clinique. Son retour à la maison se fit dans un état de somnambulisme car, lorsqu'elle arriva devant le buisson d'épines aux branches emmêlées, c'était déjà le crépuscule, sans qu'elle se soit rendu compte ni du temps écoulé ni de la distance parcourue.

 Cher Winn,
 Nous songeons à rentrer au pays. Je serais revenu il y a un an si j'en avais eu la possibilité, et à présent il appartient à Kurt Howze de me donner l'autorisation définitive, ce que vraisemblablement il va faire. Lilian se renseigne sur des établissements de la côte nord tels que Hazel Hill et Bartlett's, dont je sais que notre père n'a pas une très haute opinion, mais s'il faut choisir entre ici et là-bas je devrai bien m'en contenter. Cette période a été éprouvante pour Lilian, bien qu'elle refuse de l'admettre, et si nous n'y prenons pas garde c'est elle qui va se retrouver dans ces endroits, et pas moi. Après chacun de ses voyages à Londres, son moral remonte, mais ensuite il retombe.

 J'espère que la pelouse est dans un état acceptable, pour que les enfants puissent y gambader. J'ai par moments des trouées de ciel clair, et je concentre alors mon attention au maximum pour essayer de voir ce qui les a provoquées, de manière à pouvoir les faire réapparaître par la suite. Toutes mes meilleures pensées à Edith et Winthrop, ainsi qu'à toi-même.

Affectueusement,
Gilbert

V
IRENE

42

Les enfants

Quand les Finch revinrent d'Angleterre en 1933, ils trouvèrent toutes les banques fermées. Boston offrait un visage inhabituel, qui lui donnait un aspect précieux et rare, comme ç'avait été le cas juste après la guerre, et Lilian demeura sensible à cette impression durant quelque temps. Plusieurs familles avaient été contraintes de descendre d'un échelon, mais à part cela chacun se retrouvait plus ou moins où il était trois ans plus tôt, sauf que les enfants étaient plus grands et qu'il y en avait davantage.

On s'accordait généralement à dire que Marian Wiggin gâtait ses enfants ; en conséquence, un goûter d'anniversaire pour sa fille, une impossible gamine de dix ans, ne pouvait manquer d'être quelque chose de très chic. Lilian s'avança dans le vestibule couleur noisette de la maison des Wiggin, tenant les petites mains gantées de blanc de ses filles. Sous leurs manteaux bleus, celles-ci portaient des robes de velours bleu assorties, garnies de manchettes. Fay, puisqu'elle était l'aînée, portait le cadeau, et elle l'offrit d'une main hésitante à Weezie Wiggin, qui arracha le ruban du paquet.

Derrière elles, Anna tenait Porter dans ses longs bras. Il se laissa glisser le long de sa gouvernante et prit dans le porte-parapluies la canne à pommeau d'ivoire en forme de sanglier. Il se mit à arpenter posément de long en large le vestibule, l'inspectant d'un air solennel. Ses omoplates saillantes étaient très visibles sous sa petite chemise blanche et les bretelles croisées qui passaient par-dessus ; il avait une tête absolument ronde, à la manière d'une poupée de bois, et des bras et des jambes aussi minces que des piquets. Lilian songea à quel point il était étrange que ce petit garçon, si impavide, si grave et si sûr de lui, fût né de quelqu'un comme elle. Il jetait maintenant un regard plein d'intense curiosité en direction du salon des Wiggin, où tous ceux qui avaient moins de dix ans criaient de toutes leurs forces.

Fay le poussa pour se frayer un passage, les yeux brillants, courant droit vers la partie de la pièce où régnait la plus grande animation. Sous le manteau de la cheminée, à même le foyer en ardoise, les garçons Vernon faisaient tourner des toupies. À coups de coude, elle se faufila peu à peu à l'intérieur du cercle, et elle s'y accroupit. Lilian éprouva également quelque difficulté à croire que Fay fût son enfant.

Marian Wiggin s'avança d'un air très affairé. Alors que la plupart des femmes étaient dans leurs habits de tous les jours, Marian Wiggin avait mis une robe de soirée. Elle ordonna à la femme de chambre de déposer les sandwichs au concombre dans la bibliothèque, et invita les dames à y entrer pour prendre un rafraîchissement ou une tasse de thé. Accrochées aux rayonnages et aux vases pendaient des guirlandes en papier rose et blanc, et des serpentins décoraient les candélabres fixés aux murs.

Bobby Putnam courait en tous sens dans la pièce, heurtant des chaises, renversant les enfants plus jeunes. Irene Putnam roula des yeux d'un air impuissant. Sis Sedgwick arrêta le garçon et l'obligea à s'asseoir. Lilian remarqua qu'Irene Putnam se retournait vivement, comme si quelqu'un lui avait tapé sur l'épaule ; ce qui était bizarre, ce n'était pas qu'elle ait imaginé une présence derrière elle, mais qu'elle ait pris une expression tellement terrorisée. Elle tenta aussitôt de dissimuler celle-ci en marchant à grandes enjambées vers le bar, où elle se servit à boire et fit attention à bien maintenir sa petite serviette carrée sous son verre.

Les enfants se mirent à frapper dans leurs mains — Sally leva les yeux vers sa mère d'un air très excité —, et une silhouette en costume de clown jaillit brusquement de la porte battante de l'office. Certains visages la considérèrent avec méfiance, d'autres avec ravissement. Sam, le plus jeune des Sedgwick, reconnaissant le clown de son livre d'histoires, courut en avant et lui enlaça la jambe dans une étreinte désespérée.

Marian l'a eu pour seulement soixante dollars, murmura Dolly Vernon. Elle était habillée d'une tunique serrée à la taille par une ceinture, et elle avait les cheveux coiffés en turban, à la toute dernière mode.

Lilian s'aperçut avec stupéfaction qu'elle parlait sérieusement.

Les enfants l'adorent, reprit Dolly.

Je me souviens du temps où il suffisait de cinq

bougies et d'un petit pipeau pour fêter un anniversaire.

Oh, Lilian Eliot, toujours aussi vieux jeu. Dolly Vernon tenait son coude dans le creux d'une main, tandis que de l'autre elle brandissait une cigarette comme un drapeau. Tommy, arrête deux minutes ! cria-t-elle en direction de l'autre bout de la pièce. Laisse donc Fay jouer un peu !

Jane Ives apparut dans l'entrée, avec son corpulent petit John et sa mélancolique Emily, qui était aussi mince et pâle que son frère était gros et rougeaud. Emily, une fois son manteau enlevé, se hasarda en avant jusqu'aux rangs des enfants craintifs, et elle se cogna à Sally Finch. Elles examinèrent mutuellement les fronces de leur robe, en se dandinant d'un pied sur l'autre.

Les dames se glissèrent dans la bibliothèque, en gardant un œil sur ce qui se passait par le double encadrement de porte.

Nous allons à Venise le mois prochain, disait Madelaine Fenwick Wigglesworth au moment où Lilian entra. Harry a un congrès là-bas. Madelaine Fenwick avait épousé le conservateur de musée Henry Wigglesworth après la mort de sa femme, héritant ainsi de cinq enfants et adoptant l'allure d'une quinquagénaire sophistiquée.

Vous descendrez au Gritti ? demanda Marian Wiggin, qui passait vivement à proximité.

Non, on va vivre aux crochets des Vail, répondit-elle.

C'est de Walter Vail qu'il s'agit ? dit Dolly Vernon d'un air intéressé. Depuis l'instant de leur rencontre à Shepard's Market, Dolly Vernon s'était pour ainsi dire approprié Walter Vail ; elle considérait qu'il faisait partie de ses possessions personnelles, oubliant presque totalement qu'il avait entretenu des relations avec Lilian Finch, car cela remontait à bien trop longtemps. Les rapports humains avaient de l'importance pour Dolly Vernon, mais seulement dans la mesure où elle-même vivait une expérience directe avec la personne en question.

Non, répondit Madelaine Wigglesworth. Ses parents possèdent un *palazzo*. Maintenant qu'elle était mariée à un homme de vingt ans son aîné, il lui semblait tout naturel de sortir en compagnie de la génération précédente.

Walter Vail. Lilian aurait presque pu rire à cette pensée. De plus en plus elle s'apercevait qu'elle prenait la mesure de sa vie selon la distance qu'elle éprouvait par rapport aux choses. Walter Vail lui apparaissait comme la face cachée de la lune.

Le son d'un gramophone à manivelle lui parvint de la salle de séjour. Le clown avait réussi à faire s'asseoir tout le monde en tailleur sur le sol, chaque petit visage levé vers lui, et il faisait tourner une lanterne magique dont les silhouettes découpées projetaient sur les murs des morceaux de lumière en forme de chevaux et d'oiseaux.

Est-ce que tu sais où Walter Vail se trouve en ce moment ? demanda Lilian. Elle dut s'éclaircir la gorge, à cause de la sonorité particulièrement aride de ce nom.

Avant que Madelaine Wigglesworth n'ait eu le temps de répondre, une jeune femme à l'allure candide de laitière fit irruption dans la bibliothèque. Où est-ce que vous cachez le tord-boyaux ? dit-elle, d'une voix qui ressemblait à celle d'un gangster. Elle entraîna Lilian avec elle jusqu'au bar. Dis-moi quelles nouvelles tu as d'Arthur, dit-elle en se versant un whisky. Au-dessus de ses sourcils clairs, des tresses encerclaient le sommet de sa tête, accentuant encore l'impression de jeune paysanne qu'elle donnait. Amy Snow Clark paraissait avoir tout juste quinze ans.

Il profite joyeusement du climat tropical, dit Lilian.

Dans sa jeunesse, Amy Snow avait bien connu Arthur. Elle sourit et leva son verre comme pour un toast.

Être la sœur d'Arthur représentait quelque chose qu'elle ne partageait avec personne, et Lilian en retirait une certaine fierté, sentant qu'elle pouvait comprendre son frère mieux que quiconque. Amy Snow avait, elle aussi, « pigé » Arthur. Lilian lui dit qu'il passait encore le plus clair de son temps en Floride, à Palm Beach ; il traînait de plus en plus à droite et à gauche, et se montrait de moins en moins aux tournois de tennis et aux réceptions données par les familles de Boston ou de Philadelphie qui étaient là-bas en vacances. Son adresse changeait souvent : aux bons soins des Coulter, des Madden, puis d'un monsieur dénommé North. Ces derniers temps, il avait pris un appartement à son nom, mais manifestement il avait déjà déménagé — la dernière lettre de Lilian lui avait été retournée par la poste.

Bayard déteste les palmiers, déclara Amy Snow Clark. Il refuse d'aller plus au sud que Washington, D.C. Il prétend que c'est son sang de yankee.

C'est son sang de Bostonien, plutôt, intervint au passage Marian Wiggin, qui s'en allait à la cuisine regarnir un plat de carottes découpées en bâtonnets.

Je ne vois pas en quoi c'est typique des habitants de Boston, dit Mme Wigglesworth. Regardez donc Harry. Je ne peux pas l'empêcher de filer à la première occasion.

Gilbert n'a guère le tempérament d'un pionnier, admit pour sa part Lilian.

Dickie, lui, accepte de partir, dit Marian Wiggin. Simplement, une fois arrivé à destination, il ne manifeste pas la moindre curiosité.

On doit pouvoir voyager seule, je suppose, dit Lilian.

Les dames la considérèrent d'un air embarrassé.

J'imagine que cela dépend de l'endroit où on va, dit Marian Wiggin.

À Paris — oui, on peut le faire, dit Madelaine Wigglesworth. Ou à Londres. Mais une femme toute seule en Inde... ce serait impossible.

Ou au Mexique, ou à Naples, ou en Russie, renchérit Amy Clark de sa voix rocailleuse. Dans tous les endroits intéressants.

À travers l'encadrement de la porte, Lilian aperçut Porter debout au premier rang ; un froncement de sourcils troublait son visage délicat : les foulards qui sortaient des manches du clown le laissaient perplexe.

Je crois que ce sont les hommes qui préfèrent ne pas voyager seuls, dit Dolly Vernon, qui ne manquait jamais une occasion de mettre en évidence l'attachement que lui témoignait son mari. Freddie veut toujours m'emmener avec lui.

Je suis sûre que c'est pour le plaisir de ta compagnie, dit Amy Clark d'une voix caustique.

Dolly Vernon fit mine de n'avoir rien entendu et sourit. En réalité, ce sont de vrais bébés, les hommes, reprit-elle. Il ne faut pas compter sur eux pour trop de choses.

C'était là une remarque assez étrange dans la bouche de Dolly. Freddie Vernon était son unique moyen de subsistance ; sa famille à elle avait été ruinée lors du krach.

J'ai l'impression que je peux compter sur Dickie d'une manière absolue, déclara Marian. Puis une vague incertitude passa sur son visage. Enfin, aussi longtemps que je ne l'embête pas trop.

Cap a la faculté de devenir absolument sourd comme un pot s'il n'a pas envie d'entendre ce que je dis, affirma Sis Sedgwick, trébuchant contre le buffet. Ce n'était pas la caractéristique la plus prometteuse pour un homme qui entamait son second mandat de parlementaire républicain — pour quelqu'un qui, de toute évidence, était destiné à une brillante carrière politique.

Jane Ives remua son thé. J'ai toujours beaucoup aimé les hommes, dit-elle.

Pendant que l'on découpait le gâteau dans le salon, Lilian aborda Madelaine Wigglesworth. Je suis désolée, dit-elle. Est-ce que tu *sais* ce qu'il est advenu de Walter Vail ? Je ne l'ai pas vu depuis... Sa voix s'éteignit.

Écoute, répondit Madelaine Wigglesworth, et elle parut jeter le masque ; Lilian vit alors pour la première fois une expression préoccupée sur son visage, et quelque chose de brillant dans ses yeux. Aux dernières nouvelles qu'on m'a données de lui, il vivait à Londres. Il a connu une période de malchance, tu es au courant — Lilian acquiesça, bien qu'elle ne sût pas tous les détails —, mais il a fini par retomber sur ses pieds. Il travaille toujours pour une organisation charitable là-bas. Mais je me fais du souci pour Walter. Jamais content de l'endroit où il se trouve. Elle secoua la tête. J'imagine que ça doit être épouvantable d'être toujours aussi insatisfait.

Oui, dit Lilian, sûrement.

Madelaine Wigglesworth s'éloigna d'un pas nonchalant. Lilian la vit s'arrêter pour parler à Elsie McDonnell, et déjà elle avait repris son attitude froide et hautaine. Lilian s'étonna que Madelaine ait pu être une amie de Walter Vail, sans le comprendre du tout, alors qu'elle-même, qui le connaissait si profondément, s'était vue exclue de son amitié.

Elle sentit qu'on tirait sur sa jupe, et baissa les yeux pour apercevoir Sally, qui faisait une tête d'enterrement. J'ai perdu ma chaussure, dit-elle.

Ça, c'est un problème que je peux résoudre, dit Lilian, et elles se mirent toutes les deux à la recherche de l'objet disparu.

43

Un gouffre entre eux

Il venait souvent à l'esprit de Lilian, quand elle était parmi les enfants ou avec ses amies, que la vie de Gilbert se déroulait décidément à mille lieues de la sienne. Étrangement, à l'époque de sa maladie elle avait eu l'impression qu'ils étaient d'une certaine manière plus proches, la matière de ses journées à lui se mêlant à la matière des siennes. Mais à présent, en dépit du fait qu'ils partageaient le même toit et qu'ils prenaient leur dîner ensemble — ce qui ne leur arrivait jamais au temps où il était à la clinique —, leurs préoccupations ne paraissaient guère se rejoindre. Bien sûr, ils avaient en commun les enfants, mais c'était de plus en plus le domaine de Lilian, et elle informait simplement Gilbert des menus événements les concernant.

Il y avait maintenant presque un an qu'ils étaient rentrés d'Angleterre, et Gilbert s'était mis à travailler pour Cap Sedgwick, dont la carrière politique progressait. À la fin de son mandat, il annoncerait sa candidature au Sénat, et Gilbert, qui travaillait en étroite collaboration avec lui à la rédaction de ses discours, se faisait la réputation d'une éminence grise, d'un homme réservé, énigmatique pour bon nombre de vétérans de la politique, et néanmoins forçant le respect par son comportement posé et courtois. De son côté, il découvrait que la vie publique convenait à son tempérament. C'était une tradition dans la famille Finch que de servir l'État, et malgré le manque d'intérêt lucratif, qui n'avait jamais été chez Gilbert un souci primordial, il avait le sentiment que le travail qu'il accomplissait en valait la peine.

Désormais, quand il rentrait à la maison et qu'il était de mauvaise humeur, cela avait à voir avec le contrat pour l'hôpital, ou avec l'ouverture retardée d'une soupe populaire, du moins Lilian le supposait-elle, puisque c'était de ces sujets-là qu'il parlait au dîner. Elle ne se souvenait pas de la dernière fois qu'il lui avait touché la main comme il le faisait auparavant, ni de la dernière fois qu'il lui avait demandé de lui pardonner une petite bévue ou qu'il s'était tourné vers elle pour lui demander à quoi elle pensait. Ce n'était pas qu'elle s'attendît à ce genre de geste — non, ce temps était révolu —, elle remarquait simplement le changement.

Il s'était remis à son ancien passe-temps, l'observation des oiseaux dans la nature. Au début, Lilian l'avait accompagné dans ses expéditions, ravie de voir ce signe de bonne santé. Il restait debout dans un champ de couleur roussâtre, les épaules entourées d'une gabardine froissée, attendant qu'un chant d'oiseau jaillisse d'un buisson. Elle essaya d'amener les enfants, mais au bout d'une heure ils commençaient à s'agiter, et leurs chamailleries troublaient les oiseaux. Pour sa part, elle préférait marcher d'un pas vif que de traîner au même endroit avec une paire de jumelles — ou alors carrément s'asseoir avec un livre. Aussi, après quelque temps, Gilbert prit-il les samedis pour lui tout seul, s'en allant avant l'aube pour entendre les cris des effraies, roulant en voiture jusqu'à Plum Island ou jusqu'à Nahant. Il revenait les mains gercées par le froid et les cheveux tout de travers à cause de sa casquette, excité parce qu'il avait aperçu un gobe-mouches ou un pinson des champs, et il lui en montrait des spécimens dans le guide. Lilian lui faisait alors remarquer à quel point ces oiseaux avaient l'air ordinaires.

Les soirs de week-ends, il leur arrivait de se rendre ensemble à un dîner. Seulement, quand on était en société, on ne parlait jamais à son mari, n'est-ce pas ? Non, on était en quelque sorte mise à la disposition des autres, contrainte de rassembler tout son enthousiasme pour discuter des centres d'intérêt des autres (les armoiries familiales, les origines de l'école préparatoire que l'on avait fréquentée), ou bien des malheurs arrivés aux autres (les gens cesseraient-ils un jour de parler de cette pauvre Mme Lindbergh ?). Gilbert et elle arrivaient ensemble, et lorsque c'était fini ils repartaient ensemble, mais il semblait à Lilian que son propre mari était la personne au monde qui était la plus éloignée d'elle. Elle ne pouvait se défaire du sentiment que la vie qu'ils partageaient était une construction extrêmement ténue, et qu'au milieu de celle-ci s'étendait un voile de gaze diaphane qui les maintenait parfaitement séparés. Ils se tenaient chacun vaguement à portée du regard de l'autre, mais dans des espaces distincts.

De temps à autre, Gilbert émergeait de sa bulle, traversant la membrane invisible, rétablissant plus ou moins l'ancien contact qu'il avait avec elle ; cependant Lilian finissait par s'accoutumer à son attitude distante. Elle pensait maintenant de moins en moins à la différence qu'il y avait par rapport au temps où il lui faisait la cour, et au lieu de cela elle avait l'impression que les choses s'étaient toujours passées ainsi.

Elle redécouvrit ce qu'elle avait déjà appris à d'autres occasions puis oublié : que quelque chose que l'on avait imaginé d'une certaine façon pouvait, si on lui laissait du temps, se révéler totalement différent, sans que la chose elle-même ait changé en quoi que ce fût. Le phénomène s'était produit avec des lieux, avec des objets et avec des personnes, et elle avait remarqué cette évolution très précisément dans le sourire de Gilbert. Quand elle l'avait rencontré pour la première fois, l'expression paisible de sa bouche avait constitué pour elle comme un fanal, mais aujourd'hui, après des années passées à l'examiner, ce sourire lui paraissait un signe de démission, une porte fermée qui ne s'ouvrirait pas, une porte qui servait à cacher quelque chose. Peut-être celle-ci dissimulait-elle des chagrins, elle pouvait tout à fait l'imaginer. Ils avaient eu leurs chagrins l'un et l'autre, supposait-elle.

Elle faisait de son mieux pour s'occuper de ses propres affaires. Elle s'efforçait de passer quotidiennement une heure ou deux à étudier à son bureau, en suivant la méthode de sa mère, qui consistait à écrire des questions sur une page et les réponses sur une autre. Un jour, alors qu'elle était penchée sur un livre, elle sursauta au bruit d'une brouette que Rod faisait rouler sur les briques de la terrasse ; elle leva les yeux vers le coussin en dentelle placé sur le fauteuil en face d'elle, sans reconnaître l'endroit où elle était, tellement absorbée dans la vie de sainte Thérèse d'Avila que rien d'autre ne comptait à ses yeux.

Elle aurait aimé avoir une activité en plus, mais dans quel domaine avait-elle du talent ? Elle avait écrit des poèmes dans sa jeunesse, mais c'était Arthur qui était l'écrivain de la famille. Elle songea à l'élégant petit discours qu'il avait fait au mariage de Jane, et à la façon merveilleuse qu'il avait d'exprimer les choses, toujours avec justesse et sous un jour particulier. Elle aimait bien regarder des tableaux, mais elle était incapable de dessiner une fleur ayant une quelconque ressemblance avec son modèle — pas comme Irene Putnam, dont les peintures semblaient aussi vivantes que nature, avec un je-ne-sais-quoi en plus. Dolly Vernon savait comment s'habiller, et Marian Wiggin comment recevoir ; même Jane mettait à profit l'instruction dont elle avait bénéficié — elle avait étudié plusieurs années à l'université — pour donner des cours particuliers à des enfants.

Hildy lui avait dit un jour qu'elle lui trouvait un certain talent pour ressentir les choses, et Lilian pensa, avec un sourire mi-figue mi-raisin, Que diable peut-on faire d'un talent comme celui-là ? Elle pouvait être une mère de famille et une épouse, ce qu'elle était, mais elle s'inquiétait de ne pas y trouver le même plaisir que Dolly ou Marian, ou même que Jane, à sa manière réservée et terre à terre. Mais qui pouvait deviner ce qui se passait dans leurs têtes ? Peut-être étaient-elles en proie elles aussi à des pensées du même genre — Lilian n'en savait strictement rien.

Un soir, elle assista avec Irene Putnam à une représentation du *Cercle,* de Somerset Maugham. Lilian n'allait pas souvent au théâtre, et elle se sentit hypnotisée par l'action.

Tu vois ce que je veux dire ? commenta Irene, et Lilian répondit qu'elle comprenait tout à fait.

Un autre jour, elle se rendit aux fiançailles de l'une des filles Amory, et elle fut frappée, durant le toast, par l'expression hébétée du visage de la fiancée. Lilian vit le fiancé lui murmurer quelques mots à l'oreille, et celle-ci acquiesça, dans une sorte de léthargie enchantée.

Dans des moments comme celui-là, Lilian éprouvait un certain malaise. Après réflexion, elle comprit que ce n'était pas sans rapport avec le degré auquel elle se sentait attachée à Gilbert. Elle savait qu'il l'aimait et qu'elle l'aimait, mais le savoir était une chose. Elle ne le ressentait pas toujours.

Elle s'aperçut qu'elle avait maintenant des doutes sur les débuts de leur amour, sur ces premières rencontres qui avaient eu tant d'importance pour elle, sur la manière dont il l'avait regardée. Quand elle lui avait parlé, il s'était contenté de la contempler avec des yeux luisants, sans entendre, et à l'époque elle avait cru que c'était ça l'amour. À présent, elle se demandait s'il avait perçu une seule syllabe de ce qu'elle lui avait dit alors, s'il avait jamais prêté l'oreille une seule fois à ses paroles ; et à partir de là, elle se demandait si quiconque avait jamais entendu vraiment ce qu'elle disait.

Une drôle d'impression s'attardait dans les profondeurs de son esprit, le sentiment d'avoir manqué quelque chose, quelque chose d'important. Avait-elle cru que la vie serait si différente ?

44

Le club du déjeuner

Dans le but de promouvoir les conversations culturelles, les dames du club du déjeuner avaient exclu par principe les trois grandes questions en M : matrimoniales, monétaires et masculines. Ce fut ainsi qu'elles entendirent Irene Putnam raconter son voyage à Rome avec l'Association artistique, et qu'elles se régalèrent de détails pittoresques sur les répétitions du grand gala de variétés « Vincent », répétitions que Marian Wiggin ne manquait jamais ; toutefois, lorsqu'elles en arrivaient aux pêches cuites, la conversation avait en général déjà épuisé les aspects plus banals de leur existence : l'installation d'un nouveau tapis d'escalier, la recherche d'une jeune servante, ou l'allure très juvénile qu'avait Richard Wiggin comparé à la petite Emily Ives.

Les six dames du club avaient toutes fréquenté l'école pour jeunes filles Peabody ; et, à l'exception d'Irene Putnam, dont le père diplomate était alors en poste en Turquie, et qui avait pour lieu de naissance Istanbul, elles étaient toutes nées à Boston.

Le club du déjeuner se réunissait chaque mercredi dans une maison différente, sauf durant les mois d'été où les familles étaient parties dans le Maine, ou dans les Berkshire Hills, ou encore au Cap Cod. Chez Dolly Vernon, elles avaient droit à des asperges presque grises à force d'avoir été pochées, et elles devaient constamment écarter les chiens qui venaient mendier à leurs coudes. Marian Wiggin dressait sa table avec de la belle argenterie et du linge brodé en relief, et elle servait des sauces riches, des légumes à la crème fraîche et du *foie gras**. On pouvait toujours compter sur Jane Ives pour un potage tout simple et un poulet rôti parfaitement adéquat. Chez Irene Putnam, on pouvait parfois trouver un plat aussi élaboré qu'un soufflé aux épinards, mais il lui arrivait aussi d'avoir complètement oublié, et dans ce cas-là elles se contentaient de sandwichs au jambon. Lilian ne pouvait jamais obtenir de Maureen qu'elle prépare quelque chose de plus original qu'un émincé de bœuf, un pot-au-feu ou une tourte à la viande, ce qui d'ailleurs lui convenait tout à fait, et c'était donc cela que les dames mangeaient quand elles venaient chez elle.

Ce mercredi-là, les dames étaient toutes allées à Brookline, dans la nouvelle maison de Sis Sedgwick. Sis leur fit faire le tour du propriétaire, et toutes exprimèrent leur satisfaction à la vue de la salle de séjour, en constatant qu'elle ne différait guère des leurs. On était fin mars, et les branches nues se découpaient contre un ciel bleu et blanc. Dès que le sol aurait vraiment dégelé, Sis et Cap allaient faire installer une piscine — une extravagance, admettait Sis, étant donné l'état de la nation.

Enserrant leurs épaules de leurs bras pour se réchauffer — elles n'avaient plus leurs manteaux —, elles suivirent Sis sur la terrasse de derrière, pour voir la partie de terrain qui serait creusée. Les fines jambes de Sis paraissaient toutes raides sous son kilt en plaid écossais. Elle indiqua à Jane Ives, descendue sur la pelouse dans ses chaussures à lacets, quel bâton signifiait quel coin, et où se situerait le grand bain.

Lilian, debout au bord de la terrasse, jeta un regard en arrière vers ses amies. Marian Wiggin, de nouveau enceinte, était assise dans un fauteuil de jardin en fer, les pieds bien écartés ; elle agitait en l'air ses petits bras pareils à des brins de salicorne, avec ses ongles d'un rouge chinois. Cela la chagrinait d'être devenue grosse, mais elle le disait avec une façon de soulever les sourcils qui montrait tout le contraire. Dolly Vernon paraissait impeccable comme d'habitude ; ses cheveux bien lisses étaient soigneusement ramenés en arrière, elle portait un chapeau muni d'une petite visière, et elle avait mis un rouge à lèvres magenta. Il sembla à Lilian qu'elles manifestaient toutes plus d'attachement à la vie qu'elle ne le faisait elle-même. Elle avait l'impression que la distance qui la séparait des autres était plus grande que celle qui existait entre chacune d'elles.

Irene Putnam arriva en retard, juste au moment où elles s'asseyaient dans la salle à manger en camaïeu bleu clair et blanc, devant leurs assiettes de salade de betterave. Son front rougi était légèrement emperlé, et elle expliqua d'un air affolé qu'elle n'avait pas remarqué l'heure. Personne n'y fit très attention ; cela correspondait tout à fait au personnage d'Irene.

Jonesy lui apporta un verre aussitôt qu'elle se fut assise et eut allumé une cigarette. Elle tapota sa clavicule d'un doigt nerveux et ganté. Quelques mèches de ses cheveux châtain clair avaient glissé de sous son chapeau, et elle portait la même robe sombre au décolleté en cœur qu'elle avait déjà les dernières fois que Lilian l'avait vue.

Sis servit des cailles. C'était Cap qui les avait abattues, dit-elle, lors de leur récent séjour à Cheeacaumbe, la plantation qu'ils possédaient en Caroline du Nord, où des charrettes à foin bringuebalantes transportaient des comptoirs de bars d'un endroit clandestin à un autre.

Regardez-moi ces mignonnes petites boulettes, s'exclama Irene quand le plateau arriva à elle.

Dolly dit, Je suppose que tu n'as pas ramené de poisson des tropiques, Jane ?

Jane sourit, les lèvres serrées. Non, répondit-elle, on n'avait pas le droit d'emporter de poisson.

Dolly Vernon essayait sans arrêt de soutirer des informations à Jane Ives. Jane parlait rarement de ses relations avec les gens. Un jour, elle avait dit à Lilian qu'elle ne comprenait pas le moins du monde son mari, Jack, et qu'elle n'avait pas vraiment envie de le comprendre. J'aime bien le son de sa voix, dit-elle, et l'allure qu'il a quand il concentre son attention sur la voile.

Irene Putnam ne cessa de fumer pendant tout le repas, tirant longuement sur sa cigarette, et la tapotant même une fois que la cendre était tombée.

La pêche et la chasse aux oiseaux ne correspondaient guère aux sujets élevés que Sis Sedgwick espérait voir abordés pendant son déjeuner. Néanmoins, elle garda le silence, d'un air absorbé, sans participer. Heureusement, Irene Putnam orienta la conversation sur un livre qu'elle venait de lire. Sis n'avait jamais compris comment quelqu'un qui avait une façon de parler tellement incohérente pouvait être aussi intelligent que chacun le disait, mais ce n'était pas le moment de se poser des questions là-dessus.

C'est un roman merveilleux, dit Irene Putnam, et fantastiquement divertissant. Mais à coup sûr on se demande si l'intrigue est réellement plausible, vous comprenez, par rapport à la vie.

Marian Wiggin, qui trouvait que les mots *merveilleux* et *divertissant* décrivaient la vie à la perfection, secoua son bracelet à breloques et avança son visage de petit bouledogue.

Nous avons loué pour l'été la maison la plus merveilleuse du monde, déclara-t-elle.

Cependant, poursuivit Irene, je ne dis pas que c'est notre vie qui est en défaut. C'est simplement que je n'y vois pas toutes les coïncidences qu'il y a dans les livres, et les aventures, et la façon dont les gens disent toujours exactement ce qu'ils doivent dire. Je ne vois pas ça autour de moi.

Mais c'est ça qu'on aime lire, dit Dolly. J'ai adoré le dernier feuilleton du *Saturday Evening Post*. Est-ce que quelqu'un l'a lu ?

Irene fronça les sourcils. Elle avait été plutôt mal avisée de se lancer dans une telle tentative. Je me demande simplement pourquoi personne n'écrit sur la vie en la montrant telle qu'elle est — vous savez, la vie de tous les jours, où il ne se passe jamais rien.

Ça risquerait d'être ennuyeux, dit Lilian.

Je suppose, répondit Irene. Encore que l'on éprouve des sentiments dans une vie ennuyeuse, et ceux-ci ne sont pas ennuyeux. Ne vaudrait-il pas la peine d'écrire à leur sujet ?

C'est là qu'entre en scène M. Shelley, intervint Jane. Et aussi M. Keats. Ils se chargent des sentiments.

Sis Sedgwick hocha la tête. Les poètes, voilà encore une chose qu'elle n'avait jamais comprise. Elle avait dû être absente au moment où on les étudiait en classe, et, même si ce n'avait pas été le cas, elle n'en restait pas moins complètement déroutée quand il s'agissait d'eux. Mais le tour que prenait la conversation la réjouissait — elle pourrait raconter à Cap qu'elles avaient parlé des poètes et de l'art d'écrire.

Enfin, peu importe, dit Irene, et un peu de couleur envahit son cou très blanc, c'était juste une question que je me posais comme ça.

Après le déjeuner, elles prirent leur café dans la salle de séjour. Les dames discutèrent chiffons. Non, merci, dit Lilian à Sis, qui passait à la ronde les chocolats à la menthe de chez S. S. Pierce. Lilian se demanda si Marie Curie aurait éprouvé le moindre intérêt en apprenant que les manteaux de femmes raccourcissaient, ou si Jeanne d'Arc aurait pu rester assise une seule minute sur un canapé à fleurs dans Brookline.

La conversation porta ensuite sur les chapeaux. De là, suivant une progression naturelle, elle aboutit aux chaussures, puis au mariage d'Elsie Sears avec l'héritier d'un magnat de la chaussure, et à sa conversion au catholicisme. On discuta longuement de cette question, sous prétexte qu'elle avait trait à la religion.

Alors Sis dit qu'elle n'avait jamais vraiment compris l'histoire de la Vierge Marie : n'y avait-il pas là-dedans une quelconque supercherie ? Jane, qui avait étudié la religion, expliqua que l'Immaculée

Conception se rapportait à la conception de Marie par sa mère, et non à la conception du Christ par elle, comme on le supposait fréquemment. Néanmoins, tout ce qui concernait sa virginité était exact.

Pourquoi les catholiques font-ils tout un plat d'un petit détail technique, je n'en sais rien, dit Marian Wiggin. En ce qui me concerne, le... vous savez... eh bien, ça ne me fait pas plus d'effet que quand je vais faire pipi.

Ce n'est tout de même pas si désagréable que ça, dit Dolly.

Irene fixait des yeux, à travers la porte-fenêtre, les urnes en pierre contenant les géraniums sur la terrasse. Une femme doit pouvoir y trouver du plaisir autant qu'un homme, dit-elle.

Lilian la regarda, espérant qu'elle continuerait.

Mais bien sûr qu'elle le peut, dit Dolly, qui se considérait comme à la pointe du progrès vers l'émancipation des femmes.

Vous voulez dire, les délicieux petits frissons et tout ? dit Sis Sedgwick, ravie de pouvoir enfin ajouter un petit commentaire personnel. Oh oui, ça c'est vraiment quelque chose !

L'ensemble des personnes présentes la dévisagea avec une stupéfaction muette. Le sexe en lui-même représentait déjà un terrain fort équivoque, mais quand on y plaçait Sis Sedgwick cela donnait assurément des résultats surprenants.

La cigarette d'Irene plana dans l'air au bout de sa main alanguie, à la recherche d'un cendrier, mais son visage était hypnotisé par Sis, et elle réussit à faire tomber le cendrier par terre. Irene le regarda un moment : les cendres répandues, les minces éclats de verre. Puis elle commença à ramasser ce qu'elle pouvait.

Oh, ne te donne pas cette peine, dit Sis. Laisse tout comme ça. Mais elle se mit à genoux elle aussi. Tout ce que tu risques, c'est de te couper — on va demander à Jonesy... Oh, mon Dieu, mais tu t'es coupée !

Irene regarda sa main avec curiosité. Lilian l'empoigna — elle avait entendu Marian murmurer, C'était son troisième verre —, et elle la conduisit par le bras jusqu'à la salle de bains du rez-de-chaussée. Étrangement, Irene ne paraissait nullement troublée par l'incident.

Elles passèrent son doigt sous l'eau froide. Irene se lava la main et l'essuya négligemment avec une serviette, refusant un pansement. Elle jeta la serviette par terre et se retourna pour faire face à Lilian.

Je..., commença-t-elle, je trouve de plus en plus difficile d'arriver à dire quelque chose qui corresponde à ce que j'ai dans la tête. N'est-ce pas ridicule ?

Elles revinrent sur leurs pas et rejoignirent les dames. Quand Jonesy arriva avec un supplément d'eau chaude pour la cafetière, elle frôla au passage Irene, qui bondit d'un air terrorisé. Les dames firent mine poliment de n'avoir rien vu, mais Lilian continua d'observer son visage.

45

Sans doute juste un raton laveur

Dans la cheminée, le feu ronronnait comme un ventilateur. Lilian était assise en face de Gilbert.
Tu ne lis pas ? dit-elle.
Gilbert hocha la tête et regarda fixement les flammes. Ses yeux s'agrandissaient de plus en plus.
Fatigué ? demanda-t-elle.
Il secoua la tête de la même façon. Des brindilles heurtèrent la fenêtre, et le vent mugit dans la cheminée.
Qu'est-ce que c'était que ça ? fit Gilbert, sursautant d'un air alarmé.
Lilian se redressa sur son siège. Je n'entends rien de...
Chuuut ! l'interrompit-il. Ils tendirent l'oreille tous les deux.
C'est le chien des Greenhough, dit-il, et il se leva de son fauteuil. En train de déterrer mes bulbes.
Lilian dit, Je suis sûre que c'est seulement...
Gilbert alla jusqu'à la porte-fenêtre et scruta des yeux la nuit. Il remua la poignée, puis l'ouvrit. Scat ! cria-t-il. Rentre à la maison ! Sa voix ne porta pas très loin dans le vent.

C'est sans doute juste un raton laveur, ou un...

Gilbert tourna la tête en arrière. Je me moque pas mal de ce que c'est, Lily, je veux seulement que cet animal s'en aille de mon jardin et me fiche la paix.

Quelques soirées par mois, Gilbert commettait l'erreur de boire un cocktail de trop avant le dîner, ou de prendre ensuite un dernier petit verre, et il devenait un peu éméché. Il lui arrivait même de faire preuve d'une certaine méchanceté, en lui parlant sur un ton hargneux, mais elle savait que cela venait de l'alcool, et que ce n'était donc pas sa faute. Elle apprit à ne pas lui en vouloir. C'était plus difficile quand ce qu'il disait n'avait plus du tout de sens, ce qui se produisait parfois — pas souvent, mais cela arrivait. Elle reconnaissait les signes : son visage prenait une coloration rougeâtre, qui émanait de l'intérieur, et une sorte de bouffissure apparaissait autour des yeux, si bien que, lorsqu'il dirigeait son regard vers elle, elle était en droit de se demander s'il la voyait ou non.

Gilbert, revenu dans son fauteuil, regardait justement Lilian de cette façon-là.

Le livre qu'elle avait sur les genoux était une histoire d'amour ; cela ne correspondait pas à ses goûts habituels, elle préférait les romans policiers, un bon P. G. Wodehouse, ou encore un ouvrage d'histoire — et si elle n'avait pas lu ce livre-là, l'idée ne lui serait probablement pas venue à l'esprit. Elle ne passait pas son temps à penser à l'amour, mais l'histoire en question la poussait à s'interroger. Il y était question d'un homme qui aimait une femme bien qu'ils fussent tous deux séparés, et — ce qui était encore plus remarquable — sans être payé de retour et sans même qu'elle fût au courant des sacrifices et des exploits qu'il accomplissait pour elle : il protégeait son mari au cours d'une bataille, il permettait à ses enfants d'échapper au danger, et il la sauvait de la faillite.

Pendant leur brève liaison, l'homme avait été absolument plongé dans le ravissement par les plus petits détails du comportement de la femme : sa manière de se tapoter les cheveux, l'art dont elle faisait preuve pour servir un pique-nique, la sonorité particulière de son rire, la façon dont elle fermait les yeux après avoir vu quelque chose de beau. On se demandait, après tout cela, si au lieu de la femme ce n'était pas l'homme qui donnait naissance à ce genre d'amour.

Elle jeta un coup d'œil à Gilbert, de l'autre côté de la cheminée. Ses yeux faisaient un effort suprême pour parvenir à se concentrer sur un point précis.

Tu vas bien ? demanda-t-elle.

Son visage rubicond se resserra dans un froncement de sourcils. Bien sûr que je vais bien, dit-il.

Le fait que Gilbert l'aimait avait toujours été une chose qu'elle considérait comme allant de soi ; et maintenant, à cause de cette stupide histoire d'amour, une idée fort inhabituelle lui était venue à l'esprit : il se pouvait que l'amour de Gilbert ne fût pas spécifiquement orienté vers elle. N'importe qui peut-être aurait pu être là dans la bibliothèque avec lui, n'importe qui d'autre aurait pu partager sa vie, n'importe quelle autre femme, du moment qu'elle était digne de confiance, agréable et disposée à s'occuper de la maison, capable de préparer le dîner pour dix-neuf heures quinze précises, de localiser ses jumelles, et de le laisser boire son cocktail tranquillement. Ce n'était pas elle en tant que telle qui lui était nécessaire, mais plutôt une quelconque personne née à Boston à peu près en même temps qu'elle, qui s'habillait comme elle, qui préférait une vie calme, qui possédait un peu d'argent, et qui acceptait de lui ficher la paix. Et des personnes comme celle-là, il y en avait un certain nombre.

Elle essaya de l'imaginer aimant quelqu'un d'autre, et se demanda à quel point ce serait différent. Mais la manière dont il aimait venait de lui-même, de Gilbert Finch, et non de la personne qu'il aimait ; elle fut bien obligée d'admettre que la réalité de son existence à elle ne déterminait absolument pas la façon qu'il avait d'aimer. C'était vrai, elle aurait aussi bien pu être Elsie, Madelaine, Marian ou Nita Russell, pour tout l'effet qu'elle produisait sur lui. Elle se sentait parfaitement superflue.

Je vais me coucher, annonça-t-elle, se levant de son siège.

C'est cela, vas-y, dit Gilbert. Il ne la regardait plus, et fixait de nouveau toute son attention sur le foyer noirci de la cheminée. Je vais continuer à lire encore un peu, ajouta-t-il, bien que son livre ne fût visible nulle part.

46

À propos d'Irene

D'une façon générale, on s'était toujours accordé à dire qu'Irene Minter Putnam, quoique jolie et talentueuse, était un peu étrange, et Lilian aurait continué elle aussi à partager cette opinion, si elle ne s'était pas inscrite un été, au temps où elle était étudiante, à un cours d'aquarelle au Musée des Beaux-Arts, et n'avait pas ainsi commencé à la connaître vraiment. Irene ne semblait jamais attentive pendant les cours, mais elle se souvenait précisément de tout ce que le professeur avait dit, la plupart du temps pour exprimer son désaccord — attitude que Lilian admirait.

En dépit de la réussite sociale des parents diplomates d'Irene, ou peut-être à cause de celle-ci, les parents de Lilian n'entretenaient pas de relations très étroites avec les Minter. Mme Eliot jugeait que la mère d'Irene était un véritable épouvantail, qui criait pendant les dîners et portait des robes vulgaires ; elle ne trouvait donc rien d'étonnant à ce que sa fille fût bizarre. Le fait qu'Irene était douée d'un certain talent avait moins d'importance que les origines à moitié italiennes de Mme Minter. M. Eliot, lui, considérait le débonnaire Paul Minter comme un crétin accompli. Mais Lilian avait toujours pensé que si Irene était bizarre, elle l'était d'une façon intéressante, avec sa peau aussi lisse que du marbre, ses yeux noirs luisants et ses réactions vives. La maison des Minter, dans Charles Street, avait quelques petites touches européennes : côté rue, un vestibule circulaire en marbre, et côté jardin, une tonnelle de vigne où ils avaient coutume de déjeuner le dimanche. Lorsque Irene eut épousé Bobby Putnam, elle reprit ces touches européennes dans leur maison de Beacon Street, installant dans l'entrée une rampe d'escalier en fer forgé espagnol, plantant des citronniers et des oliviers, et recouvrant les tables de tapis. Lilian appréciait la lumière de cette maison et les peintures qui la décoraient, et elle aurait aimé avoir le courage d'essayer la même chose. Elle fit une tentative pour orner d'une bande de tissu le pourtour d'un coussin et pour suspendre des glands aux cantonnières, mais cela jurait avec le reste de la pièce, et elle défit le tout avant qu'aucune des dames n'ait pu le voir. Cependant elle réussit à faire pousser un petit citronnier tout simple dans un bac de gravier à l'intérieur du vestibule, ce qui pour elle conférait à la pièce une allure exotique.

Un jour, Lilian passa chez Irene Putnam à l'improviste, et elle la trouva assez perturbée, ce qui n'avait rien d'inhabituel. Un an s'était maintenant écoulé depuis ce déjeuner chez Sis Sedgwick où elle s'était coupée à la main sans en paraître affectée ; entretemps il avait fallu à plusieurs reprises l'emmener dehors au cours de soirées dansantes, et elle faisait parfois les frais de la conversation dans les thés de l'après-midi. Elle avait passé le Noël précédent au lit, avec les volets baissés. Un jour elle avait des cernes sous les yeux et la mine abattue, et le lendemain elle manifestait la même ardeur à vivre qu'autrefois, comme si une mince flamme blanche la consumait.

Aujourd'hui, elle portait la blouse bleu centaurée qu'elle mettait parfois pour peindre, bien qu'elle n'eût pas sorti son chevalet. Elle se rongeait les ongles. Lilian la convainquit de demander qu'on leur apporte du thé, mais Irene se dirigea vers le bar et se servit un gin.

Apparemment je suis incapable d'arriver à quoi que ce soit, dit-elle. Elle éclata de rire. Ses traits s'affaissèrent brusquement.

Que veux-tu dire au juste ? demanda Lilian.

Irene se promena au hasard dans la pièce, en manipulant entre ses doigts le poignet de sa manche. La petite Julie... elle... je suppose que ce n'est pas quelque chose que je devrais... mais tu sais comment sont les filles... ce sont les garçons que je ne comprends pas... mais elle n'a que sept ans, pour l'amour de Dieu... je ne veux pas... oh, oh pardon, prends donc du thé, Lil... je manque à tous mes devoirs, attends, laisse-moi...

Je suis très bien comme ça, dit Lilian.

Oui, dit Irene, lui adressant un sourire. Tu es très bien. Elle s'assit. Lilian n'avait-elle jamais eu l'impression de, comment pouvait-elle dire, de ne pas se trouver à la bonne place ?

Cela éveilla quelque chose en elle, cette notion d'une sorte de décalage par rapport au monde. Mais ce qui la frappait davantage, c'était l'état d'agitation désordonnée d'Irene, et elle avait envie d'aider son amie.

Ma foi, non, répondit-elle.

Irene la regarda d'un air impuissant. Je ne sais pas ce qui m'arrive ces derniers temps — elle partit soudain d'un rire aigu — oh, mais comment vas-tu ? Elle se pencha en avant, les coudes sur les genoux. Et ta mère, comment va-t-elle ?

La santé de Mme Eliot s'était récemment affaiblie. Cela avait affecté les parents d'Irene à un point qu'ils n'auraient pas imaginé. Elle va bien, dit Lilian — c'était l'unique réponse qu'elle donnait aux questions sur la santé de sa mère.

Transmets-lui toutes mes amitiés, je t'en prie, dit Irene. Elle n'avait aucune idée de l'opinion réelle de Mme Eliot à son sujet, et exprimait toujours envers elle des sentiments chaleureux, ce qui mettait mal à l'aise Lilian, qui détestait les situations fausses.

Irene se leva et alla se servir un autre verre. Qu'est-ce que c'est que ce bruit ? dit-elle d'une voix impatiente.

Quel bruit ?

Ce bourdonnement.

Je n'entends aucun...

Je l'ai déjà entendu l'autre jour en jouant au tennis, dit Irene. Comme un bruit de foule, ou de quelque chose qui bourdonne. Elle s'interrompit quand elle remarqua l'expression de Lilian.

Comment va Bobby ? demanda Lilian, cherchant à alléger un peu l'atmosphère.

Mais Irene ressemblait à quelqu'un à qui on aurait demandé de résoudre une équation mathématique. Elle alla jusqu'au tiroir du bureau — un fort joli bureau jaune crème, décoré de palmiers et de motifs indiens — , et elle en sortit un paquet de dépliants touristiques. Il veut qu'on parte en voyage ensemble, dit Irene, comme si c'était l'idée d'un malade mental. Il pense que ce serait *bon* pour moi.

Oh, mais oui, un voyage, quoi de plus merveilleux ? dit Lilian.

Avec un total manque d'intérêt, Irene tendit à Lilian l'un des dépliants. Sur une île, dit-elle. La seule chose qui me paraisse bien dans tout ça, c'est le nom de l'hôtel : La Ruine Bleue. Irene éclata de rire. Comme moi.

Elle vida d'un trait le reste de son verre. Tu n'entends donc pas ? Une expression égarée passa sur son visage. Ça y est, le revoilà. Elle tourna vers Lilian ses yeux noirs. Tu penses sûrement que je suis complètement folle, dit-elle.

47

La Ruine Bleue

Ce printemps-là, en mars, Lilian Finch emmena les filles en Floride pour une semaine. Elles ramassèrent des coquillages dans le sable mouillé, et mangèrent des sorbets à l'ananas au dessert. Elle appela à plusieurs reprises le numéro qu'Arthur lui avait donné, et obtint pour finir un gentleman hispanique qui lui dit que M. Eliot n'était pas *aquí*. L'homme raccrocha avant qu'elle ait eu le temps de laisser un message. L'endroit où elles étaient ne se trouvait pas très loin de Palm Beach, et Lilian ressentait la proximité de son frère, tout en s'efforçant de ne pas ressentir ce que celle-ci avait de poignant. La présence des filles lui fut d'un certain secours à cet égard.

Plus tard ce même printemps, Irene Putnam alla avec son mari séjourner à l'hôtel La Ruine Bleue. Tout le monde entendit parler du voyage. Bobby Putnam racontait l'histoire de sa profonde voix de basse, la raccourcissant chaque fois, à mesure qu'il en repérait mieux les moments forts. Lilian en écouta la toute première version, et elle sut gré à Bobby Putnam des détails qu'elle contenait, car à son avis ils étaient plus révélateurs que lui-même ne pouvait le percevoir.

Il leur avait fallu prendre un certain nombre d'avions pour atteindre l'île, chacun diminuant en taille par rapport au précédent, et pour finir c'était un minuscule coucou qui les avait déposés sur une courte piste de fortune. Une fois débarqués, ils louèrent une voiture et roulèrent sur une route toute droite et desséchée, sans croiser un seul véhicule, en direction du nord de l'île. Le terrain était plat, recouvert d'une fine poussière blanche, avec par endroits des taillis assez bas, et Irene dit que ce genre de paysage lui plaisait beaucoup. Ils s'arrêtèrent et descendirent de la voiture pour contempler le soleil couchant. Bobby Putnam était appuyé contre la voiture, les bras croisés ; plissant les yeux, il se demandait s'ils ne devraient pas essayer d'avoir un bateau le lendemain. Irene se tenait debout dans les hautes herbes en désordre ; elle portait toujours sa robe de laine, mais elle avait les jambes nues, ayant enlevé ses bas. Il vint à l'esprit de Bobby Putnam qu'ils ne s'étaient pas retrouvés seuls ensemble depuis l'arrivée des enfants — c'était du moins ce qu'il lui semblait — , et il songea à quel point Irene était une fille différente de celle qu'il avait épousée, une femme maintenant, supposait-il ; il fut frappé par cette constatation, en la voyant loin de Boston, encore qu'il n'eût pas pu dire en quoi, en quoi précisément elle était différente. La fatigue du voyage pesait sur leurs épaules, ils étaient pâles et échevelés, et ils se sentaient légèrement désorientés.

Ce soir-là, ils prirent leur repas dans la salle à manger commune, avec les autres clients de l'hôtel : il y avait là quelques familles peu nombreuses, deux sœurs âgées, un couple ayant à peu près leur âge et un autre d'âge mûr. Le groupe habituel. Ils essayèrent les cocktails locaux, puis se rabattirent sur leur bon vieux gin coutumier. Bobby Putnam était un buveur de gin, et c'était par lui qu'Irene avait pris goût à la boisson. Elle avait fait un gros effort au début du mois — Lilian était au courant de cette tentative — pour réduire sa consommation d'alcool, et son médecin lui avait donné des pilules pour l'aider à dormir ; mais elle avait trouvé que celles-ci n'amélioraient guère son humeur, qu'en réalité elles produisaient même un effet contraire, et donc elle s'était remise à boire. Bobby Putnam l'avait encouragée, après tout ils étaient là pour s'amuser. Il était persuadé que l'alcool l'aiderait à se sentir mieux dans sa peau : avec lui, en tout cas, ça marchait très bien. Par la suite, il se demanda si sa période d'abstinence n'avait pas un peu déséquilibré son système nerveux.

Le lendemain fut une journée assez agréable, autant que Bobby Putnam pût s'en souvenir. Ils passèrent la matinée à explorer les lieux, firent une promenade sur la plage, et déjeunèrent dans un petit restaurant muni d'une banne à rayures qui surplombait les récifs. Dans l'après-midi, il alla tester le terrain de golf. Il supposait qu'il n'aurait pas dû la laisser seule, mais comment pouvait-il deviner ? Il s'engagea dans une partie à deux contre deux. C'était un terrain plutôt quelconque, mais les greens étaient bien entretenus, et les trous étaient disposés autour de plans d'eau. La partie dura longtemps. Quand il revint à l'hôtel, il faisait presque nuit, et Irene était assise à une table à l'extérieur de leur bungalow, sans aucune lumière allumée, en train de boire un verre. Visiblement elle n'en était pas à son premier. Le vent s'était levé — ils recevaient les vents de l'Atlantique sur le côté est — et on entendait les vagues s'écraser sur le rivage à proximité. Les feuilles des palmiers claquaient avec le même bruit que des stores vénitiens. Elle portait une robe jaune pâle — à ce moment de l'histoire, Bobby se frotta les yeux derrière ses lunettes teintées, comme si le simple fait de revoir mentalement la scène l'épuisait. Sa silhouette dans la pénombre était comme phosphorescente, et elle paraissait n'avoir ni tête ni membres.

Après le dîner, ils allèrent danser dans un petit bar de pêche, un endroit aux murs peints en vert et décorés de filets et de boules de couleur, juste en bas de la colline où se trouvait l'hôtel. Ils étaient en vacances, alors était-ce si extraordinaire qu'ils aient déjà beaucoup bu ? Le couple de leur âge qu'ils avaient aperçu dans la salle à manger de l'hôtel leur adressa un signe de tête, et leur proposa de venir les rejoindre. Ils s'étaient croisés dans l'entrée, et ils procédèrent maintenant aux présentations en bonne et due forme. Il était anglais, et sa femme aussi, bien qu'elle eût l'air persane ou libanaise et qu'elle parlât avec un léger accent. Très séduisante, dit Bobby Putnam, et très cultivée. Le mari était archéologue, ou anthropologue — Bobby Putnam n'arrivait jamais à retrouver le mot exact. Irene se montra aimable et curieuse, comme elle l'était toujours quand elle avait avalé quelques verres, et pour garder l'équilibre elle s'appuya contre l'Anglais et lui posa des questions. Celui-ci ne parut pas gêné par son attitude, mais son épouse le fut manifestement. Alors Bobby Putnam prit la responsabilité de distraire la femme : il l'invita à danser, et en un rien de temps elle avait déjà oublié ce que faisait son mari. Combien de temps ils avaient dansé, il n'aurait pas pu le dire au juste — avec cette musique de calypso, les airs s'enchaînaient les uns aux autres sans la moindre interruption —, mais sûrement un bon moment.

Soudain, sans aucune raison que Bobby Putnam pût discerner, Irene sortit précipitamment du bar en passant devant lui, pareille à un éclair pâle dans sa robe frémissante — Lilian connaissait cette robe, elles l'avaient achetée ensemble, elle se rappelait qu'il y avait de petites incrustations orange sur le corsage. Lorsque Bobby Putnam la suivit dehors, pas *immédiatement,* en prenant son temps — il connaissait les crises de nerfs d'Irene, et ne voulait pas se laisser prendre au jeu —, il l'épia à l'autre extrémité de la place aux dalles de pierre. Elle trébucha près d'une rangée de bateaux qui oscillaient doucement, alignés au bord de la plage. Les ombres noires des palmiers s'agitaient sur le sol de la place, éclairée par un unique réverbère de style ancien. Quand il s'approcha d'elle, Irene voulut le frapper. Ce faisant, elle se prit les pieds dans les talons de ses sandalettes, et elle tomba en l'injuriant. Oh, elle était sacrément mal partie, dit Bobby Putnam, très très soûle, et Lilian vit que son regard se troublait. Ainsi, cela l'avait quand même affecté, après tout, pensa-t-elle. Mais ce fut la seule fois qu'elle vit chez lui cette expression. Par la suite, quand il racontait l'histoire, il y avait dans ses yeux quelque chose de dur, d'aussi dur que ses dents bien droites, d'aussi lisse que son menton glabre. Lilian ne souhaitait pas que Bobby Putnam se rende malade, mais elle avait envie de voir chez lui quelques traces de sa femme ; elle voulait trouver en lui un aspect qu'elle puisse aimer. Elle ne le vit que cette fois-là. Les hommes, songea-t-elle, étaient passés maîtres dans l'art de la dissimulation : les femmes laissaient transparaître davantage de choses sur leur visage. Toutefois elle se demanda si l'effort nécessaire pour dissimuler n'aboutissait pas à fixer de manière irréversible la cause du trouble émotif et à la maintenir à jamais dans la mémoire.

Oui, elle était sacrément mal partie, reprit Bobby Putnam, elle s'était meurtri le genou et écorché le menton, et il y avait du sang sur le devant de sa robe. Elle délirait, elle débitait des paroles incohérentes, à propos de la lune et de je ne sais plus quoi d'autre — Lilian eut envie de le presser de questions, mais elle se rendit compte qu'il n'avait jamais écouté Irene, jamais vraiment —, et puis, dit-il, elle avait les yeux comme embrasés, et hagards, vous voyez, ces grands yeux noirs. Elle était ivre morte ! Et alors elle s'est mise à dire qu'elle voulait appeler les enfants, elle a pris un air bouleversé pour crier que Julie était... oh, je ne sais pas quoi, elle voulait les appeler pour voir s'ils allaient bien, elle se comportait comme si elle venait de découvrir qu'ils couraient un quelconque danger. Elle était hystérique, ridicule, et quand je l'ai entourée de mes bras pour l'aider à se relever, elle a refusé de bouger, mais elle était devenue si maigre que je n'ai eu aucun mal à la soulever. Je lui ai dit que les enfants allaient très bien. Ils peuvent se débrouiller à merveille sans nous, lui ai-je dit, et elle m'a regardé d'un air soulagé, et attentif. Je m'en souviens parce que cela faisait penser à l'œil du cyclone, cette manière qu'elle a eue soudain d'être calme, lucide, pour ainsi dire raisonnable. Elle a demandé d'une voix douce, Tu le penses vraiment ? comme si cela n'avait pas cessé de la tourmenter, alors j'ai répondu, Bien sûr que oui, pour l'encourager, vous voyez. J'aurais dû dire autre chose, je m'en rends compte maintenant.

Le lendemain matin, ils dormirent jusqu'après l'heure du petit déjeuner, se firent préparer un panier-repas, et se rendirent en voiture sur une plage déserte. Irene était calme ; ils avaient tous les deux la gueule de bois. Elle écrivit une lettre aux enfants, et exécuta un croquis à l'encre représentant la baie. Bobby Putnam avait proposé au couple anglais de les rejoindre ; il n'avait pas l'impression qu'ils avaient quelque chose à voir avec la crise d'hystérie de la nuit précédente, et peut-être n'y étaient-ils effectivement pour rien. Ils arrivèrent, l'homme en kaki, et la femme avec un foulard bleu foncé sur la tête. Ils se servirent à boire sous le parasol et commencèrent à bavarder. Irene avait l'air d'avoir envie de dire quelque chose à son mari, il y repensa par la suite, ou peut-être était-ce simplement un effet de son imagination. Mais après le déjeuner il se sentit fatigué, et il s'endormit. Quand il se réveilla, le ciel était couvert, et il constata que l'heure qu'il avait réservée pour jouer au golf était déjà passée : il allait arriver en retard. Comme Irene n'avait pas envie de bouger — l'atmosphère était tellement paisible ici, dit-elle —, Bobby Putnam profita de la voiture du couple d'Anglais quand ceux-ci repartirent.

Il ne joua que neuf trous. Ne se sentant pas au mieux de sa forme — trop de soleil, supposa-t-il —, il alla boire un verre au pavillon en compagnie d'un garçon originaire de Glen Cove, qui se révéla connaître la famille d'Irene. Une fille très intelligente, dit ce garçon. Bobby Putnam le trouva agréable, surtout parce qu'il l'avait complimenté sur ses chaussures de golf. Quand il revint au bungalow, il faisait encore jour, et les pièces étaient telles qu'ils les avaient laissées au matin : la femme de chambre avait seulement mis un peu d'ordre. Il regarda à l'extérieur : il n'y avait aucune trace d'Irene, ni à la table de jardin, ni sur le chemin menant à la plage. Il monta jusqu'au bar de l'hôtel pour voir si elle y était, mais il n'y trouva que des clients à la peau brûlée par le soleil qui avaient l'air d'avoir échoué là par hasard, et un barman qui remuait des cubes de glace avec une petite pelle. À la réception, il demanda si on avait vu Mme Putnam. Une migraine lui faisait battre les tempes, il était contrarié de devoir la chercher. La réceptionniste écouta une voix à travers la porte située derrière elle, et dit avec une certaine hésitation qu'on ne l'avait pas vue. Leur voiture n'était pas sur le parking. Il emprunta un vélo, et roula dans le crépuscule jusqu'à la plage où ils étaient allés. En débouchant au bas du chemin, il aperçut la voiture, toujours garée au milieu des troncs d'arbres qui s'incurvaient sous le vent. Il posa le vélo contre le pare-chocs et appela Irene. Tout était calme de ce côté de l'île, le côté ouest, et la mer était d'huile, aussi brillante que le ciel : une vaste étendue bien lisse, d'un bleu qui virait au rose pâle, devenant plus intense près de l'horizon. Sa serviette était encore sur la plage, à côté du panier à pique-nique et de son pantalon de marin tout chiffonné ; le grand sac contenant les crèmes solaires, les peignes, les blocs de papier à dessin et les livres était là aussi, tout écroulé sur le sable. Elle emmenait toujours deux ou trois livres à la plage, comme si elle allait les lire tous, comme si elle avait suffisamment de temps, mais une fois arrivée elle restait simplement à contempler l'eau, ou bien elle dessinait nonchalamment des croquis. Il regarda jusqu'au bout de la plage du côté gauche, où la bande de sable s'amenuisait pour ne plus former qu'un mince ruban ; il marcha jusqu'à la petite pointe sur la droite et parcourut des yeux toute la baie. Irene ! cria-t-il. Le sang lui battait aux tempes, et il se sentait gagné par un début de panique. Il était habitué à la présence perturbante d'Irene, mais son absence constituait quelque chose de nouveau, de bien plus perturbant. Et ce fut seulement alors, dit-il — Lilian trouva bien tardive sa prise de conscience —, qu'il comprit à quel point la situation pouvait être grave.

Plus tard, il avait découvert la lettre qu'elle avait écrite aux enfants, glissée entre les pages de son livre.

> Mes chéris,
> La plage où je suis assise est de sable blanc, et celle d'à côté est de sable noir. En ce moment précis, papa nage dans une grande vague verte. Le soir, on nous met des marsouins dans les verres que nous buvons. Le soir, ce sont mes bébés qui me manquent le plus. Bobby, il faut que tu prennes soin de Julie et de Blair. Votre maman vous aime de tout son cœur.
> Elle vous aimera toujours.

Bobby Putnam secoua la tête. Puis il parla avec une certaine animation des équipes de recherche, des patrouilles de garde-côtes, et de l'attitude apathique des services de police. On la rechercha pendant une semaine entière. Rien, dit-il.

Tout le monde à Boston eut son mot à dire sur l'affaire, hocha la tête, refusant de croire à un tel geste de sa part. Oui, elle était perturbée, mais *cela* ne lui ressemblait pas. Lilian ne dit jamais à quel point, au contraire, cela cadrait exactement, à quel point cela correspondait à la perfection au personnage d'Irene Putnam, ou du moins à une partie de son personnage. Pourquoi, d'ailleurs, se serait-elle donné cette peine ? Ils n'auraient pas mieux compris l'interprétation de Lilian. De temps à autre, resurgissait l'hypothèse selon laquelle elle s'était enfuie, et était encore en vie quelque part, mais Lilian savait bien que ce n'était pas possible.

Moins d'une année après, Bobby Putnam se remaria, avec l'une des cousines Lothrop de Sherborn, une amie intime de Sis Sedgwick, passionnée de cheval comme elle, et qui ne s'intéressait pas le moins du monde au domaine de l'art.

48

Le papillon

Lilian observait les hommes sur le court de tennis ; le soleil était au zénith, et les chuchotements des spectateurs remplissaient l'air d'été. Gilbert, vêtu d'un short en toile souple et coiffé d'un chapeau de soleil, tenait sa raquette avec légèreté, attendant un service. Derrière lui, à travers un grillage, on apercevait une étendue couverte de fleurs de carotte sauvage, de solidages et de rhododendrons, traversée par un sentier menant à une maison en retrait assez loin. Trois enfants apparurent, portant des raquettes aussi grandes qu'eux ; ils s'arrêtèrent d'un air désemparé quand ils virent que le court était occupé par des adultes.

C'était la demi-finale du tournoi de double messieurs organisé sur l'île. Le partenaire de Gilbert, Cap Sedgwick, courbé en deux à la taille comme un long insecte, très concentré sur tous les coups, avait le visage rouge d'épuisement. Leurs adversaires, un père de famille et son fils âgé d'environ dix-sept ans, tous deux roux avec la peau très blanche, étaient des gens que Lilian n'avait jamais vus. Des invités des

Amory, dit quelqu'un, originaires de New York. Ils étaient en train de gagner.

Des murmures étouffés parvinrent des bancs verts tandis que les deux équiqes changeaient de côté. Lilian était assise un peu à l'écart, emmitouflée dans un chandail : elle préférait ne pas parler. Depuis l'amélioration de l'état de Gilbert, son attention avait été accaparée par les enfants, et hier Sally et Fay étaient parties pour la première fois en voyage loin de la maison, pour rendre visite à leurs cousins Finch de Camden, où Edith avait de la famille — des poètes champêtres et des avocats à la retraite ; à présent, la grande maison, où il ne restait que le calme Porter qui réarrangeait sa collection d'insectes, semblait plus vaste et plus tranquille. De petits changements suffisaient à créer une grande différence dans sa vie. Il n'y avait rien d'étonnant qu'elle songeât si souvent à Irene.

Elle s'aperçut que cela orientait ses pensées en direction d'elle-même. Elle s'était réveillée tôt ce matin-là, et un peu plus tard elle avait reçu une carte postale de Tommy Lattimore qui était en Grèce, et une lettre de Jane Ives qui était en Espagne, ce qui avait poussé son esprit à vagabonder sur des lieux lointains. Elle se laissa aller à la rêverie, et son attention fut absorbée par un papillon qui voletait à proximité.

Elle se demanda si quelque chose de plus pouvait encore survenir maintenant dans sa vie — non qu'il fût arrivé tant de choses que cela, mais tout paraissait tellement hermétique, les coutures bien serrées du tissu ne laissaient place à aucun interstice. Il n'y avait guère d'espace pour qu'un quelconque événement nouveau pût se produire. Oui, les enfants continueraient à grandir. Fay serait de plus en plus experte dans l'art de répliquer du tac au tac, et Sally dans celui de rester sans rien dire ; quant à Porter, il faudrait bientôt lui faire porter des lunettes. Un jour, chacun d'entre eux — elle faisait un grand bond dans le temps — allait se marier et s'en aller, mais ce serait là leur vie à eux. Une petite salve d'applaudissements s'éleva autour d'elle — Lilian battit des mains comme tout le monde, sans se soucier de savoir en faveur de qui. Elle pensa à la longue salle commune de l'hôpital pour enfants, où elle se rendait encore une fois par semaine pour faire de la lecture aux jeunes malades. Ils s'asseyaient sur leur lit, pareils à des statuettes, l'air un peu hébété, attendant comme de petits animaux, contemplant avec résignation une jambe dont on changeait le pansement ou un bras auquel on faisait une piqûre. Ils étaient encore incapables d'éprouver la révolte ou l'amertume d'un adulte, et leurs visages brillaient de la confiance de ceux qui croient que la vie finira par s'arranger.

Lilian observa le papillon, tendant vers lui toute l'attention qu'elle aurait accordée à une chose ayant de l'importance pour elle. Qu'est-ce que c'était ? Elle se sentait toute... toute molle, toute cotonneuse. Tout dans sa vie était mou. Ce n'était pas une vie extravagante, ils étaient loin de se passer toutes leurs fantaisies. Ils mangeaient simplement, ils dormaient dans des lits qui n'avaient rien de luxueux, et se contentaient parfaitement d'une soirée passée à lire. Mais tout au fond, il y avait comme un gros édredon. Quelquefois elle en ressentait une certaine honte. Plus tôt dans le courant de l'été, elle avait pris le train pour aller rendre visite aux Wiggin à Beverly Farms, et elle était passée par North Station, où les sans-logis étaient affalés sur les quais, crasseux, les dents noires, une casquette enfoncée sur la tête ; certains s'enveloppaient de couvertures comme d'un cocon, et d'autres dormaient à même le sol ; et elle s'était demandé comment il se faisait qu'elle-même fût à l'abri dans son train et non là-bas au milieu d'eux.

La balle frappa le filet avec un bruit mat. Gilbert ne paraissait pas du tout contrarié par le fait qu'ils perdaient. Cap, cependant, malgré sa retenue naturelle de yankee, était habitué aux élections, et à la nécessité de gagner ; il serrait la mâchoire et, de toute la force de son long bras, il envoyait ses balles de service dans le filet. Leurs adversaires demeuraient inflexibles, échangeant des hochements de tête et des sourires entendus. De temps à autre, le père lançait un ordre à son fils.

Lilian suivit des yeux le papillon ; il s'éloignait à présent, petite tache pâle formant une ligne brisée, visible un instant contre les pins en toile de fond, puis disparaissant dans le ciel blanc. Elle avait connu au cours de sa vie d'autres choses semblables à ce papillon, des choses d'un attrait irrésistible, qui la captivaient et la tourmentaient, mais pour finir elles se révélaient trop délicates à tenir entre ses mains. Elles disparaissaient en un instant. Cela faisait longtemps qu'elle n'avait plus été ensorcelée par quelque chose de cette manière-là. Mais pourquoi une telle pensée l'envahissait-elle ? Je suis peut-être une femme pensive, se dit-elle, mais je ne suis pas une rêveuse.

Cet après-midi-là, elle emmena Porter en ville, à la baraque de Victor, pour lui acheter une crème glacée, et elle s'assit avec lui sur le muret près de la fontaine commémorative. Le vieux M. Lamont, qui d'ordinaire ne distinguait pas une femme d'une autre, passa près d'eux et lui dit qu'elle était absolument ravissante aujourd'hui. Elle avait laissé sa peau prendre un teint hâlé, et ce bronzage était mis en valeur par sa robe blanche. Plus tard, alors qu'elle empruntait un livre à la bibliothèque, elle tomba sur Clara Biggs ; celle-ci, qui n'était pourtant guère encline aux bavardages, sembla sincèrement surprise de voir combien elle avait changé depuis l'été précédent. Étrange de voir à quel point tout le monde supposait que c'était le bonheur qui rendait une personne plus belle, alors que cela pouvait fort bien être le contraire. La souffrance raffine, avait coutume de dire Tante Tizzy. Éprouver un sentiment avec force, quel qu'il soit, donne l'air d'être plus intensément vivant.

Dans la soirée, Gilbert et elle allèrent prendre un verre chez les Sears, et Lilian serra la main à l'homme qui avait battu son mari au tennis.

Il s'appelait Hugh Poor. Il était grand et à moitié chauve, avec un nez délicat et des joues toutes roses de soleil. Il parlait avec un léger accent anglais, comme s'il avait vécu à l'étranger. On me dit que vous êtes une vieille amie de mon cousin Walter, commença-t-il.

Lilian ne voyait personne de sa connaissance qui se prénommât ainsi.

Walter Vail, dit l'homme.

Oh, fit-elle. Oui. Elle aimait bien la sonorité de cette expression, *une vieille amie de Walter Vail*. C'était il y a longtemps. Vous êtes son cousin ?

Ma mère était une Vail, répondit-il avec un regard pénétrant.

Et comment va-t-... ?

Gilbert s'approcha, avec l'expression intéressée qu'il prenait quand il avait envie de rentrer à la maison.

Hugh est le cousin de Walter Vail, dit Lilian d'une voix bizarrement haut perchée. Gilbert avait entendu parler de Walter Vail comme de quelqu'un qui datait des années précédant leurs fiançailles.

Vous connaissez Walter ? demanda Hugh Poor.

Je mentirais si je vous disais oui, répondit Gilbert.

Eh bien, il va venir après-demain, dit Hugh Poor.

Ici ? demanda Lilian.

Absolument, dit Hugh Poor, pour qui la chose n'avait rien de surprenant. Il vient rejoindre des amis à lui qui ont un bateau magnifique, et ensuite ils vont continuer à remonter la côte jusqu'à Dark Harbor, je crois.

Gilbert donna le signal du départ.

Ravie d'avoir fait votre connaissance, Hugh, dit Lilian.

Au revoir. Je transmettrai vos amitiés à Walter.

Mais oui, je vous en prie, dit-elle, et elle sourit. On pouvait toujours sourire et faire en sorte que cela signifie fort peu de chose.

Pendant qu'ils montaient en voiture, Lilian dit, Il me semble me souvenir d'une époque où la mention du nom de Walter Vail provoquait une certaine réaction chez toi. Elle tenta d'imiter l'intonation moqueuse qu'Arthur employait dans ces moments-là, mais sans y parvenir vraiment.

Au temps de ma folle jeunesse, dit Gilbert. Après

un silence, comme s'il admettait la défaite, il demanda, Qu'est-ce qu'il y a qui ne va pas ?

Rien.

C'est l'absence des filles qui t'a mise dans ce drôle d'état, je crois.

Je suis sûre que tu as raison, dit-elle.

Le lundi matin, Porter alla avec son père à Boston pour retrouver Tante Tizzy, qui l'emmènerait ensuite voir la grande exposition de poneys. Ils reviendraient le week-end suivant, lorsque Gilbert aurait fini sa semaine de travail. Les filles étaient encore à Camden pour quelques jours. Aussi, quand Walter Vail arriva sur l'île le lendemain, par une venteuse soirée d'août, Lilian Finch était-elle complètement seule.

VI

TANTE TIZZY

49

Sur la terrasse couverte

Il était déjà là depuis un jour et une nuit lorsqu'il vint lui rendre visite.

Elle avait passé toute la matinée dans le grenier, puisque la maison était vide, à faire du rangement et à éliminer les toiles d'araignée. En baissant la tête pour regarder par l'œil-de-bœuf, elle vit sa silhouette qui traversait la pelouse, marchant le dos bien droit, sans balancer les bras. Elle demeura immobile, serrant dans sa main une vieille housse de coussin en toile. Elle avait vaguement espéré l'apercevoir, et peut-être cela lui suffisait-il, car intérieurement elle eut un mouvement de recul. Néanmoins, elle se redressa, et descendit au rez-de-chaussée. Ce faisant, elle eut le temps de se composer un visage serein.

Tu es donc bien là, dit-il avec un large sourire, en gravissant les marches de la terrasse couverte. Il ouvrit les bras et l'en enveloppa brièvement, d'un geste pas vraiment gauche mais empreint d'une certaine raideur : il la saluait comme une vieille amie — n'était-ce pas justement ce qu'elle était maintenant pour lui ?

On m'avait informée que tu passerais sur l'île, dit-elle, incapable d'abord de le regarder. Ils se mirent au soleil, parlant joyeusement, échangeant des nouvelles de leurs familles respectives. Il était plus mince qu'avant, et non plus corpulent comme elle l'avait souvent imaginé ; il avait une bonne coupe de cheveux, et il portait le même genre de chemise à col souple que Gilbert. Ses yeux paraissaient plus âgés, mais à part cela il semblait à peine avoir changé. Elle le lui dit.

Je suis venu t'enlever, déclara-t-il du même ton enjoué qu'autrefois. Nous allons passer une journée entière sur un voilier.

Oh, dit-elle. Quand cela ? Elle voulait se donner l'air d'avoir d'autres choses à faire, des choses qui l'intéressaient davantage.

Allez, arrête ! dit-il, sans se laisser prendre à son petit jeu. Nous partons dans une demi-heure. Je suis venu te chercher. Il commença à descendre les marches de la terrasse couverte.

D'accord, dit-elle, renonçant à tout prétexte. Elle avait besoin de prendre quelques affaires, et elle le rejoindrait là-bas sur le quai. Elle rentra précipitamment dans la maison et s'immobilisa, se demandant quel chandail elle emporterait ; puis elle changea de chaussures, et prit d'un geste vif son seul et unique chapeau.

Le *Quand et Si* était un fort joli bateau, gris clair, avec un gouvernail recouvert de cuivre, une bôme d'une taille gigantesque, et des gens à l'allure très chic sur le pont.

Je suis désolé que ton mari ne soit pas là, dit Walter Vail, et Lilian se rendit compte que, bien qu'ils eussent longuement parlé des enfants, du départ en retraite de son père à elle et de la santé déclinante de sa mère à lui, aucune allusion n'avait été faite aux conjoints. Mais il fallait dire aussi que Walter Vail et Gilbert Finch gravitaient dans des orbites différentes.

Dès qu'ils se furent mis en route, Walter Vail l'installa au milieu de ses amis, se retira contre les plats-bords et la laissa en leur compagnie. Ses amis étaient des gens à l'esprit éveillé, qui parlaient plus des grands événements internationaux que des dernières réceptions mondaines. Un couple venait de faire un voyage en Europe. L'un des hommes avait rencontré une vedette de cinéma, et il raconta une anecdote amusante. Assise à l'opposé de Walter Vail dans le cockpit, ramenant en arrière ses cheveux qui tourbillonnaient autour de son visage, elle remarqua à quel point elle était peu affectée par sa présence. Elle avait une carapace plus épaisse, et la personne qui se cachait à l'intérieur était désormais protégée. Bien sûr, songea-t-elle, je suis une femme mariée, mère de trois enfants, et bien sûr je ne vais pas penser à lui de la même façon. Il était aussi séduisant que par le passé, et son front frémissait de vie quand il posait une question. Il se renversa en arrière pour recevoir le vent en pleine figure, et brusquement il plongea en avant pour éviter à Lilian d'être atteinte par un cordage qu'on enroulait. Ses amis l'interrogèrent sur l'île, la considérant comme l'historienne locale, et elle parvint à retrouver de façon plus ou moins floue les informations que son père avait répétées si souvent. À un moment, elle mentionna son nom de jeune fille, et l'homme en chemise rayée, celui qui avait rencontré la vedette de cinéma, lui demanda si elle n'était pas parente avec un certain Arthur Eliot.

Il se trouve, dit Lilian en relevant le menton caractéristique de la famille Eliot, qu'Arthur est mon frère.

Vraiment ? fit l'homme d'un ton mielleux. C'est aussi un escroc.

Gerald ! s'exclama l'une des femmes.

Je suis sûr que ce n'est pas une surprise pour Mme Finch, dit Gerald.

Je ne comprends pas ce que vous voulez dire, murmura Lilian.

Oh, votre frère se lie d'amitié avec les gens, il leur emprunte de l'argent, et ensuite il quitte la ville. L'homme avait prononcé toute la phrase sur un ton blasé. Vous ne le saviez pas ?

Lilian ne dit mot.

Gerald, ça suffit, dit la femme d'une grâce féline, enveloppée dans une couverture de voyage. Elle avait une voix grave, menaçante. C'est vraiment trop exaspérant, cette histoire.

Ah oui, tu ne sais pas à quel point c'est effectivement exaspérant, dit Gerald. Naturellement, ce n'est pas après vous que j'en ai, madame Finch. J'espère que mes propos ne vous ont pas donné cette impression.

La femme se leva et alla à la proue.

Mon Dieu, la voilà qui se met à bouder. Je crois qu'il faut que je fasse très vite amende honorable. Il regarda Lilian par-dessus son épaule. Je vous prie sincèrement de m'excuser, lui dit-il d'un air désinvolte.

Lilian ne regarda pas tout de suite dans la direction de Walter Vail, et quand elle le fit elle constata qu'il paraissait n'avoir rien entendu. Quel étranger il était pour elle, de toute façon, malgré ce qui avait existé d'intime entre eux ! On aurait dit qu'il interprétait le rôle du vieil ami comme s'il s'agissait d'un devoir. Lilian se demanda pourquoi il se donnait cette peine.

Ce soir-là, Walter Vail insista pour qu'elle aille dîner avec lui chez les Amory ; elle finit par accepter, et se retrouva assise à côté de Hugh Poor, en train d'écouter ses souvenirs d'Angleterre, où il avait fait ses études. Elle fut soulagée de voir que l'homme prénommé Gerald et les autres personnes du bateau ne faisaient pas partie des invités. La dernière fois qu'elle avait eu des nouvelles d'Arthur, c'était à Noël quand il lui avait téléphoné d'une voix rauque pour lui demander de l'argent — et la description que ce monsieur Gerald avait donnée de son existence sonnait bizarrement juste. Elle avait peur d'en apprendre davantage. Elle s'accrochait à l'idée qu'il était différent des autres, qu'il possédait un talent particulier, et elle ne voulait pas le voir comme quelqu'un qui n'était pas digne d'admiration.

Walter Vail passa la plus grande partie de la soirée le visage penché vers la vénérable Mme Amory, qui connaissait beaucoup de monde dans la haute société aussi bien à New York qu'à Boston. Elsie McDonnell, assise de l'autre côté, paraissait bien esseulée.

Quand arriva le moment de partir, Lilian dit au revoir à l'ensemble des invités, et Walter Vail, assis dans un fauteuil en osier, bondit soudain sur ses pieds comme s'il venait de se rappeler qu'il lui incombait de s'occuper d'elle. Lilian trouva que c'était un personnage décidément bien curieux.

Je vais te raccompagner jusque chez toi, dit-il.

Oh, c'est tout près.

J'ai envie de prendre un peu l'air, dit-il, et il ouvrit la porte.

Elle l'avait connu suffisamment peu, et néanmoins pendant une période assez longue, pour pouvoir se rappeler leurs autres rencontres et les comparer à celle-ci. Maintenant ils ne déambulaient plus dans une ville aux rues en pente comme illuminées par les flocons de neige, mais sur une route ombragée par des frondaisons couleur de nuit d'un soir d'été. Le calme de l'air était différent. Le ciel sombre du Maine, encore obscurci par d'épais nuages, était différent du ciel embrasé d'une douce lueur rose qu'ils avaient vu sur le pré communal. Ils marchèrent au milieu de la chaussée, sentant le bitume encore tiède sous leurs souliers. Fidèle à lui-même, Walter Vail posa des questions d'ordre général : qu'étaient devenus leurs amis communs de Boston, que faisait-elle pour se distraire ici dans l'île, qui avait-elle l'habitude de voir. Comme il estimait que les nouvelles qu'il pouvait donner de lui-même étaient parfaitement inintéressantes, Lilian ne découvrit que peu de chose sur les événements de son existence. Elle lui dit qu'au fil des ans elle avait appris ce qui lui était arrivé, la mort de sa femme (à cette mention, il se contenta d'acquiescer, ne laissant voir qu'un profil sombre où les lèvres se resserraient), et par la suite son nouveau mariage. Oh, maintenant ça aussi c'est terminé, dit-il.

À la maison, ils s'arrêtèrent devant les marches latérales de la terrasse couverte. Il n'y avait aucune lumière aux fenêtres, mais une sorte de halo lumineux venait du port, ou bien c'étaient les étoiles, derrière les nuages épars dans le ciel, qui répandaient une clarté suffisante pour que l'on y voie. Il l'interrogea au sujet de la maison, admirant les gouttières, et elle lui dit qu'ils l'avaient achetée après la naissance de Sally, quand la famille était devenue trop grande pour pouvoir continuer à habiter chez ses parents au sommet de la crique. Ils s'assirent tous deux sur les marches, en regardant vers le lointain. Elle se retrouva en train de lui parler d'Irene Putnam et de sa disparition. Le visage de Walter Vail, penché de côté, prit une expression compatissante, et il plissa les yeux comme quelqu'un qui se prépare à recevoir un coup.

C'est toujours difficile de perdre un être pour qui..., commença-t-il, mais sa voix s'éteignit et il n'acheva pas sa phrase.

Avec une terrible précision, Lilian vit soudain défiler, comme des oiseaux sombres sur la pelouse, toutes celles et ceux qu'elle avait perdus depuis la dernière fois qu'elle avait vu Walter Vail : Irene Putnam, puis Hildy, qui était morte en juin après des mois de respiration sifflante dans un lit en métal ; et puis, en remontant des années en arrière, il y avait tous les garçons qui n'étaient pas revenus. Lilian raconta à Walter Vail l'histoire de Forrey Cooper et de la fontaine commémorative dans le centre-ville. Il dit qu'il avait lui-même un ami qui n'était jamais revenu de la Forêt Noire. Gardant les yeux fixés sur la ligne ondulante des framboisiers à l'arrière de la pelouse, Walter Vail allongea le bras et posa la main sur celle de Lilian, qui ressemblait à un gant beige oublié sur la marche. Tout en continuant de parler, il garda sa main ainsi, lui enveloppant les doigts, resserrant son étreinte ; ce qu'il disait n'avait absolument aucun rapport avec ce que sa main faisait. La pression s'accentua, et Lilian eut l'impression qu'elle recommençait à le connaître. Il redevenait vraiment lui-même. Et il n'était pas le seul : elle aussi retrouvait peu à peu son être profond. Elle sentit la caresse de l'air sur son visage.

Ce qui constituait ordinairement sa vie s'éloigna brusquement, disparaissant derrière la limite du jardin, tombant du haut de la falaise, la laissant seule au monde avec Walter Vail. L'espace qui les entourait parut se suffire à lui-même. Leur conversation se fit plus chaleureuse, plus facile, et ils restèrent sur les marches un long moment encore. Quand ils se levèrent et entrèrent dans la maison, ils ne formaient plus qu'une seule silhouette pâle à deux têtes, et il était maintenant très tard.

Au matin, Walter Vail était parti.

50

L'aile nouvelle

C'est donc cela, songea-t-elle, l'allure que prend maintenant ma vie : elle est faite de fragments minuscules dans lesquels j'emprisonne mon sentiment le plus fort ; et les instants passés avec cet homme fantasque qui apparaît de temps en temps dans ma vie vont désormais avoir plus d'importance que toutes les journées vécues en compagnie de mon mari. Bien sûr, c'était sa précarité même qui procurait davantage d'intensité à son sentiment, elle s'en rendait compte, mais le fait de le savoir ne diminuait en rien sa puissance. Elle se prenait parfois à se mépriser elle-même. Je n'ai jamais fait partie de ces personnes stupides qui se laissent aller à des idées romantiques. J'ai les pieds bien sur terre, n'importe qui peut le dire ; j'ai toujours été une femme raisonnable. Mais presque aussitôt, elle s'abandonnait de nouveau à la rêverie.

Il y avait maintenant en elle une pièce supplémentaire, une aile nouvelle construite dans le prolongement des autres chambres, avec une chaise longue et une fenêtre donnant sur un arbre ; elle y conservait les moments qu'ils avaient passés ensemble : quand il faisait froid elle se réchauffait au feu qui vacillait dans la cheminée, et quand il faisait trop étouffant elle se mettait debout devant la fenêtre ouverte et contemplait le vaste panorama de collines ondulantes, en sentant sur sa peau la fraîcheur du vent. C'était leur endroit à eux, et dès qu'elle y était elle se mettait à rêver.

Quel mal y avait-il à s'accrocher à cela ? Sincèrement, pensait-elle, quel mal cela pouvait-il faire maintenant ?

Elle s'assit devant sa coiffeuse, en combinaison, et retira ses épingles à cheveux. Les longues mèches tombèrent sur ses épaules, glissant doucement sur sa peau. Elle y plongea les mains pour donner du bouffant à sa coiffure, d'où s'échappa une odeur de shampooing. Elle tourna son visage d'un côté puis de l'autre en se regardant dans le miroir, et elle se redressa sur son séant, cambrant le torse de côté pour admirer la courbe de son corps.

Tu devrais envoyer plus souvent les enfants ailleurs, dit Gilbert. Il était revenu, exténué par sa semaine en ville, et il avait remarqué qu'elle était de meilleure humeur. Ils s'habillaient pour le dîner, et il lui tapota la main en passant à côté d'elle d'un pas traînant. Elle sursauta, comparant cet effleurement à la pression vigoureuse de la main d'un autre. Puis elle se rappela, dans un étrange retour en arrière, comment Gilbert Finch avait lui aussi pressé sa main avec passion, quand ils avaient parcouru l'Écosse en voiture, avec les feuilles des arbres qui défilaient à toute vitesse ; et le bel édifice bien ordonné de ses sentiments s'écroula dans un chaos informe. Elle se brossa vivement les cheveux.

Une fois les enfants rentrés à la maison, la vie reprit son cours ordinaire : il y avait les cours de tennis, les pique-niques au bord de la Molly River, et les après-midi sur le voilier des Ives. Et au cours des semaines qui suivirent, Lilian continua ses rêveries.

Gilbert Finch demeurait à sa place habituelle, toujours constant et égal à lui-même, se fondant au milieu de son environnement. Il était là, sa présence était avérée, mais sa silhouette apparaissait et disparaissait tour à tour. Quelquefois elle avait l'impression d'être mariée à un fantôme.

Chaque soir, il allait prendre des radis dans le jardin, et dans la cuisine fraîche qui sentait le gaz il découpait chacun d'eux en forme de fleur blanc et rose, puis il taillait quelques morceaux dans un pain de glace, et il disposait le tout dans un petit saladier. Il s'asseyait sur la terrasse couverte, bien calé dans son fauteuil vert en lattes de bois, un verre à portée de la main, et il lisait son livre. À travers les pins, on pouvait entendre les voisins jouer au tennis, et la balle qui rebondissait avec un bruit mat sur le court. Quelquefois les enfants l'interrompaient : ce soir-là, Fay apparut dans l'embrasure de la porte-moustiquaire et lui demanda où Anna était partie avec Sally. Il ne savait pas. Est-ce qu'il les avait vues ? Pas récemment. Elles étaient censées aller chez les Cobb, dit Fay sur le ton exaspéré d'une petite fille de dix ans. Il répondit qu'il n'était au courant de rien de ce qui concernait les Cobb, et il fourra un radis dans sa bouche. Fay tapa du pied. Papa ! cria-t-elle. Il la regarda, et vit un front sillonné de rides. Pourquoi donc toute la gent féminine qui l'entourait était-elle perpétuellement contrariée ? Si seulement ces petites dames voulaient bien le laisser en dehors de leurs problèmes ! Il ne pouvait jamais leur venir en aide, dans quelque domaine que ce fût. Il le savait de façon parfaitement claire, alors pourquoi ne le comprenaient-elles pas, elles ?

Ils se réinstallèrent à Boston, et l'automne commença.

De retour parmi les feuilles jaunissantes et la pluie à longueur de journée, Lilian sentit l'éclat de son souvenir s'atténuer, et la structure de son aile nouvelle devenir branlante. Parfois il était difficile de l'atteindre — comme si la lumière s'était éteinte dans le couloir, ou que la porte se fût bloquée. Ou bien, une fois qu'elle y était entrée, l'endroit lui paraissait plus petit qu'avant, le plafond plus bas, l'air oppressant.

Elle n'avait reçu aucune nouvelle de lui.

Elle ne s'attendait pas à une lettre, mais une part déraisonnable d'elle-même s'y attendait malgré tout, et c'était donc son être tout entier qui souffrait. Elle revivait les tourments qu'elle avait connus des années plus tôt, avec en plus l'humiliation du recommencement. Une seule lettre aurait suffi à l'apaiser. Elle ne demandait pas grand-chose ! Et pourtant, avec un tressaillement, elle se rendait compte qu'elle demandait quelque chose.

Il n'avait jamais été question de l'avenir. Il n'avait fait aucune allusion dans ce sens — c'était absurde d'y penser —, et même dans le cas contraire, eh bien, il y avait ses enfants, et elle était mariée à Gilbert.

À cause de l'insatisfaction, le souvenir commença à s'altérer, et la pièce, auparavant si claire, devint nettement plus sombre : il y régnait une étrange lumière mate, l'orage menaçait au-dehors, les rideaux paraissaient sales et défraîchis, et le feu fumait tristement.

Elle continua d'aller voir les gens aussi souvent qu'auparavant, résolue à ne pas laisser sa vie extérieure se modifier. À plusieurs reprises, elle s'aperçut qu'elle recherchait la compagnie de la vieille Mme Amory simplement parce que celle-ci avait eu un entretien en tête à tête avec Walter Vail lors de cette fameuse soirée sur l'île. Elle empruntait à la bibliothèque des ouvrages sur l'architecture, et les lisait avec intérêt.

Au cours des mois qui suivirent, puis des années qui suivirent, elle eut vent de quelques nouvelles — rumeurs ou réalités, elle n'en était jamais sûre : il vivait à New York, il avait pris un appartement à Londres, il s'était réconcilié avec sa femme, il était fiancé à une fille du Minnesota. Mais quelle importance cela avait-il pour elle ? Lilian savait ce qu'elle avait à faire, elle l'avait déjà fait par le passé.

Le feu allumé dans l'aile nouvelle finit par se refroidir au cours de ces mois et de ces années, éteint progressivement par la raison, la rancœur, la résignation. Ses pas sonnaient creux sur le plancher de la pièce. Cela devint en fin de compte un lieu de tristesse, et au bout d'un certain temps elle cessa de s'y rendre.

51

Le chien noir

C'était l'automne, les derniers jours d'octobre, et les feuilles mortes s'étendaient comme une véritable mer autour de la maison de Curtis Road. Comme chaque dimanche après déjeuner, M. Eliot sortit faire sa traditionnelle promenade, laissant Mme Eliot à son ouvrage de dame et à son verre de xérès.

Il s'avança en faisant crisser sous ses pieds le gravier de l'allée, puis tourna pour emprunter le chemin qui passait entre la propriété des Nathan et celle des Colchester, sous l'arche jaune des arbres. Il donnait de temps en temps de petits coups de pied dans les amas de feuilles, et pensait à l'émission qu'il écouterait le soir à la radio. Un oiseau vola à proximité, s'élevant et redescendant, laissant voir une grande rayure sur son dos. Son beau-fils lui avait appris qu'il s'agissait d'un colapte doré. Les enfants devenaient toujours excités quand ils voyaient des faisans, et M. Eliot aimait leur expliquer que ce n'étaient pas des oiseaux indigènes de l'Amérique — il avait lui-même quelques petites connaissances en ornithologie —, mais qu'ils avaient été importés d'Asie. Il se rappela l'épisode où son petit-fils Porter s'était lancé à la poursuite d'un de ces faisans, courant à toutes jambes dans la forêt comme un animal sauvage ; puis il se rendit compte, dans un sursaut, que ce n'avait pas été Porter, pas du tout, mais bien son propre fils, Arthur, quelque trente ans auparavant. Cette confusion dans sa mémoire le rendit mal à l'aise, et il fut content que cela ne se soit pas produit au cours d'une conversation. Il décida de ne plus y penser. La dernière fois qu'il avait eu des nouvelles d'Arthur, c'était, oh, cela devait bien remonter à trois ans : Margaret avait reçu de Floride une carte où il lui souhaitait bon anniversaire, et quelques jours plus tard était arrivée la lettre où il demandait de l'argent. Il avait envoyé à Arthur une partie de la somme en question, et depuis il n'avait plus entendu parler de lui.

Le ciel était bleu entre les nuages effilés ; la lumière changeait lorsque le soleil perçait tout à coup, créant partout des motifs surprenants, qui disparaissaient quand un nouveau nuage arrivait. Sentant que sa ceinture lui serrait un peu le ventre, il regretta de ne pas avoir refusé le pudding préparé par Rosa.

Mme Eliot avait coutume de l'accompagner dans ces promenades, surtout depuis que les enfants étaient partis ; mais, ces dernières années, elle était devenue plus sensible au froid et, avec ses rhumatismes articulaires, elle devait rester au chaud. Cela faisait longtemps qu'il n'avait pas réussi à la convaincre de sortir, mais il se satisfaisait de marcher seul.

Par les interstices du feuillage clairsemé des arbres, il apercevait le jardin en terrasses des Colchester. Apparemment, il n'y avait personne à la maison. Les rosiers étaient enveloppés de toile de jute, et les parterres de fleurs étaient recouverts de paillis, prêts à endurer les gelées.

M. Eliot portait son bon pantalon — il s'habillait toujours pour le déjeuner du dimanche —, mais sa veste était celle un peu usagée de chez Abercrombie qu'il portait chaque automne. Margaret lui avait fait observer, le front ridé par l'extrême apitoiement qu'elle réservait aux vêtements, que celle-ci commençait à être élimée au col. M. Eliot avait dit qu'il l'aimait bien comme cela.

Il traversa l'allée et continua sur le sentier en direction de la propriété des Olney. Il croisa un groupe qui marchait dans l'autre sens — ce devaient être quelques-uns des enfants Fenwick, le garçon ressemblait trait pour trait à Diana. Il leur adressa un signe de tête, il ne se souvenait jamais de leurs prénoms. Bonjour, monsieur Eliot, dit l'une des jeunes femmes, qui portait un bébé dans les bras. Était-ce l'amie de Lilian ? Non, son amie était plus grande, pensa-t-il, et il se rappela bizarrement que c'était là que Lilian avait déniché ce petit monsieur si déplaisant, celui qui avait été tué à la guerre, oui, c'était bien ça. Et Lilian avait été durement éprouvée par sa disparition. Margaret s'était même demandé si elle parviendrait à surmonter son chagrin, mais naturellement elle y était arrivée. Il avait trois petits-enfants Finch pour le prouver. Extraordinaire, les idées bizarres qui vous passaient par la tête.

Au bord de la pièce d'eau des Olney, il y avait un vaste rassemblement de bernaches du Canada qui couvrait la berge en pente. Il aperçut les cygnes sur l'autre rive, courbes blanches parmi les ombres, et juste au moment où il arrivait à la barrière donnant sur le sentier, un couple de colverts atterrit tout près. Il faudrait qu'il en informe Margaret : les colverts étaient toujours là.

De la fumée s'élevait de la cheminée des Olney. En longeant l'arrière de la maison, il vit Ellen Olney qui lui faisait signe de la fenêtre de sa cuisine. Sa tête apparut brusquement à la porte de derrière.

Dites à Margaret que j'ai son livre, cria-t-elle d'une voix haut perchée. Depuis la mort de Trip Olney, Ellen était devenue plus loquace.

Je n'y manquerai pas, cria-t-il, sans s'approcher davantage de la maison, poursuivant sa route. Il fut surpris par le son assourdi de ses paroles, qui semblait bien ténu dans l'air raréfié.

Il entra dans la partie la plus dense du bois, franchissant les deux poteaux blancs sans barrière. Il faisait sombre sous les arbres ; il devait être plus tard qu'il ne croyait. Un instant le soleil apparut, et il eut l'impression d'être dans une cathédrale, quand les hauts vitraux laissent entrer la lumière et forment des losanges multicolores sur le sol. Partout des ombres s'entrecroisaient, pareilles à de fines épées. Quand ils avaient visité des églises en France, Margaret avait toujours été troublée par le fait que les tombeaux étaient simplement installés dans le sol, sans rien pour les protéger, de sorte que les gens marchaient dessus, polissant la pierre avec leurs pieds à mesure que le temps passait — c'était un manque de respect, affirmait-elle. Il entendit le bourdonnement de la circulation là-bas sur l'autoroute, et songea au silence qui régnait autrefois dans ces bois, où ne résonnaient que le gazouillis des oiseaux et les grincements des branches. Le sentier tourna, et il en suivit le tracé, le long d'une déclivité ; le bourdonnement s'atténua. Cette différence, au lieu de lui apporter un certain soulagement, ne fit qu'exacerber son irritation.

Il déboucha dans Welch Road. Un chien noir courut jusqu'au coin en aboyant, et resta sur place à aboyer avec violence pendant que M. Eliot passait devant lui. Il avait déjà vu ce chien auparavant, et il savait qu'en pressant le pas il ne changerait rien à la situation ; il n'accéléra donc pas son allure. Le chien se dressait, pattes écartées, ouvrant la bouche comme s'il mordait l'air. Peu importait que M. Eliot fût M. Eliot, le chien aurait aboyé après n'importe qui. À mesure qu'il gravissait la colline, M. Eliot trouva la pente plus raide que d'ordinaire. Une voiture arriva par-derrière, roula un moment près de lui dans le crépuscule, puis le dépassa dans un léger vrombissement.

Qu'elles étaient donc irritantes, ces voitures ! Son souffle se fit plus court tandis qu'il continuait à grimper la colline. Les ombres tombèrent sur lui. Involontairement il pensa à Harry Sprague s'écroulant brusquement au départ du huitième trou, en juillet dernier à Longwood. Harry Sprague était plus jeune que lui et, à son avis, en meilleure forme. M. Eliot s'était autorisé, à sa mort, l'infime satisfaction de constater qu'il lui avait survécu. Harry Sprague était un ami de longue date, et il n'en aurait pas pris ombrage. Son fils Charlie était monté d'un pas traînant sur l'estrade, et il avait prononcé un éloge funèbre qui avait ému tout le monde. M. Eliot essaya d'imaginer Arthur dans le même rôle, et il ricana à cette idée. Arthur était excellent quand il s'agissait de parler pour ne rien dire. M. Eliot avait fait exprès de ne pas transmettre son prénom à son fils dans l'espoir de lui offrir ainsi une certaine liberté. Il supposait que, sur ce plan, il avait réussi.

Mais pourquoi donc pensait-il à de telles absurdités ? Il commençait à se sentir un peu fatigué, et son esprit vagabondait. C'était ce qui arrivait quand on vieillissait, du moins c'était ce que prétendaient toujours les imbéciles. Il ferait un somme quand il arriverait à la maison, et il ne prendrait qu'un peu de potage pour le dîner. Tous les aliments riches qu'il avait avalés au déjeuner lui donnaient l'impression d'être ramolli ; il n'aurait pas dû laisser Margaret lui servir toute cette sauce jaune.

Il parvint au sommet de la colline.

Après la propriété des Wilson, il remarqua une nouvelle maison qui avait surgi du sol en l'espace d'une nuit. De la toile claquait contre la structure squelettique. Le sol avait été creusé, et des feuilles mortes s'étaient amassées dans les tranchées boueuses.

Il tourna pour s'engager dans Curtis Road, la rue où ils habitaient. Il entendit des enfants crier derrière la maison des Stockwell. Dans le jardin bien ensoleillé, ils jouaient sans doute au ballon sur la pelouse. George Stockwell devait les observer du haut de la terrasse, une couverture sur les genoux, dans son fauteuil roulant.

Il avait chaud. Son front était moite. Il passa sous les pins où il faisait plus frais, le soleil ne brillait jamais à cet endroit-là, et arriva ensuite à l'entrée de l'allée en gravier de leur maison. Il s'arrêta un moment et s'appuya contre le grand orme. Il entendait son sang battre dans ses oreilles, et il se sentait plutôt mal fichu. Leur plaque se trouvait juste en face de lui, à côté des rhododendrons, une plaque blanche avec l'inscription E. M. Eliot peinte en noir. Il remarqua pour la première fois, bien qu'il eût vu cette plaque tous les jours depuis des années, que les lettres présentaient une sorte d'ondulation, comme si elles se trouvaient sous l'eau. Il cligna des paupières. Sa vue baissait-elle brusquement ? Se pouvait-il vraiment qu'il n'eût rien remarqué de particulier durant tout ce temps ? Il ne se sentait pas bien du tout. Il avait envie de s'allonger. Il allait s'étendre sur le canapé de la bibliothèque jusqu'à son émission de radio, et ensuite il se coucherait tôt. Quelque chose dans ces lettres le mettait mal à l'aise, il ne comprenait pas comment il était possible que son nom lui apparaisse dans ce caractère d'imprimerie inhabituel ; et, tandis qu'il s'avançait lentement vers les minces colonnes encadrant la porte, il essaya de réfléchir à ce qui avait bien pu provoquer ce changement. À mesure que la lumière baissait autour de lui, il éprouvait de plus en plus un sentiment de peur.

Il regarda soudain derrière lui, avec la sensation précise que quelqu'un l'avait suivi. La personne avait été là tout au long de sa promenade, tapie contre les troncs d'arbres, cachée derrière les poubelles des Olney, rampant parmi les rosiers des Colchester. Un frisson le parcourut de la tête aux pieds. Il se souvint d'une promenade qu'il avait faite un jour dans l'île avec Arthur, il y avait bien longtemps : celui-ci s'était enfoncé en courant dans les bois, et avait disparu. Il ne se rappelait plus pour quelle raison. Au début, M. Eliot s'était inquiété, croyant qu'il s'était perdu, jusqu'au moment où il avait aperçu la chaussette rayée et le mollet nu qui dépassaient derrière un rocher couvert de mousse. Il était donc entré dans son jeu, faisant mine de ne pas entendre les craquements des brindilles et le bruissement des feuilles. Une fois revenu sur leur route, M. Eliot n'avait pas montré qu'il avait vu l'éclair du chandail vert, ni la petite silhouette qui entrait précipitamment par la porte de derrière : il s'était approché lentement de la maison, les mains bien souples le long du corps, gravissant d'un pas preste et désinvolte la pente de la pelouse. Et quand il avait ouvert la porte, il s'était retrouvé nez à nez avec un Arthur au visage tout luisant de surprise, qui souriait jusqu'aux oreilles, ravi de sa mystification. M. Eliot y repensait maintenant, dans son angoisse : il y avait eu une telle expression de contentement sur ce visage ! Puis il y eut le visage de son propre père, son air déçappointé la fois où il avait cassé la poignée de la glacière ; et ensuite les deux commencèrent à se mêler, le jeune visage radieux à la porte, et le visage adulte, revêche, qui le réprimandait, le jugeait.

Il s'arrêta pour reprendre son souffle, mais parvint seulement à haleter de façon saccadée. On aurait dit que la chose qui l'avait suivi était maintenant partie en avant, en se faufilant comme Arthur l'avait fait. Cette fois elle était entrée dans la maison : elle était dans la bibliothèque, elle avait rampé jusque sous le canapé où M. Eliot avait l'intention de s'allonger. Il ne se hâta pas d'aller vers elle. Pendant qu'il avançait, il pouvait pratiquement entendre la bouche haletante, impatiente, prête à l'emporter.

52

Mme Eliot a disparu

Après la mort de M. Eliot, Lilian engagea plusieurs gouvernantes pour s'occuper de Mme Eliot. Il n'était pas facile de leur faire suivre ses instructions à la lettre.

Un jour, en fin d'après-midi, l'une des gouvernantes téléphona à Lilian d'une voix aiguë et saccadée, en accentuant certains mots pour bien faire comprendre que ce n'était pas sa faute : elle l'avait laissée comme d'habitude dans la salle de séjour à quatre heures, et quand elle était revenue, à peine dix minutes plus tard, la porte-fenêtre était entrouverte, et Mme Eliot avait disparu. Lilian l'assura qu'elle n'avait pas pu aller loin, et lui dit qu'elle arrivait tout de suite. Depuis la mort de M. Eliot, Lilian avait passé pas mal de temps à Brookline.

En tournant pour entrer dans Curtis Road, Lilian aperçut devant elle, dans la lumière du crépuscule, le chandail bleu ciel de sa mère : elle était sur le point d'emprunter l'allée qui descendait doucement jusqu'au portique des Colchester. Lilian sortit de la voiture.

Maman ! cria-t-elle. Elle s'avança jusqu'au chandail bleu et aux cheveux blancs. Sous l'immensité du ciel qui les écrasait toutes les deux, Mme Eliot lui parut soudain toute petite. Sa tête était bien droite sur ses épaules étroites, mais son dos avait commencé à se voûter. Lilian eut l'impression d'être une géante.

Mme Eliot fronça les sourcils, et avança un coude, dans une attitude défensive. Qui est là ? dit-elle.

C'est Lilian, maman.

Mme Eliot secoua la tête. Je ne connais aucune Lilian, dit-elle d'un ton impatient. L'obscurité s'était amassée dans le voisinage des arbres, et les cheveux de Mme Eliot se détachaient sur ce fond sombre comme un mouchoir blanc.

Reviens à la maison.

Voulez-vous sortir de ma propriété ! dit Mme Eliot.

Maman.

Les yeux de Mme Eliot s'agrandirent jusqu'à laisser voir tout le blanc, un blanc plutôt terne et crémeux, et elle plaça fermement les deux mains sur les hanches. Mais ma parole, les gens croient qu'ils peuvent entrer n'importe où ! Ceci est une propriété privée. Elle avança à petits pas sur le gravier, en gardant sa canne tout contre elle. Les gens, dit-elle avec dégoût.

Mais ce n'est même pas notre allée, dit Lilian absurdement.

Je vais rendre visite à Agnes, déclara Mme Eliot.

Elle n'est pas là, dit Lilian.

Mme Eliot la dévisagea avec intérêt.

Ils sont partis, dit Lilian.

Agnes Colchester était morte dix ans plus tôt, d'anémie pernicieuse progressive.

Qui va tailler les rosiers ? demanda Mme Eliot. Leur jardinier ne le fait pas comme il faut. Elle haussa les épaules, décidant qu'après tout c'était leur problème. Je pourrais faire en sorte qu'Edward me donne un coup de main, je suppose...

Je t'en prie, maman. Lilian lui prit le bras. Était-ce ainsi que l'on achevait sa vie ? En se tourmentant pour des rosiers, en rendant visite à des défunts... ?

De retour sur son allée de gravier à elle, Mme Eliot demanda d'une voix lourde d'inquiétude, Est-ce qu'elle est là ?

Lilian vit une vague forme blanche debout derrière la longue fenêtre étroite à côté de la porte d'entrée. Elle se faisait du souci pour toi, dit-elle.

C'est un monstre, déclara Mme Eliot.

Tu as dit que tu l'aimais bien.

Mme Eliot serra les lèvres, refusant d'en dire plus.

Quand elles ouvrirent la porte, la gouvernante était là. Elle avait une légère moustache, et ses chevilles massives étaient couvertes de bas blancs. Était-ce celle qui se prénommait Monica ?

La prochaine fois que nous ferons une promenade, dit la gouvernante, nous la ferons ensemble.

Lilian s'attendait à voir sur le visage de sa mère cette moue de dédain qu'elle avait si bien mise au point depuis des années, mais, à sa grande surprise, Mme Eliot acquiesça d'un air soumis, comme un enfant tout contrit de sa faute.

Comme il était difficile à Rosie de monter les escaliers, on avait installé le lit de Mme Eliot dans une pièce attenante à la bibliothèque. Elle y mourut pendant son sommeil.

La mort de M. Eliot, si tranquille et si soudaine ce dimanche soir, avait tellement abasourdi Lilian que la mort de sa mère lui fit le même effet que si on avait ajouté un seau de peinture noire à un tonneau déjà noir.

Lilian câbla la nouvelle à Arthur à une douzaine d'adresses, et finalement elle parvint à le joindre à Miami. Il arriva avec un jour de retard par rapport à ce qu'il avait annoncé, mais à temps pour les funérailles. Il avait été là pour l'enterrement de leur père, et c'était lui qui avait prononcé l'éloge funèbre, qu'il avait dû abréger à cause de l'émotion. Il avait fait également une apparition aux funérailles d'Irene Putnam le printemps précédent, et il s'était attardé un petit moment à la fin de la cérémonie, debout et immobile, pendant que les membres de l'assistance endeuillée regagnaient leurs voitures, formant comme une tache d'encre qui se ramifiait. Lilian l'avait vu ramasser quelque chose par terre, un caillou ou une feuille, et le fourrer dans sa poche. Il avait une allure différente chaque fois qu'il venait, tantôt arborant une cravate criarde, tantôt d'une élégance suspecte. Pour cette visite-ci, il portait une veste en cachemire élimée, des souliers usés, et il avait grand besoin d'une coupe de cheveux. Lorsque Lilian le lui fit remarquer, il répliqua qu'il avait tellement peu de cheveux que cela n'en valait guère la peine.

Lilian et Arthur déambulèrent à travers la maison de Brookline en se demandant ce qu'ils allaient faire de tout ce qu'elle contenait. Arthur franchissait les portes avec des regards soupçonneux, comme s'il s'attendait à rencontrer le fantôme de son père. Peut-être le rencontra-t-il effectivement, à en juger par l'expression effrayée qui ne le quitta pas une seconde. Lilian l'interrogea sur la vie en Floride, et il répondit, Pour le beau temps, il n'y a pas mieux, avant de passer aussitôt à un autre sujet. Un certain nombre d'appels téléphoniques arrivèrent pour lui durant son séjour, provenant d'hommes à la voix grave et rocailleuse. Il se montra particulièrement préoccupé par les heures d'arrivée et de départ du courrier, expédiant quantité de lettres, et examinant anxieusement la pile de celles qui arrivaient pour voir s'il y en avait pour lui.

Le soir de l'enterrement de Mme Eliot, Arthur resta dormir chez les Finch à Joy Street. Il se prépara un second cocktail immédiatement après avoir avalé d'un trait le premier sans même s'asseoir. Lilian repensa au gentil Arthur d'autrefois, qui avait coutume de confectionner des gâteaux avec des cœurs de marguerites et de les lui servir sur des rochers.

Les enfants le considérèrent d'abord avec circonspection, ne se rappelant pas la dernière fois qu'ils avaient vu leur oncle — cela remontait à un certain nombre d'années ; mais au bout d'une demi-heure à peine, les filles grimpaient déjà sur ses genoux. Il réussit à faire pouffer de rire la jeune Fay, ce qui n'était pas difficile, et à faire éclater de rire Sally, ce qui l'était davantage. Porter se tenait à l'écart, le contemplant avec intérêt.

Après le dîner, Arthur s'assit avec Gilbert près du feu ; ils parlèrent de tout et de rien, avec les intonations polies d'hommes liés entre eux par une femme, mais qui, ayant peu d'autres choses en commun, n'ont aucune chance de devenir un jour des amis. Lilian vint se joindre à eux, et ils discutèrent de ce qu'ils allaient faire du mobilier et de la maison. À ce moment, les hommes s'étaient déjà abandonnés à une sorte d'avachissement, et Lilian attribua cela au fait qu'Arthur avait suggéré de tout vendre aux enchères. Elle proposa qu'au lieu de vendre Curtis Road, elle-même, Gilbert et les enfants s'y installent, et qu'ils remboursent à Arthur la part qui lui revenait. À cette suggestion d'un paiement, les yeux d'Arthur se rétrécirent jusqu'à ne plus rien exprimer d'autre qu'une intense satisfaction, et en hochant la tête il dit que cette solution lui conviendrait parfaitement.

Lilian fit enlever le papier peint marron de la bibliothèque et fit changer les tapis dans le vestibule, mais fondamentalement elle était trop consciente de l'absence de ses parents pour vouloir modifier grand-chose. Les gravures de marine demeurèrent accrochées dans l'escalier, dont elles épousaient la montée, et le tableau de John Singleton Copley resta au-dessus du manteau de la cheminée, place qui lui convenait très bien. Le bar de Gilbert, avec son comptoir capitonné de cuir et son plateau amovible, fut installé dans la salle de séjour, et Lilian essaya plusieurs dispositions pour ses petites tables latérales chinoises. Son citronnier ne survécut pas au déménagement.

De temps en temps, elle pouvait presque entendre la voix retentissante de son père, et elle frissonnait tout en éprouvant intérieurement une sorte de désir ; ou bien elle croyait apercevoir la tête de sa mère penchée comme autrefois à l'endroit où elle faisait de la couture. Le bruit des perles contre le dessus en verre de sa coiffeuse faisait réapparaître immédiatement l'image de sa mère, et elle pouvait pratiquement sentir l'odeur de son sherry.

Lorsque le temps se radoucit, ils organisèrent une pendaison de crémaillère, et ils disposèrent des tables de jeu et des chaises dans le jardin, là où on avait installé un nouveau treillage pour la glycine chinoise. Les enfants couraient en cercles autour des jonquilles.

Un jour, alors qu'elle refermait le petit tiroir de la commode haute — celle en cerisier qui était dans la famille depuis des années —, où elle avait pris quelques-uns des coordonnés les plus jolis, Lilian éprouva un choc en regardant l'extrémité de sa manche : elle vit la main de sa mère.

53

Un verre au club

Je n'ai pas la moindre idée de ce que tu penses non plus, dit Gilbert Finch d'un ton conciliant. Je suppose que c'est dû au fait que les pensées sont silencieuses.

Tu n'as qu'à le demander, et je te le dirai, reprit Lilian.

Jamais de la vie.

Ils étaient assis à une table en verre sur la terrasse du club-house, qui surplombait le départ du premier trou. Lilian portait sa robe bleue à grandes fleurs blanches largement espacées, dont les épaulettes donnaient une allure encore plus carrée à ses épaules bien droites. Ce soir-là, en s'habillant pour le dîner, elle avait remarqué la mèche grise qui partait de la raie médiane. Elle avait épinglé ses cheveux et s'était dit qu'à trente-neuf ans on pouvait sans doute s'attendre à avoir quelques cheveux gris.

Gilbert but une petite gorgée de son cocktail. S'ils n'arrivent pas bientôt, je vais m'en aller, dit-il.

Tu sais, dit Lilian, je ne crois pas qu'ils nous aient effectivement présentés l'un à l'autre.

Alors, pourquoi sommes-nous ici ?

Eh bien, ils ont joué un rôle.

Gilbert acquiesça vaguement : c'était là le genre de chose dont Lilian gardait le souvenir.

Je ne crois pas que qui que ce soit nous ait présentés l'un à l'autre, dit-elle.

Ils restèrent assis en silence pendant un moment.

Mais tu connais Marian, dit Lilian. À la moindre excuse pour faire la fête...

Gilbert fit un signe au serveur. Du bout des doigts, il prit dans une soucoupe une poignée de cacahuètes qu'il laissa tomber dans sa paume, et qu'il mangea une à une. Presque tout de suite, son cocktail arriva.

Je n'ai jamais vu Dickie Wiggin arriver à l'heure, déclara-t-il.

C'est seulement pour prendre un verre, dit Lilian.

Je pourrais être à la maison, en train de m'occuper de mes affaires.

Lilian sourit et lui tapota le bras. Le soleil rougeoyait derrière les arbres. Il y avait eu quelques journées fraîches depuis l'été, mais ce soir il faisait de nouveau chaud, et l'air était imprégné de l'odeur poussiéreuse des feuilles mortes. Lilian portait ses souliers d'été. C'est notre anniversaire de mariage, tout de même, dit-elle.

Gilbert secoua les glaçons dans son verre pour les faire fondre. Oui, dit-il. C'est vrai.

Oh, les voilà, dit-elle. Mon Dieu, Marian est habillée comme pour aller au bal.

Les Wiggin s'approchèrent, et les entourèrent d'un grand bruissement d'organdi et de crêpe de Chine.

Je savais que tu ne le ferais pas, dit Marian. Ses cheveux étaient soigneusement coiffés en belles boucles luisantes. J'avais dit à Lilian de s'habiller !

En ce qui me concerne, elle me paraît habillée, dit

Gilbert. Il serra la main à Dickie Wiggin, et le complimenta sur son épingle de cravate.

On espérait vous persuader de rester pour dîner, dit Dickie Wiggin.

Désolé, dit Gilbert. Ce soir, ma femme et moi, on dîne en amoureux.

On verra bien, dit Dickie, adressant un clin d'œil à Lilian.

Ils commandèrent des consommations, et parlèrent de Cap Sedgwick et des prochaines élections.

On a le sentiment que l'homme du commun n'est pas très attiré par le genre intellectuel bostonien, déclara Gilbert.

Mais nous ne formons pas un genre, nous ne *ressemblons* pas à un modèle, dit Marian. Nous sommes tous différents, n'est-ce pas ?

Va dire ça aux Amory, aux Cunningham et aux Sedgwick, dit Dickie, arrangeant son bouton de manchette.

Oh, c'est seulement qu'ils pensent que nous sommes comme ça, dit Marian.

Oui, et tout le monde les croit.

Excusez-moi un instant, murmura Gilbert. Il se leva et fit une petite courbette.

Où est-ce que tu vas ? s'écria Marian d'un ton alarmé.

Là où aucune dame ne peut me suivre, dit-il, s'éloignant à reculons.

Elle jeta un bref regard à Dickie.

Je vais t'accompagner, dit Dickie, commençant à se lever, mais sans trop de conviction.

Je suis très bien tout seul. Gilbert accéléra le pas.

Lilian connaissait le stratagème : il allait s'arrêter au bar pour boire un verre en solitaire.

Dickie se rassit avec une certaine hésitation. Marian hocha la tête comme pour dire, Il n'y a rien à faire.

Qu'est-ce que vous mijotez, tous les deux ? demanda Lilian.

Marian sourit joyeusement, plissant les yeux, la bouche fendue jusqu'aux oreilles. Nous sommes simplement contents d'être là, dit-elle. Douze ans ! Quand je pense que nous y étions ! Dis-moi, comment vont les enfants ?

Mais avant que Lilian ait pu ouvrir la bouche, Marian lui avait déjà fait un rapport complet et détaillé sur le clan des Wiggin. Gilbert ne réapparaissait pas.

Au bout de quelque temps, il émergea du bar et se précipita vers le petit groupe sur la terrasse pour dire à Lilian qu'on la demandait au téléphone, c'était Anna, rien d'important, juste une question sur le médicament qu'il fallait donner à Porter pour son oreille. Gilbert l'escorta jusqu'à la caisse, où comme d'habitude il n'y avait personne. Le téléphone, au bout du comptoir, était visiblement raccroché.

Viens avec moi, dit Gilbert. On s'en va.

Quoi ?

On s'en va. On rentre à la maison. Il se dirigea vers la porte principale.

Gilbert !

Il se retourna d'un air fatigué. Ton amie a concocté une réception en notre honneur, cracha-t-il. Il pointa le doigt en direction de la salle de bal. Ils sont en train d'y entrer en douce — j'ai vu les Vernon, et puis Jane et Jack.

Lilian passa la tête par la porte, et elle aperçut sur le parking plusieurs personnes tirées à quatre épingles qui se dirigeaient vers les entrées latérales. Elle reconnut Emmett Smith et sa femme.

Alors, on ne peut pas partir, dit-elle.

Oh, bien sûr que si, on peut.

Ils furent interrompus par l'arrivée de Bayard Clark qui, d'un air piteux, se glissait le long du mur avec Amy Clark, en essayant de passer sans se faire remarquer.

Vous n'êtes pas censés vous trouver ici, vous deux, dit Amy Clark de sa voix rauque.

Vous non plus, répliqua Gilbert, et il sortit sur les dalles de l'allée.

Lilian demeura un moment immobile. Elle retourna voir les Wiggin, qui l'attendaient avec une expression anxieuse en tenant leurs verres. Elle prit son sac à main.

Gilbert ne se sent pas bien du tout, dit-elle. Je crains que nous ne devions rentrer.

Mais vous ne pouvez pas ! s'écria Marian. Tu ne comprends pas, écoute... Autant lui dire maintenant, Dickie...

Nous savons, dit Lilian. C'est terriblement gentil de votre part, mais...

Le visage de Marian était figé dans une expression d'incrédulité.

Je t'avais bien dit que ce n'était pas vraiment sa tasse de thé, à Gilbert, dit Dickie Wiggin.

Je suis navrée, dit Lilian.

Mais non, ce n'est... enfin, nous comprenons, dit Dickie Wiggin.

Marian était abasourdie. Pourquoi faut-il qu'il gâche le plaisir de tous les autres ? dit-elle.

Mais déjà Lilian s'éloignait en hâte.

54

Nouvelle rencontre

Une réception que Gilbert ne put éviter, ce fut celle donnée en janvier, à l'hôtel Copley Plaza, pour fêter la victoire de Cap Sedgwick aux élections. La lutte avait été serrée, mais Cap avait eu l'avantage d'être le candidat sortant. La menace lointaine de la guerre se faisait sentir dans la salle de bal, rendant tout le monde plus jovial par contraste ; et, alors que les conversations roulaient sur la Tchécoslovaquie et Hitler, et sur le scandale de la rencontre de Varsovie, personne ne paraissait penser que l'on allait à nouveau prendre les armes, et chacun préférait se préoccuper des problèmes concernant plus directement le pays.

Assise à une table garnie en son centre d'un bouquet clairsemé d'œillets et de fougères, Lilian fit la connaissance des personnes avec qui Gilbert travaillait. Une Mlle Berry, qui arborait de petites ailes sur les revers de sa veste et un minuscule bouquet d'orchidées à son poignet, déclara d'une voix pleine d'attendrissement, Votre mari est l'homme le plus courtois que je connaisse.

C'est un garçon calme, dit un homme dénommé

M. Noonan, mais toujours bien informé. Ne le laissez pas vous berner, il en sait plus que tout le reste d'entre nous.

Lilian aperçut Gilbert à l'autre bout de la pièce : ses joues commençaient à luire d'un éclat rosâtre.

Cap Sedgwick monta sur l'estrade pour lire le discours que Gilbert avait écrit. Sa mâchoire allongée de yankee et ses yeux baissés donnaient à son visage un air compatissant, qui n'était pas sans évoquer le jeune Abraham Lincoln — ressemblance qui avait sans doute influencé ses électeurs. Il n'était pas absolument convaincu par la méthode du New Deal, déclara-t-il, mais il allait apporter son soutien à tout ce qui favorisait la bonne marche des affaires.

Par la suite, une petite formation musicale joua avec un enthousiasme incertain, en harmonie avec la tonalité de la soirée. Lilian avait devant elle une assiette de crème glacée tricolore en train de fondre quand Gilbert vint la chercher pour une photo. Elle leva la tête vers lui avec un large sourire, et ne bougea pas. Sis Sedgwick, qui portait une robe de satin serrée à la taille et une barrette bien en place au-dessus d'une oreille, affirma que Lilian était obligée d'y aller : on prenait une photo de toutes les personnes qui avaient contribué au succès. Lilian protesta : elle n'avait fait que recopier quelques listes et s'asseoir à telle ou telle table ; mais Sis s'était déjà couvert les oreilles, elle ne voulait pas entendre un mot de plus.

Celles et ceux qui devaient se faire photographier furent regroupés près des portes blanc et or en accordéon de la salle de bal. Des clients du Copley Plaza qui circulaient dans l'entrée s'arrêtèrent pour satisfaire leur curiosité face à toutes ces lumières brillantes. Ils restèrent dans l'embrasure, bouche bée, souriant de voir des gens qui se faisaient prendre en photo. Derrière eux passaient des personnes à l'allure décidée, qui avaient rendez-vous quelque part, qui griffonnaient des messages sur le comptoir en marbre de la réception, qui se hâtaient vers un taxi, ou qui rentraient en couple pour la soirée, attendant avec impatience l'arrivée de l'ascenseur. Lilian les regarda : elle aurait bien aimé figurer parmi elles. Une silhouette sombre passa derrière les spectateurs, et jeta un coup d'œil vers la porte comme quelqu'un qui s'intéresse d'une manière générale à ce qui se passe autour de lui. Quelque chose attira son attention en particulier : l'homme s'avança de quelques pas, levant les yeux vers le lustre, et parut étudier le plafond et les plâtres. Il portait un manteau et un béret : c'était Walter Vail.

Lilian détourna immédiatement les yeux, se sentant rougir de la tête aux pieds. Elle était terrifiée à l'idée qu'il pût croiser son regard. Que faisait-il ici ? Dieu merci, personne n'avait aperçu sa réaction : chacun était trop occupé à se donner une apparence impeccable pour le photographe. Après quelques éclairs de flashs, suivis du sifflement de l'ampoule grillée, le groupe s'éparpilla. Les personnes restées dans l'embrasure s'éloignèrent. Lilian risqua un regard furtif dans leur direction, et avec soulagement elle vit qu'il était parti.

Dolly Vernon, qui arborait une audacieuse robe du soir bordée d'un liseré d'or, s'approcha de Lilian, l'air un peu éméchée. Viens avec moi aux toilettes, dit-elle. Depuis la crise qu'avait traversée son mariage,

Dolly s'était mise à boire davantage — pas au point que l'on puisse le remarquer, mais Lilian était au courant de tous les détails. Lors d'un de leurs voyages à Londres, Dolly avait rencontré un Anglais et elle avait bien failli quitter Freddie pour lui ; heureusement, elle s'était ressaisie juste à temps. Par-dessus tout, c'était sa conversation qui l'avait séduite, avait dit Dolly, rougissant malgré elle. Il aurait pu bavarder pendant des heures. Lilian avait dit que pour rien au monde elle n'aurait souhaité à une Américaine digne de ce nom de devoir vivre avec un Anglais, et Dolly avait acquiescé, mais une certaine déception était apparue dans l'expression de sa bouche.

Si jamais ils se remettent encore à chanter *Car c'est un joyeux camarade,* je vais me tirer une balle dans la tête, déclara Dolly.

Elles traversèrent le hall. C'était samedi soir, et l'endroit bourdonnait d'activité, les chasseurs couraient en tous sens comme des lutins.

Je n'en crois pas mes yeux, dit Dolly d'un ton désinvolte. Elle marcha d'un pas décidé jusqu'à l'un des comptoirs de la réception et s'y appuya nonchalamment, dans sa robe scintillante, attendant que l'homme debout à côté d'elle cesse d'écrire et lève les yeux.

Il restait encore à Lilian une chance de s'échapper, mais Dolly Vernon lui fit signe d'approcher. Elle était prise au piège.

Regarde qui est là, dit Dolly. Ah, maintenant je me souviens — Madelaine m'a dit que tu devais venir —, le mariage de ton oncle, n'est-ce pas ?

Lilian n'avait pas entendu parler de cet événement.

C'est cela, dit Walter Vail. Il regarda les deux femmes, faisant de son mieux pour conserver un air détendu. Lilian remarqua que cela lui demandait un effort, et elle s'en réjouit intérieurement. Et vous deux, qu'est-ce que vous faites là ? Mais, naturellement, vous êtes ici chez vous ! Au cœur même de Boston. Il ne regarda pas Lilian.

Oh, je t'en prie, fit Dolly Vernon. Nous nous verrions plutôt installées au grand hôtel Somerset !

Tous trois éclatèrent de rire.

Nous fêtons l'élection de notre membre du Congrès.

C'est ce que je constate, oui. Il avait gardé le même timbre de voix.

Lilian eut l'impression qu'elle s'était soudain transformée en piquet de bois.

Freddie Vernon arriva, dans une grande agitation de vêtements : il portait le manteau de fourrure de Dolly, et les Wiggin étaient derrière, déjà habillés pour partir. On s'en va, dit Freddie. Marian Wiggin considéra Walter Vail, attendant d'être présentée. Lilian marmonna les noms de chacun juste à temps pour qu'ils puissent se dire au revoir.

Promets-moi de me téléphoner ! cria Dolly tandis qu'ils s'éloignaient.

Ton oncle de Lime Street ? demanda Lilian quand ils revinrent vers la salle de bal. Il s'arrêta avec elle à côté de la porte. Elle tenait le ruban incrusté de perles de son réticule enroulé autour d'un doigt.

Ça me fait plaisir de te voir, dit-il avec dans la voix une intonation d'intimité.

Elle garda un visage implacable.

Je ne sais pas si tu as compris pourquoi je ne t'ai...

Elle l'observa, elle jeta un coup d'œil aux feuilles des palmiers, elle écouta.

... pourquoi je ne t'ai pas écrit. J'en avais envie, mais je me disais...

Le ruban se tortilla entre ses doigts.

... je me disais que ce ne serait pas une bonne idée...

Elle acquiesça, elle n'avait pas peur. Après la surprise initiale, elle était soulagée de ne pas avoir peur. Elle le sentait s'approcher, et elle ne savait pas ce que cela signifiait au juste, mais elle n'allait pas en avoir peur. Elle allait simplement voir. Oui, dit-elle, tu as eu raison.

Enfin, voilà, conclut-il, cessant de prendre un ton d'excuse. J'espérais avoir l'occasion de te voir.

Elle le regarda.

Tu ne vas pas me croire, dit-il d'un air désolé, mais je... j'étais justement en train de... Il ouvrit la main et déplia une boule de papier chiffonné : un formulaire de télégramme. *Mme Gilbert P. Finch,* lut-elle, et son nom était suivi de l'adresse de Joy Street.

Il savait comment s'y prendre pour la désarçonner, mais elle était déterminée à demeurer parfaitement d'aplomb. Nous habitons maintenant à Brookline, dit-elle.

Ah bon ?

La maison de mes parents. Ma mère est morte il y a un an et demi...

Je suis désolé, dit-il. Il avait une manière d'incliner le visage qui faisait croire qu'il l'était effectivement.

Lilian releva le menton. Beaucoup de choses lui étaient arrivées depuis la dernière fois qu'elle l'avait vu.

J'aimerais beaucoup venir voir la maison.

Le petit ton nouveau de sa voix lui déplut. Il l'avait déjà quittée deux fois, quelle intention avait-il en... ? Non, il était facile de rester inflexible avec lui. Rien de ce qu'il ferait n'aurait plus jamais la même importance. Mais il y avait ce télégramme qui la déconcertait... Pour Dieu sait quelle raison, elle pensa que lui dire non équivaudrait à admettre qu'il avait encore un certain pouvoir sur elle.

Appelle-moi, dit-elle avec un haussement d'épaules, convaincue de donner l'impression qu'elle n'y accordait absolument aucune importance.

C'était donc lui, le fameux Walter Vail, dit Gilbert. Je m'attendais à voir Rudolph Valentino.

Elle fut surprise qu'il se soit même souvenu de Walter Vail. Ils étaient dans la voiture, et c'était Lilian qui conduisait, comme chaque fois qu'ils rentraient d'une réception.

Il a ses bons côtés, dit-elle. C'était ce qu'elle aurait pu dire de n'importe quel autre homme, et elle n'allait pas faire une exception dans le cas présent. Elle aurait bien aimé ne plus faire aucune exception pour Walter Vail.

Gilbert, qui d'habitude était fatigué et dodelinait de la tête durant ces retours en voiture, racontait avec lenteur comment Chip Cunningham avait vu, lors d'une balade à Ipswich, le spectacle rarissime d'une oie de Ross. Les pensées de Lilian la ramenèrent en arrière jusqu'à cette journée passée sur l'île ; non qu'elle eût envie de ressasser les moments vécus en compagnie de Walter Vail, elle y avait déjà suffisamment repensé, mais le fait de le voir lui avait remis cet épisode en tête — Gilbert disait maintenant quelque chose à propos des bécasses et de leur bec à la pointe tendre —, et elle voulait simplement tester l'influence qu'il possédait sur elle à cet instant précis. Des fragments de temps apparurent, émergeant des ténèbres : le chandail qu'il avait laissé sur la balustrade de la véranda, la façon dont le vent s'était calmé cet après-midi-là, la promenade qu'ils avaient faite sous les pins après avoir jeté l'ancre près de la propriété des Babbage, et la conversation ridicule qu'ils avaient eue au sujet des champignons. Au retour, elle lui avait montré le fameux portail de la maison des Lowe, et puis il y avait eu le baiser dans l'ombre des feuillages...

Attention, Lily ! dit Gilbert.

Oh, je n'avais pas vu...

Elle eut l'impression que la silhouette de Walter Vail planait au-dessus d'elle, qu'il la regardait comme l'aurait fait un docteur, à la recherche d'un indice d'une maladie passée, d'un signe d'une légère fièvre persistante. Elle allait faire en sorte qu'il ne se rende compte de rien. Il n'était pas question qu'elle perde son temps une nouvelle fois avec lui.

Au moment où ils entrèrent dans l'allée, sur le gravier gelé, elle se rappela comment sa main s'était resserrée quand il lui avait dit au revoir, et malgré elle sa pensée se resserra autour de cette sensation ; elle se dit qu'il valait mieux en finir avec ce souvenir mais, au lieu de le faire disparaître, elle le rangea dans un coin. Elle ouvrit une ancienne porte, et le déposa à l'intérieur.

55

Sur la tombe de Hawthorne

Elle n'avait aucune intention de le laisser lui rendre visite. S'il téléphonait, elle pouvait toujours trouver une excuse. Mais il ne téléphona pas, il fit retentir le heurtoir en cuivre.

Quand la porte s'ouvrit, son visage avait une expression d'excuse. Walter Vail savait comment se placer d'emblée dans la situation qui l'avantageait. J'ai pensé que tu refuserais peut-être de m'inviter, dit-il. Alors je suis venu, tout simplement.

Lilian se retrouva dans un rôle inhabituel : c'était à elle de le mettre à l'aise. Elle avait mis son manteau et, comme elle le lui dit, elle s'apprêtait justement à sortir.

Oh, dans ce cas, je... Il se retourna comme s'il entendait un hurlement terrible, puis lui fit de nouveau face. Tu me permets de t'accompagner ?

Elle allait en voiture à Concord, où il y avait une bonne pépinière. Elle n'envoyait jamais le jardinier, car elle ne lui faisait pas confiance pour les plantes à fleurs ; de plus, elle éprouvait un plaisir incomparable à entrer dans une vaste serre pleine de l'odeur humide de la terre, des pétales et des feuilles. Pourquoi ne pas laisser Walter Vail venir avec elle ? Quelle importance ?

C'était elle qui conduisait, mais comme toujours c'était Walter Vail qui donnait l'impression de la guider, d'avoir arrangé le monde de cette façon-là, comme un spectacle à son intention : la neige sur le sol des collines basses bordant la voie rapide, la lumière et l'ombre qui contrastaient violemment sur les étendues blanches, les petites routes secondaires comme des lignes tracées à la craie. C'était un univers dépouillé. Ils parlèrent de Hawthorne, et cherchèrent à se rappeler le nom du cimetière où il était enterré avec Emerson, Thoreau et Alcott. Lilian se souvint de l'endroit dont il s'agissait : elle l'avait visité avec Jane Olney un automne. Elles étaient tombées sur un groupe de garçons d'un collège voisin qui fumaient derrière une tombe. Sleepy Hollow, tel était le nom de la localité.

Ils arrivèrent à Concord, entrant dans la ville par la rue principale ; les maisons coloniales carrées étaient bordées de clôtures en bois bien nettes, et on voyait la flèche blanche de l'église qui s'élançait dans le ciel. Il régnait une atmosphère de calme, c'était un mardi après-midi, et la ville ne donnait guère signe de vie : une vieille femme avançait sur le trottoir, pliée en deux, son corps formant comme un C ; à quelque distance, une femme plus jeune sortit d'une boulangerie, accompagnée d'un enfant : tous deux mangeaient des bonbons. C'était une ville de femmes solitaires, et normalement Lilian aurait dû être l'une d'entre elles.

À la pépinière Magneson's, ils parcoururent ensemble les allées de gravier, et Walter Vail s'éloigna pendant qu'elle sélectionnait des géraniums à petites feuilles et à fleurs encore en boutons, et qu'elle choisissait un petit palmier de préférence à un plus grand à cause de sa tige. L'homme au tablier de toile cirée parla de Walter Vail comme s'il était son mari. *Votre mari a dit que vous vouliez aussi des bulbes de jacinthes.* Cela lui procura une impression assez étrange.

Quand ils revinrent au rond-point de l'église, au lieu de repartir à droite, Lilian suivit la suggestion de Walter Vail et tourna à gauche, passant devant l'auberge et prenant la direction de Sleepy Hollow. La haute grille en fer était fermée par une chaîne, mais il y avait néanmoins un interstice suffisamment grand pour se glisser à l'intérieur : ils laissèrent donc la voiture en stationnement au bord de la route. Lilian enleva son manteau et l'étendit au-dessus des fleurs sur la banquette arrière.

Tu ne crains pas d'avoir froid ? dit-il, bien qu'elle portât une veste en dessous.

C'est à peine si je le sens, répondit-elle. Qui plus est, les fleurs vont mourir, et moi pas. Effectivement elle ne sentait pas du tout la morsure du froid dans l'air immobile.

Ils grimpèrent l'allée en lacets menant au sommet de la colline, où se trouvaient les tombes des personnages célèbres ; leur souffle projetait devant leur visage de petits nuages de vapeur blanche. Ils parlèrent de la volonté qu'avait eue Hawthorne de prendre ses distances par rapport à ses ascendants de Salem, et ils convinrent que Concord n'était pas un lieu si terriblement éloigné que cela, même s'il l'avait été pour lui mentalement.

La pierre tombale était une sombre masse difforme, une sorte de rocher arrondi. Walter Vail la contourna, l'air pensif. Son manteau paraissait trop serré sur ses larges épaules. En l'observant, Lilian se sentit attirée vers lui, et elle détourna le regard. Elle ne voulait pas accorder de crédit à cette partie-là d'elle-même, mais elle en ressentait précisément le souvenir.

Elle fit mine de s'intéresser à une rangée de minces plaques funéraires aux bords déchiquetés. *Shining Mason,* disait l'une d'elles, et une autre *Sam Pitt.* Du coin de l'œil, elle vit Walter Vail plier les genoux, se pencher en avant vers le sombre rocher bosselé, et l'étreindre dans ses bras. Un frisson de surprise la parcourut de la tête aux pieds : avec quelle grâce étrange il avait réussi à accomplir ce geste, et comme cela lui ressemblait de faire une chose bizarre tout en se comportant comme si cela n'avait absolument rien de bizarre. L'avait-il fait exprès pour qu'elle le voie ?

Ils décidèrent de continuer à monter. Le soleil était bas, dépassant à peine la ligne des arbres sur les collines, formant une large bande orange. Elle lui dit qu'elle avait appris qu'il s'était de nouveau fiancé. Non, dit-il, et je ne veux même pas en entendre parler. Ce n'est pas pour moi, ça ne me correspond pas. Mais il s'était bien remarié, n'est-ce pas... ? Ça semblait être la chose à faire, dit-il avec son vieux sourire, comme s'il n'était pas vraiment sûr de ce qu'il entendait par là. Je l'aimais, je suppose. Oui, dit-elle, alors pourquoi... ? Il l'interrompit. Elle est morte, dit-il. Lilian fut interloquée. Mais il avait dit... Oh, il m'en a fallu une autre pour comprendre, mais non, ça ne me correspond pas. Ce n'est pas pour moi.

Est-ce que — oh, comment dire ? — qu'est-ce qu'il espérait, alors ? Oh — la voix contrariée —, il espérait rester à l'écart des problèmes ; il ne voulait plus faire de mal aux gens. Ce n'était jamais très agréable de faire souffrir quelqu'un, n'est-ce pas ? Et l'amour ? dit-elle d'un air indifférent. Il secoua la tête. Oh, il en avait terminé avec cette affaire-là aussi, il fallait bien, n'est-ce pas ?

Ils longèrent la limite du cimetière, sur la pente d'une colline.

Mais *toi*, le mariage te va très bien, dit-il d'un ton moqueur.

Ce n'est pas une question que je me pose.

Tu es une fille tellement forte, dit-il.

Pas tant que ça, répliqua-t-elle. Il avait l'art de transformer une chose positive en quelque chose dont personne n'aurait eu envie.

Trop forte pour moi, reprit-il. Cette dernière remarque la surprit.

Elle n'avait pas eu l'intention d'aborder ce sujet. Elle ne s'était encore jamais plainte à personne de ce qui était arrivé à Gilbert.

... enfin, pour résumer la situation, il n'a pas toujours été en parfaite santé, conclut-elle.

Ça ne t'a pas fait une vie très joyeuse, dit Walter Vail.

Ils arrivèrent à un muret en pierre dominant une vallée où des arbres s'enchevêtraient à l'infini.

C'est la vie que j'ai choisie, dit-elle. Elle n'est pas si mal.

Tu trouves ?

Voilà qu'il recommençait, il brisait tout, il balançait tout comme si cela n'avait jamais eu de valeur pour personne, et ce qui avait semblé anormal prenait avec lui une apparence différente et normale.

Et tu la choisirais maintenant ?

Elle n'osa pas le regarder. À quoi bon poser la question ? dit-elle, et elle se mit à frissonner.

Tu as froid, dit-il. Prends mon manteau.

Non, fit-elle. Mais déjà il l'avait enlevé et placé sur ses épaules. Le vêtement portait encore sa chaleur à lui. Elle songea au chandail qu'il avait abandonné, et au fait qu'ils n'en avaient jamais parlé. Non, dit-elle de nouveau, en vain.

Walter Vail regarda au loin, par-dessus les cimes des arbres. Donc, une fois qu'on a choisi quelque chose, on ne peut plus jamais changer ? On ne peut plus jamais en sortir ? Il paraissait penser plus à lui-même qu'à elle.

C'est ce que je croyais autrefois. Elle redressa les épaules. Je me trompais.

Toujours tellement raisonnable, dit-il.

Elle lui lança un regard furieux. *Toujours tellement raisonnable*. Pour une fois, elle n'avait pas envie d'être le personnage raisonnable. Elle fit appel à quelque chose d'autre au fond d'elle-même. Elle voulait apprendre des réalités nouvelles. Elle était fatiguée d'être celle grâce à qui tout tenait debout.

Ce ne fut qu'au bout d'un temps indéterminé qu'elle s'arracha à son étreinte.

Elle était littéralement envoûtée par lui. Plus tard, quand elle fut seule, en train de penser à lui, elle eut la sensation que son corps défaillait.

Elle se souvint de ce qu'elle avait déjà connu, et elle sut que c'était reparti ; quand d'autres détails lui revinrent, elle eut l'impression qu'un grand souffle de vent parcourait tout son être, et elle se retrouva comme avant, prête à éclater de bonheur, remplie de vie et de l'idée de la splendeur des choses ; et en remontant plus loin encore dans ses souvenirs, elle distingua, sans toutefois l'éprouver réellement, une réalité bien cruelle : le ravissement n'avait aucune place durable dans le monde — à supposer qu'il en ait une. Cependant elle ne tint pas compte de cet élément. Elle avait dépensé d'importantes réserves d'énergie à cause de Walter Vail, pour le repousser mentalement, et maintenant qu'il était revenu, la passion qu'elle éprouvait la bouleversait complètement. Elle n'avait pas la moindre idée de ce qu'il fallait faire.

Allait-elle revivre la même chose ? Non, si elle recommençait, ce serait différent. Nécessairement. On ne se baignait jamais deux fois dans le même fleuve.

Elle s'assit un moment dans la serre de sa maison, tenant ses doigts gantés dans une pose méditative. Elle aurait pu rester ainsi pendant des heures. Elle n'abattait pas beaucoup de travail.

Elle le comprenait mieux maintenant, et du même coup elle se comprenait mieux elle aussi : cette fois, elle saurait s'y prendre. Comment ferait-elle, elle aurait été bien embarrassée de le dire, mais elle le sentait. Cette conviction, jamais précisément exprimée, et donc jamais soumise à un quelconque examen, la ramenait à un vieil endroit familier, un endroit rempli d'espoir, où elle était tout étonnée de le voir.

Il lui avait demandé, en revenant de Concord, de venir au Copley Plaza. Tout de suite, avait-il ajouté. Elle l'avait laissé prendre le volant, et la voiture tout entière avait paru pleine du sentiment qui passait entre eux, tandis que le nombre de feux rouges augmentait à mesure qu'ils se rapprochaient de la ville. Il était fou, elle ne pouvait en aucun cas y aller maintenant, et elle n'était pas sûre du tout d'y aller un jour. Ce n'était pas simple. Telles étaient les phrases qu'elle lui avait dites, mais à l'intérieur d'elle-même quelque chose d'autre se produisait.

Elle repensa à son visage, et fut contente de remarquer qu'il n'avait pas une expression triomphante : non, il était épuisé et douloureux. Comme elle aimait cela chez lui ! Elle avait observé la différence lors de cette première soirée au Copley : c'était le genre d'épuisement qu'elle avait vu chez certains des garçons qui avaient combattu à la guerre. Combien d'épreuves ne fallait-il pas endurer, songea-t-elle, pour que cela se voie sur un visage ! Walter Vail avait dû à maintes reprises prendre la vie en pleine figure. On commençait toujours la vie sans carapace, sans être protégé comme la noisette par une coquille — c'était avec le temps que celle-ci se formait.

Et le cœur de Lilian pouvait-il se tromper, si c'était ce qu'il ressentait depuis si longtemps ?

Elle se tenait comme autrefois dans l'aile nouvelle ; la chaise longue était toujours à sa place, et la lueur rouge était revenue dans le foyer de la cheminée. La douleur qu'elle avait connue s'était envolée, et il semblait inévitable qu'elle revienne habiter cette pièce.

Et lui ? Elle semblait lui servir de pierre de touche, de point avec lequel il entrait en contact de temps à autre de manière à éprouver... eh bien, le sentiment qu'elle lui inspirait. Elle ne savait pas ce que c'était.

Peut-être lui permettait-elle simplement d'éprouver des sentiments. Mais dans ce cas, songea-t-elle, ce n'était pas une chose que Walter Vail aimait faire pendant bien longtemps.

56

Qui avait toujours su

Je n'ai jamais vraiment aimé la tournure que prenait cette histoire, dit Tante Tizzy avec un sourire malicieux. Sa voix était plus rauque que d'ordinaire. Autour des épaules, elle avait un foulard en soie bleu turquoise, et ses lourds bracelets noirs cliquetaient contre les accoudoirs de son fauteuil roulant. Elle portait un peignoir à pois roses ; ses genoux, sous l'étoffe, ressemblaient à des poignées de portes en bois. Ses cheveux, dans le soleil, formaient comme une flamme.

Non, dit Lilian. Elle baissa les yeux, mais sourit elle aussi.

Les hommes difficiles sont toujours plus intéressants, dit Tante Tizzy, craquant une allumette.

Elles se trouvaient dans le solarium de la maison de retraite appelée Maidstone House, à Roxbury. Ce solarium était en fait un large couloir haut de plafond, où des chaises étaient disposées face à trois grandes fenêtres. Ici, Tante Tizzy pouvait fumer. Elle tenait sa cigarette avec beaucoup d'élégance, comme pour dire, Pourquoi les gens ont-ils besoin d'un fume-cigarettes ?

Regarde un peu Ham Bigelow, l'un des hommes les plus fascinants que j'aie jamais connus — bien sûr il n'était même pas fichu de respecter une invitation à déjeuner, mais il faisait partie de ces personnages absolument déterminés à se détruire, ce à quoi il a réussi, d'ailleurs. Dire qu'il avait toutes ces femmes à ses pieds ! Il s'est tiré une balle dans la bouche. La pauvre Winnie a bien essayé, oui, mais on ne peut pas sauver un homme comme ça. En fait, Winnie était une ancienne petite amie de ton père... Tiens, l'autre jour, je pensais à ton père. Tu sais, je ne crois pas qu'il se soit une seule fois écarté du droit chemin. Tante Tizzy paraissait très étonnée d'une telle conduite. Mais je ne suis pas sûre que l'on puisse en dire autant de ta mère.

Quoi ? Maman... C'était l'idée la plus absurde que Lilian pût concevoir.

Tante Tizzy haussa les épaules, et son regard glissa sur le côté.

Comment vont tes hanches, aujourd'hui ? demanda Lilian.

Un martyre.

Il y a quelque chose que je peux... ?

D'un geste, elle écarta la question. Parle-moi encore de ce jeune homme. Qu'est-ce que tu vas faire avec lui ?

Eh bien, rien, répondit Lilian.

Tante Tizzy tira sur sa cigarette, et la fumée s'éleva dans la lumière qui traversait la vitre. Dehors, la neige fondait, laissant des traces sombres sur le côté du bâtiment. Au bout du couloir, un radiateur fit entendre un bruit métallique, et un engin aux roues bringuebalantes passa à proximité. Cela devait arriver un jour ou l'autre, dit Tante Tizzy.

Qu'est-ce que tu veux dire ?

Je te connais depuis le jour de ta naissance, Lilian Eliot.

Lilian rougit.

J'espère simplement que ça ne va pas gâcher toute ta vie, dit Tante Tizzy. C'est ce qui arrive à certaines personnes, tu sais.

Lilian, à cet instant précis, n'avait pas peur d'un désastre. Celui-ci avait un certain attrait en tant que tel.

Je n'avais pas l'intention de le voir, dit-elle.

Tu n'en avais pas l'intention. Tante Tizzy hocha la tête.

Non, je t'assure. Elle était devenue tellement perturbée qu'elle ne savait plus vraiment dans quelle mesure ce qu'elle disait relevait ou non du mensonge.

Vas-y. Tu apprendras peut-être quelque chose. Tante Tizzy fronça les sourcils au passage d'une infirmière. Une personne fort désagréable, commenta-t-elle. Et comment va Gilbert ?

Il reste plus longtemps que prévu à Washington avec Cap. Je vais quelquefois le voir là-bas.

Une ville intéressante, Washington.

Tout à fait.

Des nouvelles d'Arthur ?

Oh, non, pas depuis quelque temps.

Tante Tizzy acquiesça comme si elle détenait pour sa part des informations supplémentaires. Je n'ai jamais pu supporter Palm Beach, déclara-t-elle.

Je me fais du souci pour lui, dit Lilian.

Il n'y a rien à faire, dit Tante Tizzy. Oh, il reviendra.

À la fin. On revient toujours. Regarde-moi ! Elle éclata de rire et se mit à tousser.

Un homme en pantoufles arriva dans la pièce d'un pas traînant. On ne revient pas toujours, dit-il, tournant légèrement le visage vers elles. Moi, je ne suis pas revenu.

Lilian regarda Tante Tizzy.

Un nouveau, murmura-t-elle, et ses sourcils se relevèrent avec intérêt.

Quand Lilian prit congé, Tante Tizzy lui dit d'amener les enfants avec elle la prochaine fois, à moins qu'ils n'aient une peur bleue de ce genre d'endroit.

En sortant, Lilian se retrouva sur une allée toute détrempée, bordée de haies de buis. Dans la douceur de l'air, elle se sentit tout à coup bien loin du monde, dans cette maison de retraite où elle venait voir Tante Tizzy. La journée était trop chaude pour un mois de janvier, la neige fondue ruisselait dans les gouttières, et les oiseaux chantaient avec excitation. Quelque part, dans le lointain, il y avait ses enfants, qui constituaient une partie d'elle-même, mais distante à présent, et il y avait aussi les deux hommes. Elle pensa à leurs yeux. Les yeux clairs de Gilbert, où se lisait la bonté, et puis les yeux sombres de Walter Vail. Elle n'avait jamais eu à faire d'effort pour avoir Gilbert, il était toujours là. Il s'asseyait et il attendait, c'était l'homme de l'attente. Il s'efforçait comme tout le monde de faire de son mieux, mais... non, ce n'était pas ça. Elle songea à la manière qu'il avait d'entrer dans une pièce, à son visage plein de douceur, à son expression absente, qui s'animait jadis dès qu'il la voyait. Puis elle songea à Walter Vail, à la façon qu'il avait d'apparaître dans l'embrasure d'une porte, en y jetant vivement un regard assuré et direct ; et elle comprit qu'il était trop présent, trop rempli de lui-même pour laisser entrer quoi que ce fût d'autre.

Elle s'arrêta au bord d'un trottoir. Un moment, elle eut l'impression que son cœur ne penchait vers aucun des deux hommes : elle était toute seule, à l'écart, et cette solitude ne l'effrayait pas. Elle pensa : Je pourrais disparaître, et personne ne s'en apercevrait. Un jour, Tante Tizzy ne serait plus là, elle ne voulait pas y penser : tout le monde s'en allait peu à peu, comme les jeunes gens en uniforme qui se mettaient en marche l'un après l'autre. Et si c'était elle-même qui s'en allait, au fait ? L'idée s'épanouit peu à peu dans son esprit. Oui, elle pouvait s'en aller, elle n'était pas prise au piège comme Tante Tizzy, elle n'était pas endormie comme Gilbert, elle pouvait faire absolument ce qu'elle voulait, si telle était la question. Elle resta immobile et regarda les voitures qui passaient.

À cet instant précis, elle pensa de nouveau à Walter Vail.

57

L'hôtel

Les rues étaient couvertes de neige fondue, et elle avait les orteils mouillés à l'intérieur de ses bottes. Elle s'était mise en route tout de suite après lui avoir téléphoné de Brookline. C'était juste avant le dîner. Elle avait reçu pour le thé ses amies Elsie McDonnell et Marian Wiggin. Elle avait consciencieusement regardé les enfants manger en tapant de leurs talons sur les montants des chaises. Elle avait été incapable de concentrer son attention sur une seule phrase de ce qu'ils disaient. Comme ce soir-là Gilbert allait rentrer après le dîner, elle avait dit à Maureen de ne rien préparer pour elle : elle sortait. En enfilant son manteau, elle pensa au ton agréable et désinvolte qu'avait employé Walter Vail au téléphone. Il ne semblait avoir aucune idée des implications de ce qu'elle avait proposé.

Elle tourna le coin de la rue où elle avait garé la puissante berline, pour déboucher dans Copley Square ; là, elle attendit pour traverser. Elle maintenait l'image de Walter Vail à une certaine distance, à un endroit où elle pouvait l'observer sans risquer d'en être troublée. Elle s'étonnait de la façon dont les moments qu'elle avait passés avec lui demeuraient fixés dans son esprit : sa main sur la charnière de la tête de chouette en cuivre, ses doigts qui tambourinaient sur la porte-fenêtre, sa main brossant la neige qu'elle avait sur le col de son manteau. Comme il est amusant que je m'en souvienne aussi précisément. Comme il est surprenant que je trouve cela amusant.

Le hall de l'hôtel était calme — pas de gens en tenue de soirée, pas de bruits d'orchestre provenant de la salle de bal comme la fois précédente, ou comme lors de ces thés dansants où elle avait coutume d'aller, il y a bien longtemps, juste après la guerre. Les réceptionnistes ne firent pas attention à elle. Elle n'était jamais montée dans les chambres, et ne savait pas où se trouvaient les ascenseurs. Elle s'avança d'un air hésitant. Ah, ils étaient là. Le garçon d'ascenseur inclina son petit chapeau en forme de cube. Lilian lui indiqua l'étage.

Elle sortit de la cabine et commença à marcher dans le couloir. Les murs étaient recouverts d'un léger capitonnage, et elle eut l'impression de quelque chose de spongieux et d'obscur. Elle remarqua que les numéros des chambres se succédaient dans le mauvais ordre, et revint sur ses pas. Venant de l'autre extrémité du couloir, une femme en manteau de fourrure avançait d'un pas vif le long des points de lumière et du papier peint damassé. Derrière elle, à une certaine distance, arrivait la silhouette plus calme d'un homme d'âge mûr, la tête relevée d'un air préoccupé. La femme fonça vers la porte de l'ascenseur, qui se referma juste au moment où l'homme arrivait. Il pressa le bouton à plusieurs reprises, puis tourna les talons et repartit vers sa chambre.

Lilian arriva au numéro qu'elle cherchait, et elle frappa discrètement. Il n'y eut pas de réponse immédiate. Et s'il n'était pas là ? Mais soudain il apparut, il était là.

Il recula d'un pas pour la laisser entrer. Il lui vint à l'esprit qu'elle ne l'avait jamais rencontré là où il vivait effectivement, qu'elle n'avait jamais vu comment son logement pouvait bien être agencé, mais ce n'était pas maintenant qu'elle pouvait changer quoi que ce soit à cette situation.

Le mobilier se composait de quelques fauteuils rembourrés et d'une causeuse, à côté de laquelle il se tenait. Il ne l'embrassa pas pour lui dire bonjour, elle le remarqua. Assieds-toi, dit-il, lui passant la main sur les cheveux, debout derrière elle.

Tout à l'heure, dans l'entrée, je suis tombé sur une amie, dit-il. Quelqu'un que j'ai connu à Paris. J'espère que cela ne te dérange pas — elle va monter prendre un verre.

Lilian se retourna pour voir son visage.

Tu es fâchée contre moi, dit-il. Elle ne connaît absolument personne ici, et j'ai cru... enfin, c'est une vieille amie.

Alors, il faut que je m'en aille, dit Lilian.

Non, je t'en prie, dit Walter Vail. Ne fais pas ça. Je veux dire, je ne pouvais pas ne pas l'inviter. Tu comprends, n'est-ce pas ?

Lilian répondit que oui, les yeux baissés sur ses mains.

Je veux dire, quelle importance cela peut-il avoir ?

Quoi, cela ? Lilian le regarda.

Eh bien, le fait que tu sois là.

Lilian se leva.

C'était bizarre, la manière dont les gens se connaissaient, songea-t-elle. Tout se passait comme s'il existait différentes espèces de personnes, et que celles qui appartenaient au même groupe se reconnaissaient — il y avait alors un instant de ravissement, une exclamation —, puis entreprenaient de se connaître mutuellement. Mais ensuite, au bout d'un certain temps, on s'apercevait que seuls des fragments minuscules étaient reconnus, jamais la personne entière ; certains fragments étaient reconnus par telle personne, d'autres par telle autre, mais on n'était jamais en communication totale avec une autre personne, on n'était jamais complètement reconnu, sauf, supposait-elle, par soi-même.

Elle est plutôt marrante, disait Walter Vail. Il se pencha en avant, cherchant à apparaître lui-même comme quelqu'un d'amusant. En fait, elle aime les femmes. Peut-être aura-t-elle un petit faible pour toi.

Lilian rougit. Il avait sur le visage une expression étrange, qui lui donnait un air tout de guingois, et elle y distingua un mélange d'hésitation, d'insouciance et de peur. Elle avait déjà vu cette expression chez Arthur. Mais alors qu'elle avait éprouvé de la compassion pour Arthur, elle ressentait quelque chose de plus déconcertant pour Walter Vail. Elle avait toujours vu chez lui cet aspect irresponsable, son côté « goujat » si c'était ainsi qu'on voulait l'appeler, mais celui-ci n'avait jamais existé que de manière intermittente.

Elle alla à la fenêtre. La vue était bouchée par l'angle d'un immeuble en brique, mais le mince pan de ciel au bout de la ruelle lui indiqua qu'il commençait à faire noir. Elle s'assit sur la large banquette de fenêtre.

Tu ne veux pas enlever ton manteau ?

Lilian garda les mains au fond de ses poches. Qu'est-ce que tu veux de moi, Walter ?

Il lui adressa un sourire en guise d'explication. Allons, dit-il. Je veux dire, à quoi bon ? Les gens accordent trop de valeur aux promesses. De toute façon, ce ne sont en général que des mensonges, n'est-ce pas ? Quelle importance ont-elles ?

Elles ont une certaine importance pour moi.

Oh, est-ce la Bostonienne qui parle, ou la puritaine ? dit Walter Vail, essayant de lui arracher un rire. Ou bien est-ce la femme ?

Il se tourna vers les bouteilles sur la table basse, et souleva le couvercle du seau à glace d'un air enjoué. Tu sais, je me demande si tu sais ce que c'est qu'une femme, dit Lilian, prenant son sac à main.

Tu ne vas pas t'en aller ? Son visage prit cet air de profonde sympathie qu'il savait si bien exprimer. Mais il ne s'intéressait pas à elle. Il était tellement au-dessus de tout cela. Il ne se serait pas comporté autrement si quelqu'un l'avait mis au défi de se désintéresser d'elle.

J'ai été ridicule de venir, dit-elle. Je voulais seulement...

Eh bien, tu as fait une erreur, dit Walter Vail. Lilian crut entendre le claquement d'un piège qui se refermait derrière elle.

Elle traversa la pièce. Il leva la main pour lui tendre un verre, mais même lui perçut la fausseté de son geste, et il laissa retomber son bras. Je suis désolé, dit-il. Il déposa le verre sur la table. Apparemment, je n'arrive pas à..., commença-t-il, mais il ne portait pas suffisamment d'intérêt à ce qu'il n'arrivait pas à faire, et sa phrase demeura inachevée.

À la porte, Lilian se retourna une dernière fois. Au revoir, dit-elle. Puisque c'était cela qu'elle était venue lui dire.

Madame Finch, je présume ? dit le réceptionniste dans le hall. Un monsieur vous cherchait. Il m'a demandé si... Mais Lilian pressa le pas sans vouloir entendre la suite.

58

Une vie nouvelle

Elle marcha et marcha encore. Elle avait trop de choses qui bouillonnaient en elle pour pouvoir s'arrêter. Toutes ces pensées secrètes. Elles n'étaient pas faites pour la lumière naturelle ; exposées, elles paraissaient difformes et pitoyables.

Elle pensa à Gilbert, et l'imagina en train de beurrer son toast matinal, *scratch scratch,* acceptant tout ce qui arrivait. Elle se sentit protégée par cet aspect de son caractère. Il n'allait rien entrevoir de ce qu'il y avait au fond d'elle-même. Il la laisserait tranquille.

La nuit vira du bleu au noir. L'espoir qu'elle avait eu dans sa jeunesse de connaître autre chose ne mourut pas en elle immédiatement, mais cette nuit-là il commença à s'atténuer, et il continua ensuite de s'affaiblir graduellement. Elle ne remarqua pas sa diminution progressive, et un jour il finirait par avoir tout simplement disparu.

Pour une raison ou pour une autre, elle pensa à Tante Tizzy, et à la manière dont la vieille dame lui avait pressé la main aujourd'hui, et même avec une certaine force, pendant sa visite.

L'issue ne dépendait donc pas de Walter Vail, après tout, et elle ne dépendrait pas non plus de Gilbert. Pourtant Lilian était là : elle poussait la porte massive de la maison de Brookline, et pénétrait dans le vestibule sombre. La lumière était allumée dans la bibliothèque.

Elle trouva Gilbert dans son fauteuil, avec des papiers sur les genoux ; sa cravate l'étranglait, et son verre de whisky était posé sur la table basse à côté de lui.

Tu es rentré, dit-elle.

Gilbert leva ses yeux pâles et fatigués. Le cigare qu'il avait à la bouche l'empêchait de parler.

Tu as dîné ?

Il enleva le cigare. Un morceau de tarte, dit-il. Ses mouvements étaient lents : peut-être la fatigue, peut-être l'alcool.

Rien d'autre ? Tu veux que je te prépare... ?

Il secoua la tête. Tout va bien, Lily ?

Absolument. Tu as vu les enfants ?

Ils dorment comme des loirs. Il commença à feuilleter ses papiers. Où es-tu allée ? demanda-t-il distraitement.

En ville. Dolly a redécoré une fois de plus sa salle de séjour.

Il est plus de dix heures, je m'inquiétais. Ses yeux suivaient les caractères tracés sur la feuille qu'il tenait devant lui.

J'ai marché un peu après le dîner — comme il ne gèle plus, c'est agréable de prendre l'air.

J'espère que tu n'étais pas seule.

J'étais sur la colline.

Je me demandais si tu allais rentrer à la maison ou pas.

Elle tressaillit une fraction de seconde, puis elle vit qu'il ne parlait pas de ce à quoi elle pensait. Où donc voudrais-tu que j'aille ?

Elle alla ranger son manteau, et revint dans la pièce.

J'ai pensé qu'au printemps je pourrais peut-être faire un petit voyage à Rome, déclara-t-elle.

Je ne suis pas sûr de pouvoir t'accompagner.

Alors j'irai toute seule.

Quelle chance tu as, dit-il. Il se leva, et alla se servir un autre verre.

Je pourrais demander à Jane de venir.

Oui, tu serais mieux avec quelqu'un.

Tu n'y verrais pas d'inconvénient ?

Pourquoi y verrais-je un inconvénient ? Ça te ferait le plus grand bien.

J'ai été injuste envers toi, Gilbert. Elle vit sur son visage un léger voile d'inquiétude.

Que veux-tu dire exactement ?

Je nous ai rendus malheureux.

Je ne le pense pas, Lily. Si j'ai été malheureux, c'était à cause de moi. Tu as toujours été sincère et juste envers moi. Je n'ai aucune raison de me plaindre.

Maintenant, enfin, elle pouvait lui montrer qu'il se trompait, et tout avouer ; ou bien elle pouvait continuer son mensonge et préserver leur union. Certains mariages sont construits autant sur des mensonges que sur des vérités.

Donc, tu ne te plains pas, c'est ça ? se contenta-t-elle finalement de dire.

C'est ce que j'ai dit.

Elle alla jusqu'au bureau, et remarqua que ses affaires n'étaient pas comme elle les avait laissées. Les filles ont dû venir jouer ici, encore une fois, dit-elle d'un ton vague.

Quoi, qu'est-ce qu'il y a ? Il s'immobilisa dans l'embrasure de la porte, ses papiers sous le bras, et un peu du contenu de son verre se répandit sur le sol. Je monte, dit-il.

Très bien, répondit-elle faiblement. Une braise rougeoyait dans la cheminée.

Elle jeta un coup d'œil à son agenda : demain une visite à Mme Sears, un thé chez Amy Clark, et mercredi le club du déjeuner. La vie qui l'attendait ressemblerait fort à ce qui était inscrit dans son agenda. Et un jour — elle ne pouvait pas s'en douter alors —, ses petits-enfants viendraient lui rendre visite, la surprenant par leurs cheveux longs et leurs vêtements fripés ; leurs joues seraient aussi lisses que les siennes autrefois ; et tout en sachant que les jeunes étaient toujours les mêmes — c'étaient les gens âgés qui changeaient en fonction de leur époque —, elle trouverait difficile de se rappeler à quoi cela ressemblait d'être jeune. Quand elle penserait aux sensations qu'elle éprouvait alors, elles lui paraîtraient bien lointaines, comme si elles appartenaient à une personne différente.

Elle alla s'asseoir dans le fauteuil de Gilbert, se sentant à la fois exténuée et parfaitement éveillée. Là, sur sa petite table, elle aperçut quelque chose qui la fit se redresser sur son siège : une pochette d'allumettes du Copley Plaza. Il devait l'avoir emportée lors de la réception électorale de Cap Sedgwick la semaine précédente. Elle la prit dans sa main et se souvint du réceptionniste lui disant qu'il y avait un monsieur... Non, ce ne pouvait pas être Gilbert. Soudain, elle n'en était plus tellement sûre.

Le soulagement ressenti un instant plus tôt, la certitude qu'on la laisserait tranquille, que la solitude de Gilbert correspondait à la sienne — tout cela disparut.

Elle avait déjà décidé : je reste. Je ne suis pas obligée d'aimer cette situation, et s'il faut aller au fond des choses, elle ne me plaira jamais. Mais au moins je ne passerai pas mon temps à me lamenter. Mes parents ne m'ont pas élevée pour que je me conduise comme une idiote.

Elle éteignit les lumières et alla à la fenêtre, contemplant le ciel derrière les voilages. Aucune étoile. C'était une nuit nuageuse. Sincèrement, pensa-t-elle, se sentant complètement vide, le ciel aurait-il un aspect tellement différent si j'étais ailleurs ?

Elle monta l'escalier.

Sur le palier, elle s'arrêta et jeta un regard en arrière vers la pénombre de l'entrée. Le carillon de la grande horloge retentit. Alors il se produisit une chose étrange. Elle vit le visage de son père. Elle ne le dirait jamais à personne.

REMERCIEMENTS

Pour les aides diverses qu'elles m'ont apportées dans l'élaboration de ce livre, tous mes remerciements vont aux personnes suivantes : Sam Lawrence, Camille Hykes, Sarah Burnes, Georges Borchardt, Cindy Klein, Carrie Bell et George Bell, Darryl Pinkney, Betsy Berne, George Minot, Dinah Hubley, Dorothy Gallagher, et bien sûr Davis.

Quant à Ben Sonnenberg, je ne sais pas ce que je ferais sans lui.

DU MÊME AUTEUR

Aux Éditions Gallimard

MOUFLETS Folio n° 2485
SENSUALITÉ
LA VIE SECRETE DE LILIAN ELIOT

*Composition Bussière
et impression Bussière Camedan Imprimeries
à Saint-Amand (Cher), le 15 octobre 1996.
Dépôt légal : octobre 1996.
Numéro d'imprimeur : 1832-1/1944.*
ISBN 2-07-040088-3./Imprimé en France.

77043